HIER MUSST DU GLÜCKLICH SEIN

LISA HEATHFIELD

Aus dem Englischen von Birgit Schmitz

CARLSEN

Für meine schöne, tapfere Mama,

die vom Mond aus zuschaut.

EINS

Ich hocke hier, neben der Toilette, und habe Angst, dass ich sterbe. Mein Bauch blutet oder meine Leber und oder meine Nieren. Irgendetwas in mir drin muss verletzt worden sein. In meiner Unterhose sind Blutflecken. Ich wische mich mit Toilettenpapier ab, und da ist noch mehr Blut. Werde ich für etwas bestraft, das ich gesagt oder getan habe?

»Elizabeth!«, rufe ich und renne aus dem Raum, der nicht größer ist als ein Sarg. »Elizabeth!«

Ich laufe von Zimmer zu Zimmer. Im ersten repariert Pate Smith gerade ein Bett. Im nächsten fegt Rachel. Im Aufenthaltsraum spielen die Kinder.

»Elizabeth!«

Ich frage mich, ob das Bluten schlimmer geworden ist, und schaue mich um, aber auf den Holzdielen hinter mir ist keine Spur aus roten Tropfen. Ich rüttele an den Klinken der verschlossenen Räume. Im Esszimmer ist Elizabeth auch nicht, aber da kommt sie gerade durch die Hintertür in die Küche. Ihr regennasses Kleid klebt an ihrem schwangeren Bauch.

»Was ist denn, Pearl?«, fragt sie, während sie einen Sack mit schmutzigen Kartoffeln abstellt. »Ist etwas passiert?«

Ich möchte es ihr nicht sagen. Ich möchte ihr nicht sagen, dass ich sterbe. Wird der Schock dem kleinen Baby in ihrem Bauch schaden?

»Pearl?« Sie bleibt stehen und schaut mich an. Ich sehe die Sorge in ihrem Blick.

»Mein Bauch blutet«, flüstere ich.

»Wo? Warum?« Elizabeth tritt einen Schritt zurück und betrachtet mein Oberteil. »Hast du dich auf dem Feld geschnitten?«

»Innen drin. Es blutet in mir drin.«

»Wie meinst du das?«, fragt sie. Noch nie habe ich jemanden in der kurzen Zeit, die ich brauche, um Luft zu holen, blass werden sehen.

»Es tut mir leid, Elizabeth«, sage ich. Aber ich kann die Tränen nicht zurückhalten. Weil ich nicht sterben will. Ich möchte ihr Baby kennenlernen. Weiter im See schwimmen. Weiter im Regen tanzen.

Dann verändert sich Elizabeths Gesichtsausdruck, und sie lächelt mich an. »Wie kommst du denn darauf, dass dein Bauch blutet?«

Warum ist sie so froh, dass ich vielleicht bald sterbe?

»Ist Blut in deiner Unterhose?«

Als ich nicke, lacht sie und legt ihre Arme um mich. Ich spüre das Baby unter ihrer Haut. Es drückt sich gegen mich. Gegen meinen Bauch, der innen drin blutet.

Elizabeth tritt einen Schritt zurück, und ich sehe, dass sie weint. Also stimmt es: Ich sterbe.

Sie küsst ihren Daumen und drückt ihn erst auf ihren Bauch und danach auf meine Stirn, meine Brust und meinen Bauch.

»Versuchst du, mich zu heilen?«, frage ich leise. Und sie lächelt.

»Du brauchst nicht geheilt zu werden. Du stirbst nicht, Pearl, du bist fünfzehn Jahre alt und veränderst dich. Du wirst vom Mädchen zur Frau.«

Sie nimmt mich wieder in den Arm, und erst allmählich begreife ich. Das ist also das, worauf ich gewartet habe? Ein blutender Bauch?

Ich schaue Elizabeth an, aber sie sieht nicht so aus, als würde sie sich über mich lustig machen.

»Komm«, sagt sie und nimmt meine Hand.

Im Schlafzimmer wechselt sie meine Unterhose und nimmt meine alte an sich, in der inzwischen eine Menge zähes Blut klebt. Ich lenke meine Aufmerksamkeit auf die ausgeblichene gelbe Tapete, während sie einen dicken Stoffstreifen in meine frische Unterhose schiebt, mit dem ich watschele wie eine Ente.

»Da gewöhnst du dich dran.« Sie lächelt mich an. »So, und jetzt kein Wort«, sagt sie, und ich folge ihr hinaus in den Flur. Ich konzentriere mich auf ihre langen blonden Haare, während wir nach unten in die Küche gehen. Sie nimmt schweigend die Laterne und die Streichhölzer aus dem Regal, und wir gehen zur Hintertür hinaus.

Ich hatte ganz vergessen, dass es regnet. Es schüttet geradezu, und wir sind innerhalb von Sekunden völlig durchnässt. Ich höre nur noch, wie die Tropfen auf die Erde prasseln, sonst nichts. Elizabeth nimmt wieder meine Hand. Sie führt mich durch den Kräutergarten mit den hohen Backsteinmauern, aber der Duft ist schon fast weggespült. Sie öffnet die klapprige Tür am anderen Ende und wir gehen über das Erdbeerfeld. Die Pflanzen hängen voller roter Früchte.

Der Stoffstreifen reibt beim Gehen gegen meine Oberschenkel. Ich stelle mir vor, wie das Blut darauf tropft. Werde ich jetzt immer bluten? Werde ich jetzt nie mehr unbeschwert gehen oder laufen können?

Verwirrt stolpere ich hinter Elizabeth her. Warum ist mir jetzt zum Weinen zu Mute, wo ich doch so lange darauf gewartet habe, zur Frau zu werden? In der Ferne, da, wo ich vor weniger als einer Stunde, als ich noch ein Kind war, auch gestanden habe, sehe ich die anderen im Gemüsebeet. Ich erkenne Heather. Ihre langen braunen Haare kleben ihr am Rücken, sie sind nass vom Regen. Dann fällt es mir wieder ein. Jetzt kann ich meine Haare wachsen lassen. Nach all den Jahren des Wartens darf ich endlich meine blonden Haare wachsen lassen. Wenn sie mir über die Schultern fließen und bis zur Taille reichen, werde ich aussehen wie Elizabeth.

Plötzlich empfinde ich nur noch Freude. Das Bluten und diese merkwürdige, unbequeme Art zu gehen machen mir absolut nichts mehr aus, weil ich jetzt eine Frau bin.

»Elizabeth«, sage ich. Aber der Regen ist zu laut; sie kann mich nicht hören.

Als wir in den Wald laufen und die Wassertropfen auf das Laub über uns fallen, verändert sich das Geräusch.

»Wohin gehen wir?«, frage ich, aber Elizabeth lächelt nur.

Schließlich erreichen wir die Lichtung, in deren Mitte der Anbetungsstuhl von Papa S steht. Um die Lehnen ist frischer Efeu gewunden. Elizabeth geht darauf zu und dann viel zu nah heran. Sie betritt den verbotenen Kreis! Ich schaue mich um, aber es ist niemand da, der sie sehen könnte. Ich blicke in die Äste hoch, aber auch dort sind keine Paten versteckt.

Als sie nach dem Stuhl greift, halte ich den Atem an »Nein, Elizabeth«, hauche ich.

»Das ist erlaubt«, sagt sie leise, während sie sich daranmacht, den Stuhl anzuheben. Es ist offensichtlich, dass er schwer ist, aber ich kann ihr nicht helfen. Papa S sieht alles, und Elizabeth steht im verbotenen Kreis und berührt den Anbetungsstuhl.

Sie zieht ihn zur Seite und tritt mit den Füßen die dicke Schicht Laub weg, die sich dort angesammelt hat. Dann lässt sie sich auf alle viere hinunter und schiebt die Blätter mit den Händen weg, bis ein großer Metallring zum Vorschein kommt. Sie zieht daran und öffnet eine kleine Holzklappe, die ganz flach in der Erde liegt.

»Was machst du?«, frage ich.

Jetzt lächelt sie nicht mehr. »Ich verspreche dir, dass dir nichts passiert«, sagt sie. Sie nimmt die Streichhölzer aus ihrer Schürze, zündet eins an und steckt die Laterne an.

Dann begreife ich. Ich schaue in das Loch hinunter. Da sind Stufen, die in der schwarzen Dunkelheit enden. Sie will, dass ich da hineingehe.

»Ich möchte zurück ins Haus«, sage ich, doch ich rühre mich nicht vom Fleck. Ich laufe nicht weg.

»Du musst mir vertrauen, Pearl.« Ihre nassen Haare leuchten immer noch so blond. In der einen Hand hält sie die Laterne, die andere liegt auf ihrem schwangeren Bauch.

Ich liebe sie, also muss ich ihr auch vertrauen. Ich mache ein paar Schritte nach vorn, betrete den verbotenen Kreis und gehe vorsichtig die Stufen hinunter. Elizabeth folgt mir, das Licht von der Laterne zeigt uns den Weg. Am Fuß der Treppe ist ein winziger Raum in die Erde gegraben.

Ich schaue Elizabeth an. Im Licht der Kerze sehen ihre Wangen hohl und ihre Augen eingesunken aus. Ist das versteckte Angst?

»Jetzt habe ich es gesehen«, sage ich leise. Meine Stimme klingt ganz dumpf, so als würde die Erde sie verschlucken. »Kann ich wieder gehen?«

»Wir haben das alle gemacht, Pearl. Jede Frau bei uns in Saat war hier unten. Ich verspreche dir, dass dir nichts passiert.«

»Was meinst du damit?«

»Wenn du deinen ersten Segen hast, wenn du zum ersten Mal blutest, musst du in der Natur bleiben, damit sie dir einen gesunden Schoß schenkt«, sagt sie.

Ich verstehe sie nicht. Ich starre sie einfach nur an in dem flackernden Licht.

»Du musst tief in ihrem Schoß bleiben, damit auch dein eigener Schoß fruchtbar wird.«

»Was meinst du mit ›fruchtbar‹?«

»Damit du, wenn deine Zeit gekommen ist, Kinder zur Welt bringen kannst.«

»Ich möchte hier nicht sein, Elizabeth.« Meine Stimme zittert und ich fange an zu weinen. Ich betrachte die Erde um mich herum und bekomme plötzlich schreckliche Angst. Will sie etwa, dass ich hierbleibe?

Sie stellt die Laterne auf den Boden und legt ihre Arme um mich. Ihr Gesicht liegt jetzt im Schatten. »Du weißt doch, dass du nicht weinen darfst. Sonst verlässt dich dein Lebensgeist, und ohne ihn bist du nichts.«

Ich rieche ihren süßen Vanilleduft. Er überdeckt den Geruch von Blut und feuchter Erde, der in der Luft hängt.

»Es ist ja nicht für lange.«

»Du machst also die Klappe zu?« Die Worte purzeln mir aus dem Mund.

Elizabeth tritt einen Schritt zurück und nickt. Sie versucht zu lächeln.

»Aber wie soll ich hier atmen?«

Elizabeth nimmt die Laterne und leuchtet den unteren Rand der gewölbten Erdwände an. Ringsum ragen kleine schwarze Rohre aus der Wand. »Ich bin auch hier gewesen, Pearl. Es ist in Ordnung.«

»Nein, ist es nicht«, sage ich und fange wieder an zu weinen. »Ich will hier nicht bleiben.« Meine Stimme wird lauter, und Elizabeth schaut hoch, ins Licht.

»Psst! Still jetzt. Papa S darf nicht hören, dass du weinst. Und die Natur hört jedes Wort.« Damit stellt sie die Laterne wieder ab, dreht sich um und geht die Stufen hinauf.

Ich kann mich nicht bewegen. Irgendetwas hält mich fest. Ich möchte hinter Elizabeth herlaufen, sie zurückziehen, fliehen, aber stattdessen schaue ich einfach zu, wie sie zurück nach oben geht. Das Letzte, was ich sehe, ist ihr blondes Haar, als sie die Klappe herunterlässt; sie schließt sich mit einem dumpfen Schlag.

Dann höre ich über mir Laub rascheln und wie etwas Schweres herumgeschoben wird. Das muss Elizabeth sein; sie zieht den hölzernen Anbetungsstuhl wieder über den Eingang.

Alles in mir möchte schreien. Jeder Nerv, jede Zelle von mir möchte die Stufen hochlaufen und gegen diese Holzklappe schlagen und schreien, bis meine Lunge brennt. Aber ich tue es nicht. Ich weiß, dass die Natur mich beobachtet. Und Papa S würde es auch erfahren.

Also stehe ich da und starre die flackernden Schatten auf den Lehmwänden an, von denen ein unangenehm feuchter Geruch ausgeht. Ich stehe da und starre die Erde über mir und um mich herum und unter mir an. Ich stehe da und lausche auf das Geräusch meines eigenen Atems.

Sie kommt doch sicher bald zurück?

ZWEI

Die Kerze in der Laterne brennt ganz langsam herunter. Ich möchte mich nicht bewegen. Der Boden fühlt sich kalt an durch meine Hose. Ich versuche mir vorzustellen, dass ich träume, aber ich weiß, dass ich es nicht tue.

Elizabeth kommt nicht. Die Flamme krümmt sich und richtet sich wieder auf, sie tanzt in der Stille.

Ich muss jetzt eine Stunde hier sein, wenn nicht länger. Über mir ist niemand. Niemand kommt. Wenn die Kerze heruntergebrannt ist, werde ich in der Dunkelheit verschwinden.

»Elizabeth?«, rufe ich leise. Sie kann mich natürlich nicht hören. Niemand kann mich hören. Es ist ja niemand da.

Mein Magen knurrt, und langsam bekomme ich Bauchschmerzen vor Hunger. Das ist ein ganz neues Gefühl. Hier bei uns in Saat muss niemand hungern. Es gibt immer etwas zu essen und zu trinken.

»Danke, Natur«, flüstere ich. Ich küsse meine Handfläche und drücke sie flach auf die Erde; sie fühlt sich uneben an. Ich stelle mir vor, wie tief sie unter mir weitergeht.

Kate und Jack werden merken, dass ich weg bin. Sie werden nach mir fragen.

Ich schließe die Augen. Jetzt kann es nicht mehr lange dauern.

Aber das Atmen fällt mir schwer. Was, wenn diese Rohre nicht funktionieren? Wenn sie verstopft sind und mir langsam die Luft ausgeht? Mein Atem bleibt mir im Hals stecken; er kann nirgends hin. Muss ich ersticken? Werde ich so sterben?

»Hilf mir, Natur«, sage ich. Sie muss mich gehört haben, weil über meinem Kopf plötzlich das Laub raschelt. Dann folgt ein lautes Schrammen; jemand verschiebt den Anbetungsstuhl. Die Klappe öffnet sich, und das Sonnenlicht strömt so hell herein, dass ich mir die Augen zuhalten muss.

Ich bin frei. Gerade als ich die Stufen hochgehen will, kommt Elizabeth herunter, um mich zu holen. Sie hält etwas in der Hand. Unten angekommen zieht sie das darüberliegende Tuch weg. Es ist ein Teller Suppe. Mit einem Löffel und einem Stück Brot.

»Ich muss mich beeilen«, sagt Elizabeth mit gedämpfter Stimme und stellt den Teller auf den Boden.

»Aber ich komme mit dir«, erwidere ich.

»Morgen früh bin ich wieder da. Gleich nach Sonnenaufgang.« Sie will mich umarmen, aber ich halte ihre Hände fest.

»Nein, Elizabeth, du darfst mich nicht hierlassen.« Schrecklicherweise weine ich plötzlich in dem stillen Erdloch.

»Denk an die Belohnungen, Pearl. Du wirst einen gesunden Schoß haben. Und wenn Papa S sagt, dass die Zeit gekommen ist, wirst du Kinder bekommen.«

»Nein.« Ich versuche ruhig zu bleiben. »Nein, ich kann nicht hierbleiben.«

»Du musst.« Sie versucht sich von mir loszumachen.

»Wenn du mich hierlässt, sterbe ich. Ich kann hier nicht atmen, Elizabeth!« Ich will, dass sie mich anschaut. Dass sie mich versteht. Aber sie will wieder hochgehen. Sie versucht von mir wegzukommen.

»Du musst mich loslassen, Pearl«, sagt sie leise. Dann schaut sie mich mit ihren kleegrünen Augen an. »Die Natur wird dich beschützen. Hier unten kann dir nichts passieren. Du bist privilegiert.« Schließlich macht Elizabeth ihre Hände los und küsst mich auf den Kopf. »Du bist in Sicherheit, Pearl, du wirst geliebt.« Dann eilt sie die Stufen hoch. Ich greife nach ihrem Rock, aber sie ist schon weg.

Die Klappe hat das Sonnenlicht ausgesperrt. Jetzt gibt es nur noch die Stille und mich. Irgendwo graben Käfer in der Erde herum, aber ich kann sie nicht hören. Ich höre nur das Geräusch meiner kurzen Atemzüge und mein lautes Herzklopfen in dem beengten Raum.

Ich knie mich hin und nehme den Suppenteller vom Boden hoch. Bei dem Duft sollte mir das Wasser im Mund zusammenlaufen, aber als ich den Löffel an die Lippen führe, wird mir übel. Ich zwinge mich trotzdem, die Suppe zu essen, und spüre die Wärme in meiner Brust. Da der Schmerz in meinem Bauch nachlässt, kratze ich den Teller bis zum letzten Tropfen leer.

Dann dringt der Geruch der uralten Erde wieder zu mir, kriecht mir in die Nase und schlüpft in meinen Körper hinein.

Ich schließe die Augen und fange an zu zählen. Eins, zwei, drei. Immer weiter. Trotzdem kommt die Panik zurück. *Luft holen, Pearl, tief einatmen. Vertrau Elizabeth.* Ich konzentriere mich auf ihr Lächeln, auf das Baby, das in ihr heranwächst. Werde ich einen Bruder oder eine Schwester bekommen? Ich hoffe auf einen Bruder. Wenn es ein Mädchen ist, wird es auch in dieses Loch gezwungen. Ich könnte einfach danebensitzen, wenn ich wüsste, dass sie hier drin ist.

Ich werde an das Baby denken. An jeden einzelnen kleinen Finger. Jeden einzelnen kleinen Zeh. Und ich denke an Papa S, an all das, was er uns schenkt. Ich bin jetzt eine Frau, vielleicht kann ich seine Gefährtin werden. Ich stelle mir vor, wie meine Hand in seiner liegt. Mir wird kalt, aber er wird mich wärmen.

Ich muss schlafen.

⬡

Von irgendwoher kommt Musik. Jemand singt leise. Aber als ich die Augen aufschlage, umfängt mich schwarze Stille. Ich bin in der Erde, und die Kerze ist heruntergebrannt. Auf allen vieren taste ich meine Umgebung ab. Fühle nichts als raue, feuchtkalte Erde. Dann stoßen meine Hände gegen etwas, das der untere Rand der Stufen sein muss, und ich stolpere sie hoch. Oben befingere ich die geschlossene Klappe. Wenn ich verzweifelt genug bin, werde ich sie schon öffnen können. Ich stemme mich dagegen, so fest ich kann und so lange, bis ich das Gefühl habe, dass meine Handgelenke zerbrechen. Aber sie bewegt sich nicht.

Ich schlage dagegen, jetzt nur noch schwach. Weinend krümme ich mich auf der obersten Stufe zusammen. Es ist so dunkel, dass ich nicht mal meine Finger sehen kann. Dunkler als die Stille in unserem Schlafzimmer. Viel dunkler als die Nacht. Nichts existiert mehr, nur das Geräusch meines Weinens, das die Erde in sich aufsaugt. Tropfen für Tropfen versickert meine Lebenskraft.

Langsam taste ich mich zurück nach unten und lege mich hin. Meine Knochen tun weh von der Kälte und dem harten Boden.

»Bitte komm, Elizabeth«, flüstere ich. Ich küsse meine Handfläche und halte sie über mich, in die schwarze Leere.

⬡

Ich erwache von dem Geräusch der aufgehenden Klappe. Licht strömt herein. Es ist gedämpft, aber hell genug, um mir in den Augen wehzutun.

»Ich bin's, Pearl.«

Es ist Elizabeth. Sie zündet eine Laterne an, und ich kann wieder etwas sehen. »Alles gut«, sagt sie. »Es ist vorbei.« Sie lächelt mich an. »Zieh das an.« Sie reicht mir einen Rock aus fließendem grünem Stoff. Er ist schön. Ich betaste ihn im flackernden Licht der Kerze. Er fühlt sich weich an.

»Das ist Seide«, sagt sie. »Ich habe ihn für dich genäht, als du geboren wurdest.«

Ich ziehe meine Hose aus. Der Rock fühlt sich wie Wasser an auf meinen nackten Beinen. Elizabeth hält mir einen frischen Stoffstreifen hin.

»Gib mir dafür den aus deiner Unterhose. Er muss sieben Tage hierbleiben.«

»Muss ich noch mal herkommen, um ihn zu holen?«, frage ich. Panik steigt wie Galle in mir hoch.

»Du brauchst nicht mehr hierher«, sagt sie sanft.

Elizabeth nimmt meinen alten Stoffstreifen. Er ist voller Blut. Nachdem sie ihn mit der Oberseite nach unten auf die Erde gelegt hat, wendet sie sich mir zu. »Du darfst nie mit irgendwem über das hier sprechen«, sagt sie.

Dann bläst sie die Kerze aus und macht sich auf den Weg nach oben. Ich eile hinterher.

Als wir draußen sind, schließt sie die Klappe, bedeckt sie mit Laub und schiebt den schweren Anbetungsstuhl zurück an seinen Platz.

Während wir durch die frische Luft des frühen Morgens zurücklaufen, singen die Vögel. Der Regen hat aufgehört. Mein smaragdgrüner Rock wird allen zeigen, dass ich jetzt eine Frau bin.

DREI

Ich betrachte Rubys kleine Finger, während sie die Becher spült. Irgendwann wird auch sie eine Frau werden. Ich weiß, dass es bis dahin noch Jahre dauern wird, aber ich ertrage den Gedanken nicht, dass auch sie dann in der Erde gefangen sein wird. Um die Erinnerung loszuwerden, konzentriere ich mich auf den Schaum im Spülwasser.

Als Jack hereinkommt, bemerkt er meinen Rock sofort. Er schaut mich an. »Bist du jetzt eine Frau?«, fragt er lächelnd.

»Ja«, sage ich voller Stolz.

Jack zögert. Ich frage mich, ob auch er irgendwann bluten wird und dann seine Haare wachsen lässt wie die Paten. Da er schon sechzehn ist, kann es nicht mehr lange dauern. »Aber du veränderst dich doch nicht, oder?«, fragt er.

»Vielleicht schon.«

»Besser nicht«, sagt er. Dann greift er in die Spüle, und Ruby grinst, als er mich mit Wasser bespritzt.

»Hey, pass auf meinen Rock auf«, sage ich lachend.

»Auf keinen Fall!«

Also spritze ich zurück. Er rennt aus dem Zimmer und prallt direkt gegen Pate Smith.

»Langsam«, sagt Pate Smith. Aber er ist nicht wütend. Das ist er nie. Von den beiden Paten war er mir schon immer der liebere, obwohl es nicht erlaubt ist, Lieblinge zu haben. Ich stelle mir gern vor, dass er im Wald aufgewachsen ist, weil sein Bart die Farbe des Herbstes hat.

»Pearl ist jetzt eine Frau«, sagt Jack, greift nach meinem Rock und lässt den Stoff rascheln.

Ich sehe ein kurzes Flackern in den Augen von Pate Smith, aber dann lächelt er mich freundlich an. Als er seine Arme um mich legt, verspüre ich die seltsame Sehnsucht, ein Kind zu bleiben.

»Ich erinnere mich noch an deine Geburt«, sagt er kopfschüttelnd. »Deine Haare waren so hell, dass ich davon fast blind geworden bin. Und du hast so geschrien, dass wir fast taub geworden wären.« Wenn er lacht, ziehen sich die Fältchen um seine Augen eng zusammen. Er nimmt meine Hand zwischen die seinen. »Aber heutzutage bist du der reinste Sonnenschein.«

»Oh, oh«, wendet Jack ein. »Hast du eine Ahnung, Pate Smith.«

Während ich lache, spüre ich meine nackten Beine unter dem Rock.

Ruby nimmt ihre Hände aus der Spüle und trocknet sie ab. Dann kommt sie zu mir und streicht über den Stoff meines Rocks. »Bist du jetzt wirklich eine Frau?«

»Ja«, sage ich. »Und eines Tages bist du auch eine.«

Sie lächelt breit. Ich verdränge den Gedanken, dass sie dann allein in der Erde sitzen wird.

Die zwei Holztische auf der Wiese werden für die Morgenmahlzeit eingedeckt. Das ist mein Lieblingsessplatz. Und heute ist mein Lieblingswochentag. Freitage sind nämlich immer frei. Wenn Papa S nichts anderes sagt, dürfen wir den ganzen Tag im Gras liegen und in den Himmel schauen, wenn wir wollen. Solange die Tische gedeckt werden und das Essen gegessen wird, gehört der Tag ganz uns.

Durchs Fenster kann ich sehen, dass Bobby die Gabeln an die richtigen Stellen legt. Eine hält er ins Sonnenlicht hoch. Obwohl er für seine fünf Jahre klein ist, wirkt er schlauer als die meisten von uns. Er hat mir erzählt, dass die Natur durch Lichtstrahlen zu ihm spricht. Ich glaube, jetzt gerade lauscht er ihr wieder.

»Kannst du bitte die Teller rausbringen, Pearl?«, fragt Elizabeth, als sie von draußen reinkommt. »Und Jack, da an der Seite sind Gläser. Der Tisch deckt sich nicht von selbst.«

Ich nehme die Teller und gehe auf die Wiese hinaus. Als ich das kniehohe Gras erreiche, höre ich Jack und Elizabeth hinter mir lachen. Um keinen Pfad zu hinterlassen, stakse ich vorsichtig durch das Gras. Ich wünschte, ich hätte nichts in der Hand, dann könnte ich nach unten greifen und mit den Fingerspitzen über die Halme streichen.

Als Bobby vorbeikommt, küsst er seine Handfläche und reckt sie mir entgegen. Ich muss immer lächeln, wenn er das macht. Er kann es gar nicht erwarten, groß zu werden und wie die Paten zu sein.

»Hat die Natur dir heute etwas erzählt?«, frage ich.

»Das ist ein Geheimnis«, antwortet er, bevor er ins Haus geht.

Jack holt mich ein, als ich die Teller verteile; an jeden Platz stelle ich einen. Er trägt Türme aus Gläsern in den Händen.

»Wem habt ihr heute Morgen gehuldigt?«, frage ich ihn.

»Ich war noch gar nicht draußen. Ich musste Pate John mit dem Brunnen helfen. Wir haben die undichte Stelle repariert.«

Ich schaue Jack an. Er ist so stolz, dass er endlich gebeten wurde, den Paten bei richtiger handwerklicher Arbeit zu helfen. Jahrelang haben wir ihnen nur zugesehen, während wir spielten, und Jack war immer fasziniert von ihrem Hämmern und Klopfen, wenn sie etwas gebaut oder ausgebessert haben. Dann ist er allmählich größer geworden und durfte es selbst lernen.

»Wurde ja auch Zeit, dass du anfängst, richtig mitzuarbeiten«, sage ich lachend. Er nimmt ein Tuch und schlägt damit quer über den Tisch hinweg nach mir.

Dann schreiten wir gemeinsam den Tisch ab. Neben jeden Teller, den ich verteile, stellt er ein Glas, bis wir für alle elf Personen gedeckt haben. Ich bleibe stehen, sehe einer Ameise zu, die über einen Löffel flitzt, und drücke meinen Finger vor ihr auf die Tischplatte, damit sie daraufkrabbelt. Aber sie dreht sich um und verschwindet über die Tischkante.

Ich blicke zurück zu unserem Zuhause mit den vielen Fenstern, den roten Backsteinen, an denen Efeu emporrankt, und den Kaminen oben auf dem Dach. Es gibt keinen Ort auf der Welt, an dem ich lieber wäre.

Heather kommt mit zwei Vasen voller Wiesenblumen aus der Küche. Ein paar blaue hat sie sich ins Haar geflochten und die Blüten wippen in ihren Locken auf und ab. Bald kann ich das auch machen.

Nachdem sie die Vasen auf den Tisch gestellt hat, kommt sie zu mir. »Die Natur hat dich zur Frau gemacht«, sagt sie herzlich. Sie küsst ihre Handfläche und hält sie an meinen Bauch. Dann nimmt sie mich in den Arm und ihre Locken fallen über mein Gesicht.

»Ich freue mich so«, sage ich, als sie mich zurückschiebt, damit ich sie anschauen kann. In ihren Augen steht die Erinnerung an das Loch in der Erde; ich bin ganz sicher. Vielleicht ist es ein guter Ort.

»Ich bin sehr stolz auf dich«, sagt sie und mein ganzer Körper lächelt sie an.

Jack und ich gehen mit leeren Händen zurück ins Haus. »Was machen wir denn heute?«, fragt er und streicht über seine kurz geschorenen Haare.

Ich antworte ihm nicht, weil Kate an der Küchentür steht. Sicherlich betrachtet sie meinen Rock. Ich lächele sie an, als sie auf mich zukommt.

»Du hast es also geschafft«, sagt sie. Meint sie etwa das Loch in der Erde? Wir dürfen es doch nicht erwähnen. »Jetzt sind wir wieder gleich.«

Ich spüre ihre Wärme, während sie mich umarmt. Ich muss daran denken, dass ihr Bauch genauso blutet wie meiner, ich es aber nie gewusst habe. Als sie mich loslässt, ist da aber noch etwas anderes in ihrem Blick.

»Jetzt kann ich meine Haare wachsen lassen«, sage ich lächelnd. »Dann sehen wir wieder aus wie Schwestern.« Ich berühre ihre Haare. Wir haben exakt den gleichen Blondton, aber meine Haare sind glatt, während Kates leicht gewellt sind, wie Wasser.

Elizabeth steht am Herd, rührt mit dem Holzlöffel in dem riesigen Topf mit Haferbrei und summt leise vor sich hin. Das Sonnenlicht fällt durchs Fenster genau auf sie. Es scheint auf ihre roten Lippen und ihre mandelförmigen Augen und ich weiß, dass sie das schönste Wesen auf der ganzen Welt ist. Wie immer wünsche ich mir im Stillen, dass sie meine richtige Mutter ist.

Ich weiß, dass es falsch ist, sich Gedanken darüber zu machen. Dass wir Geschenke der Erde sind und allen Frauen der Familie gehören. Aber ich möchte so sehr zu *ihr* gehören.

Ich schiebe den Gedanken weg. Heute soll für nichts anderes Platz sein als für Freude.

»Gut, ihr Mädchen. Tragt den Topf hinaus. Ich sage Papa S Bescheid, dass wir essen können.«

Ein paar aus unserer Familie sitzen bereits am Tisch, als wir wieder nach draußen treten. Der Haferbreitopf ist schwer und tut mir an den Fingern weh, obwohl ich ein Tuch um den Griff gewickelt habe. Pate John steht auf, um mit anzufassen, und wir stellen ihn ans Ende des massiven Holztischs. Beim Aufkommen hört man einen leisen Schlag.

»Danke«, sagt Pate John und legt seine Hand sanft auf Kates Kopf. Er ist sehr groß, viel größer als Pate Smith, und Kate sieht unter seiner kräftigen Hand irgendwie wieder wie ein Kind aus. Sie verzieht das Gesicht und zuckt zurück. Ich weiß nicht, was los ist, aber sie weicht meinem Blick aus.

Wir setzen uns genau in dem Moment hin, als Papa S aus der Tür kommt und auf einen Schlag diese wunderbare Stille eintritt. Er geht langsam zum Kopfende des Tisches. Heute ist Rachel an seiner Seite. Sie schaut ihn mit lächelnden Augen an und hält eine Blume an ihre Lippen. Die Finger ihrer anderen Hand sind mit seinen verschränkt. Es wirkt so, als wäre sie schon lange seine Gefährtin.

Papa S ist kaum größer als sie, aber seine Güte ragt weit in die Luft empor. Er trägt seine langen Haare heute offen und sie fließen wie weißes Sonnenlicht über seine Schultern. Die Ehrfurcht und Liebe, die ich für ihn empfinde, flammen in mir auf. Ich bestaune seinen intensiven Blick und die tiefen Falten in seinem Gesicht, die sein Alter feiern.

Meine Hand gleitet zu meinem Rock und ich lächle in der Hoffnung, dass Papa S Bescheid weiß. Dass er ihn bemerkt hat. Vielleicht werde ich bald diejenige sein, die eine Blume an ihre Lippen hält, und alle werden mich sehen und wissen, dass ich seine Gefährtin bin. Der Gedanke, an seiner Seite zu gehen, gießt Sonnenschein in mein Herz.

Als er an seinem Platz ankommt, erheben wir uns alle. Wir küssen zugleich unsere Handflächen und recken sie in den Himmel empor. Papa S schwenkt seinen Arm durch die Luft und wir setzen uns wieder.

»Beginnt mit eurem Dank«, sagt er mit seiner kräftigen Stimme. Also hebe ich den Kopf und stimme in das leise Gemurmel ein. Die Luft ist warm und das hohe Gras um uns herum ganz still. Das ist Glück.

Ich versuche, mich auf meinen Dank zu konzentrieren, aber meine Gedanken wandern immer wieder zu Elizabeths angeschwollenem Bauch. Ich stelle mir das Kind vor, das eingerollt darin liegt wie eine Nuss und Tag für Tag ein Stückchen wächst. Es wartet und wächst und blinzelt dabei in die tintenschwarze, feuchte Dunkelheit. Wenn es da ist, werde ich nachsehen, ob es Ähnlichkeit mit mir hat. Ich werde nach Anzeichen dafür suchen, dass es meine echte Schwester oder mein echter Bruder ist. Auch wenn ich sie oder ihn dann nicht anders behandeln darf.

»Fangt an zu essen«, höre ich Papa S leise sagen. Mit gesenkten Köpfen reichen wir einer nach dem anderen unseren Teller zu dem Topf mit dem abkühlenden Haferbrei.

Das ist nicht meine liebste Mahlzeit des Tages. Bis die Teller vor uns stehen, ist Elizabeths Zauber schon lange verflogen. Oben auf dem Haferbrei bildet sich immer eine gummiartige Haut, die man mit dem Löffel durchstoßen muss, um an den noch flüssigen Haferbrei darunter zu kommen.

»Schmeckt toll, Elizabeth«, sagt Jack und ich weiß, dass er es ehrlich meint. Er besitzt eine Wärme und Herzlichkeit, die man fast mit Händen greifen kann. Ich esse meinen Brei schnell auf, weil ich mich auf das frische Brot und die zerfließende Marmelade freue.

Sobald wir fertig gegessen haben, räumen wir schnell die Teller und Schüsseln ab. In diesem Sommer gab es nicht so viele warme Tage und während die Paten am Tisch sitzen bleiben und sich ausruhen, wollen wir möglichst viel aus unserer freien Zeit machen.

»Danke, Pearl«, sagt Rachel, als sie mir ihren Teller anreicht. Papa S lächelt mich an und mir kribbeln die Arme vor lauter Stolz. Aber er sagt nichts und da ist kein Anzeichen von Erkennen in seinem Blick. Ich wünschte, ich hätte den Mut, ihn zu fragen: *Hast du gesehen? Hast du gesehen, dass ich jetzt eine Frau bin?* Doch ich sammele die Löffel ein und gehe wortlos zurück ins Haus.

Obwohl der Vormittag erst zur Hälfte vorbei ist, wird es in der Küche schon unangenehm warm. Jack hat die Tür aufgelassen und in der Wand eingehakt. Auch die Fenster, die zur Wiese hinausgehen, sind weit geöffnet, aber es weht kein Lüftchen.

»Beeilt euch, ihr faules Pack«, sagt Jack und kitzelt Ruby und Bobby, bis ihre Beine nachgeben und sie auf den Steinboden sinken.

»Was du machst, ist auch nicht gerade hilfreich«, sagt Kate und schnippt Schaum von einem Teller zu Jack. Er wischt ihn lachend von seinen Hosenträgern.

»Genug jetzt«, sagt eine Stimme an der Tür. Sonst klingt Heather nie ärgerlich. Eben war sie noch so herzlich zu mir, aber jetzt blickt sie finster drein und ihre Lippen sind aufeinandergepresst. »Papa S hätte gern noch etwas Milch«, sagt sie in den Raum hinein.

»Ich gehe schon«, kreischt Ruby, wirft ihr Geschirrtuch zur Seite und rennt zum Kühlschrank.

»Nein, ist schon gut«, sagt Heather und nimmt ein Glas aus dem Oberschrank. Ruby macht ein enttäuschtes Gesicht, aber Heather scheint es noch nicht einmal zu bemerken. Sie nimmt

Ruby den Krug aus der Hand und gießt Milch in das Glas. Wir alle beobachten sie, während sie den Krug wieder wegstellt, den Kühlschrank zumacht und zurück auf die Wiese geht.

»Was ist los mit ihr?«, frage ich.

»Ich glaube, sie ist eifersüchtig auf Rachel«, sagt Kate. »Ich wette, sie hat gehofft, dass Papa S eine neue Gefährtin auswählt.«

Eine neue Gefährtin. Werde ich es sein?

»Sie darf nicht eifersüchtig sein«, sagt Ruby schockiert. »Das ist nicht erlaubt.«

»Man kann seine Gefühle aber nicht einfach abstellen, oder?«, erwidert Kate und wirft Jack einen so schnellen Blick zu, dass er mir entgangen wäre, wenn ich auch nur kurz geblinzelt hätte. Aber ich weiß, dass ich ihn mir nicht eingebildet habe, weil Jacks Wangen in diesem Moment rot anlaufen und er auf seine Füße schaut.

Auf einmal kriecht ein seltsames Gefühl von meiner Kehle bis in meinen Bauch hinunter. Ich weiß nicht, warum es da ist, und ich weiß nicht, was es ist, und dann ist es wieder verschwunden.

Sie wissen nicht, dass ich hier bin, für immer oben im Haus eingesperrt. Dass ich sie beobachte. Dass eins von ihnen meins ist.

Sie wissen nicht, dass ich mich daran erinnere, wie mein Baby in mir herangewachsen ist. Und an den Donner in meinem Bauch, als die Zeit gekommen war und ich aufgerissen bin. Dass der stechende Schmerz sich in ein Brennen und Ziehen verwandelt hat und dass schließlich ein Kopf zum Vorschein kam. Ich habe das Fleisch und die Knochen aus mir herausgepresst. Mein Kind.

Die glibbrige, schlangenartige Schnur, mit der mein Baby an mir festhing, hatte ich nicht erwartet. Und auch nicht die Schreie meines Babys, als die Schnur durchtrennt wurde.

Ich weiß noch, wie ich gefragt habe: »Tut ihr ihm weh?« Ich wusste nicht, ob ich einen Jungen oder ein Mädchen zur Welt gebracht hatte.

»Dem Baby geht es gut.« Der Pate drückte mir lächelnd einen kalten Waschlappen auf die Stirn. Nicht, um mir zu helfen, sondern um mich unten zu halten.

»Kann ich mein Baby haben?«, fragte ich. Aber dann setzten wieder diese Krämpfe ein. Meine Mutter hat sich zwischen meine Beine gestellt und an dieser Schnur gezogen.

»Was passiert jetzt?«, habe ich geschrien.

Und der Pate hat nur gelächelt. »Vertrau uns«, sagte er. »Vertrau uns.«

VIER

Er wird nicht weinen. Ich weiß, dass er nicht weinen wird, auch wenn das Blut durch den Riss in seiner Haut quillt. Bobby verzieht lediglich das Gesicht und kneift die Augen fest zu, während ich seinen Fuß auf weitere Dornen untersuche.

»Im Herbst schenkt er uns Brombeeren«, sage ich und berühre den Strauch sanft mit den Fingerspitzen. »Also können wir ihm diesen Kratzer verzeihen.«

Bobby beobachtet mit schmerzverzerrter Miene, wie ich ein Blatt von einem Farn abpflücke und es auf seine Wunde drücke. Er versucht seinen Fuß wegzuziehen, aber ich halte ihn fest und warte, dass das Blatt seine Wirkung tut.

Als es so weit ist, stehe ich auf und klopfe mir die trockene Erde vom Rock. »Komm, lass uns zurückgehen, bevor es dunkel wird.«

Bobby lehnt seinen Kopf an mich. »Danke, Pearl«, sagt er. Während wir so dastehen, liegt es mir auf der Zunge zu sagen: *Ich glaube, du bist mein richtiger Bruder.* Ich weiß es seit dem Moment vor fünf Jahren, als Elizabeth und Rachel mit ihren leeren Bäuchen zurückkamen und die Paten zwei quäkende Babys im Arm hielten. Als ich Bobby das erste Mal gesehen habe, wusste ich gleich, dass er mein Bruder ist.

Aber ich sage nichts. Stattdessen nehme ich seine Hand und wir gehen vorsichtig zurück durch den Wald, zurück zum Haus.

Bald darauf setzt der Regen ein. Als wir gerade dabei sind, Elizabeth in der Küche zu helfen. Das ist das erste Mal in den drei Tagen, seit ich eine Frau bin, dass es regnet. Kate kommt herein und steckt ihren Finger in den Weichkäse, den ich gerade in einem Mulltuch ausdrücke. Lachend versuche ich, ihre Hand festzuhalten, doch sie zieht sie schnell weg.

»Hey, du Träumerin«, sagt sie zu mir. »Du warst ja schon zum Beten draußen, bevor ich überhaupt die Augen aufgeschlagen hatte.«

»Ja, ich bin ganz früh losgegangen, mit Bobby.«

»Wir haben ein Rotkehlchen entdeckt«, sagt Bobby. »Es hat mit mir gesprochen.«

»Wir haben zehn Freudengesten geschafft, bevor es weggeflogen ist«, füge ich hinzu.

»Und ich musste dann allein gehen«, sagt Kate. Ein seltsames Grinsen umspielt ihre Mundwinkel. »Mir war der Schlamm lieber.«

Ich weiß nicht, warum sie in letzter Zeit solche Dinge sagt. Ich möchte sie fragen, aber irgendetwas hält mich zurück.

»In allen Dingen liegt Schönheit«, sagt Elizabeth im gleichen Moment, als Ruby hereingestürmt kommt und der Regen draußen lauter wird. Wir legen unsere Tücher weg und gehen zur offenen Tür, um hinauszuschauen.

»Ich mag es, wie die Tropfen vom Boden abprallen«, sagt Ruby.

»Später müssen wir da noch raus. Wir müssen Karotten ernten«, sagt Elizabeth. Sie steht neben uns, eine Hand liegt auf Bobbys Schulter, die andere drückt sanft gegen die Scheibe.

Ich betrachte Elizabeths Finger und lege meine neben ihre an das Glas. Ich bin sicher, unsere Hände sehen gleich aus. Wir haben beide schlanke Finger und schmale Handgelenke.

Sie schaut mich an und lächelt. »Das sind nur Hände«, sagt sie und ich frage mich, woher sie weiß, was ich denke.

»Kommt, lasst uns rausgehen«, sagt Kate. »Das wird lustig.«

»Du nicht, Kate«, sagt eine Stimme hinter uns.

Pate John ist ins Zimmer gekommen. Das Prasseln des Regens hat seine Schritte übertönt. Ruby rennt los und springt in seine Arme. Er wirft sie hoch in die Luft und fängt sie wieder auf. Als sie wieder sicher in seinem Arm liegt, wickelt sie das Ende seines Bartes um ihre Hände.

»Da sind ja Linien in deinen Haaren«, sagt sie zu ihm.

Pate John lacht. »Die Natur fängt an, meinen Bart grau anzumalen«, sagt er.

Ich bin so an seine schwarzen Haare gewöhnt, dass ich mir gar nicht vorstellen kann, dass sie sich verändern. Und ich glaube auch nicht, dass ich es möchte.

Pate John wirft Ruby noch einmal in die Luft hoch.

»Sie ist zu groß dafür«, mahnt Elizabeth.

»Mit fünf Jahren ist man noch nicht zu groß, um in die Luft gewirbelt zu werden«, antwortet Pate John und Ruby lacht, als er sie erneut hochwirft.

»Nachher tut dir dein Rücken weh«, sagt Elizabeth zu ihm und er setzt Ruby auf dem Boden ab.

»Heather braucht noch etwas Mehl«, sagt Pate John. »Und ich brauche Kate. Sie soll mir mit dem Rad helfen.«

Auf Kates Miene erscheint ein seltsamer Ausdruck. »Ich helfe doch gerade Elizabeth«, sagt sie.

»Ich habe dich gebeten, mit mir zu kommen«, sagt Pate John.

Dann verlässt er den Raum und als sie ihm folgt, sehe ich schockiert, dass sie hinter ihm ein Gesicht zieht.

Ich schaue zu Elizabeth, aber ich weiß nicht, ob sie es gesehen hat. Falls ja, frage ich mich, welche Strafe Kate bekommen wird.

»Nana Willow braucht ihre Tinktur«, sagt Elizabeth zu mir. »Bringst du sie ihr? Es geht ihr heute nicht gut.«

»Natürlich«, sage ich, aber Widerwille sitzt wie ein Kieselstein in meinem Magen. Ich kann es niemandem sagen, aber Nana Willow macht mir Angst. Sie hat ihr Zimmer schon so viele Jahre nicht verlassen, dass ihr Verstand genauso verwelkt ist wie ihre Haut.

Ihr Zimmer liegt im Erdgeschoss. Ich verlasse die Küche, durchquere die Diele und laufe den gefliesten Flur entlang. Unterwegs werfe ich unwillkürlich einen Blick auf die Tür, die zum Raum der Vergebung führt. Ich bin erst einmal durch diese Tür gegangen und möchte es nie wieder tun. Noch ein kurzer Flur, dann stehe ich vor Nana Willows Zimmer.

Ich klopfe nicht an, da ich weiß, dass sie es ohnehin nicht hören kann. Schon als ich langsam die schwere Holztür aufdrücke, dringt ihr Geruch zu mir. Ich versuche, nicht weiter darauf zu achten, und sage mir, dass er genauso natürlich ist wie die Blumen auf dem Feld. Aber es riecht nach Verwesung.

Ich zwinge mich einzutreten und zu lächeln, obwohl ich von hier aus sehen kann, dass Nana Willows Augen fest geschlossen sind. Ihre Brust klingt wie ein knarrender Ast, wenn sie schläft.

Geräuschlos gehe ich zu ihr. Neben ihrem Bett steht ein kleiner Tisch, darauf stelle ich das Glas mit dem frischen Saft, der ihre Tinktur enthält.

»Nana Willow«, flüstere ich. Sie rührt sich nicht. »Nana Willow.« Als ich mich zu ihr hinunterbeuge, klappt sie schlagartig die Augen auf und starrt mich an.

»Da bist du ja, Sylvie«, sagt sie. Ihre Stimme klingt wie Dampf, der durch den Spalt zwischen ihren Lippen entweicht.

»Ich bin's, Nana Willow. Pearl.« Aber sie sieht mich nicht. Sie greift nach mir, legt ihre Finger um meine. Ich möchte weglaufen, aber mir ist klar, dass ich das nicht darf.

»Ich wusste, du würdest zurückkommen«, sagt sie. Sie tastet nach meinem Gesicht und ich weiche unwillkürlich zurück.

»Nana Willow, ich bin's, Pearl.« Meine Hände zittern leicht, als ich nach dem Glas greife. »Du musst das hier trinken.« Ich sollte ihr helfen, sich aufzusetzen, aber ich habe Angst, durch das Nachthemd hindurch ihre Knochen zu spüren. Stattdessen hebe ich nur ihren Kopf leicht an. Sie sieht verwirrt aus, als ich ihr das Glas an die Lippen setze und versuche, ihr den Saft langsam einzuflößen. Ein Teil davon rinnt ihr wieder aus dem Mund und läuft ihren faltigen Hals hinunter. Und dabei sieht sie mich die ganze Zeit mit ihren trüben Augen an.

Als das Glas leer ist, nehme ich ein braunes Tuch, das ordentlich gefaltet auf dem Tisch liegt. Vorsichtig tupfe ich den Saft von ihrer Haut. Nana Willow starrt mich an und dann verändert sich etwas in ihr. Es ist so, als würde sie plötzlich sehen, wer ich wirklich bin. Ihr entweicht ein Stöhnen und ich wische ihr die Tränen weg.

Ich warte, bis sie aufhört zu weinen.

»Schon gut, Nana Willow.« Ich wage es, ihr die Haare aus dem Gesicht zu streichen. *Sie ist wie ein Kind*, sage ich mir. *Genau wie ein Kind.*

Da sie die Augen wieder geschlossen hat, wende ich mich von ihr ab. Während ich zur Tür gehe, höre ich, wie sie sich hinter mir bewegt.

Ich werfe einen Blick zurück. Sie hat sich aufgesetzt und mir ist klar, dass sie mich gleich wieder zu sich rufen wird.

Ich renne aus dem Zimmer und schließe noch nicht einmal die Tür hinter mir.

FÜNF

Elizabeth hat mir erklärt, dass ich vielleicht eine Zeit lang keinen neuen Segen bekomme, aber nach und nach wird mein Körper sich anpassen, dann bekomme ich ihn alle paar Wochen. Es ist eine Erleichterung, dass ich den rauen Stoffstreifen nicht mehr in der Unterhose tragen muss. Jetzt kann ich wieder schwimmen gehen.

Unser See blitzt bereits zwischen den Bäumen hindurch. Er ist schön heute. Die Sonne lässt das Wasser glitzern, und als wir uns an den Blättern vorbeischieben und näher herangehen, können wir ihn ganz sehen. Er hat eine beinahe perfekte Kreisform. Die Bäume stehen ein kleines Stück vom Wasser entfernt und rund um das Ufer wächst ein schmaler Streifen Gras. Am Rand ist der See noch flach, aber in der Mitte könnte man niemals stehen. Heute ist das Wasser blau, wie der Himmel. Und da die Hitze meine Schultern kitzelt, möchte ich hineinspringen.

»Kommt, wir schwimmen um die Wette!«, ruft Jack, schiebt Kate und mich zur Seite und zieht im Laufen sein Hemd aus. Wir rennen hinterher und verjagen mit unserem Gelächter die Vögel aus den Bäumen.

»Los!«, ruft Kate mir zu. Ich werfe meine Tasche hin und ziehe mir mein Oberteil über den Kopf. Sie holt ihn ein, während er sich aus seiner Hose kämpft, und springt ihn an, bis sie beide hinfallen. Mein neuer Rock lässt sich leicht ausziehen und ich laufe an ihnen vorbei. An den nackten Füßen fühle ich, wie das Gras feuchter wird.

Ich spüre die Hitze der Sonne im Rücken, während ich in meiner Unterwäsche platschend in den See renne. Das eiskalte Wasser peitscht um meine Knöchel und tut mir an den Knien weh. Nach Luft schnappend bleibe ich stehen. Genau in dem Moment fliegt Jack an mir vorbei und taucht kopfüber ins Wasser. Als er wieder hochkommt, ist er schon ein kleines Stück hinausgeschwommen.

»Los, komm, Pearl!«, ruft er. »Wenn du dich schnell bewegst, merkst du die Kälte nicht so.« Er taucht wieder unter und strampelt, bis er verschwunden ist.

»Wer zuletzt in der Mitte ist, wäscht die Unterwäsche von Pate Smith«, kommt es von Kate neben mir. Dann ist sie weg, im Wasser.

Also lass ich mich auch hineingleiten. Ich hole tief Luft, ziehe den Kopf ein und tauche in das eisige Wasser. Die Kälte schlägt mir ins Gesicht, aber trotzdem ist es wahnsinnig toll hier unten. Wenn das Wasser mich vollständig umgibt, löst sich die Welt auf, bis nur noch ein leises Murmeln von ihr übrig ist. Hier unten gibt es nur noch mich und die Kälte.

Mein Kopf kommt wieder hoch und ich atme weiter, während ich zu Jack schwimme, in die Mitte, wo wir nicht mehr stehen können.

»Das Wasser ist so klar heute«, sagt er. Seine Schultern durchbrechen die Wasseroberfläche und seine Hände vollführen dieselben Bewegungen wie meine: Wir lassen sie im Wasser kreisen, um nicht unterzugehen.

»Gut, dass an unserem freien Tag die Sonne scheint, findest du nicht auch?«, sage ich und kippe nach hinten, bis ich flach auf dem Rücken liege und nur langsam mit den Armen rudere. Der Himmel über uns ist einmalig. Nicht eine Wolke ist zu sehen.

So könnte ich für immer liegen bleiben und glücklich sein.

Über das Wasser dringen leise Rufe an mein Ohr. Ich hebe widerstrebend den Kopf und sehe, dass jetzt auch Bobby im See steht. Er hat die dünnen Arme über den Kopf gehoben und hält Rubys Sandalen in den Händen.

»Gib sie her!«, ruft Ruby.

»Ich helfe ihr«, sagt Jack und schwimmt zu Bobby. Seine strampelnden Beine spritzen Wasser in Kates Gesicht. Sie wischt es sich aus den Augen, während sie weiter auf der Stelle schwimmt. Wir schauen zu, wie Jack mit kräftigen Zügen den See durchpflügt, bis er das flache Ufer erreicht.

»Genug jetzt«, hören wir ihn sagen. Er nimmt Bobby die Sandalen ab. Kate und ich schwimmen langsam auf die anderen zu.

»Wenn sie nicht aufhört zu plärren, werfe ich ihre Sandalen eigenhändig ins Wasser«, sagt Kate, als wir nahe genug am Ufer sind, um wieder mit den Füßen den Grund berühren zu können. Der Boden fühlt sich schlickig an. Der Schlamm quillt zwischen den Zehen hindurch wie kalter Lehm und ich mag das Gefühl nicht, obwohl ich weiß, dass ich es mögen sollte. Ich stelle mir vor, dass die Knochen eines Toten genau unter meinen Füßen begraben sind, und gehe schnell weiter, weil ich mich nur an die Berührung des Wassers erinnern möchte.

Wir waten aus dem Wasser und legen uns nebeneinander ins Gras. Jack sitzt abgewandt neben uns und schaut auf den See hinaus. Wassertropfen funkeln auf seiner Haut. Ich bin überrascht, wie stark seine Schultern aussehen. Die Zeit verändert auch ihn, aber manchmal wünschte ich, wir könnten das alles verlangsamen. Wenn ich könnte, würde ich die Natur vielleicht bitten, das Ticken ihrer Uhr anzuhalten, nur für ein Weilchen.

»Heather sagt, dass ich eine Zeit lang nicht mehr zum Verkaufen mit auf den Markt gehen darf«, sagt Kate und dreht sich auf den Ellbogen, um mich anschauen zu können.

»Warum denn?«

»Weil sie die Jungs aus der Draußenwelt angesehen hat«, sagt Jack und schaut lächelnd über seine Schulter.

»Hast du?«, frage ich. »Das ist gefährlich, Kate.«

»Habe ich nicht.« Sie setzt sich auf, drückt Wassertropfen aus ihren Haaren und schnickt sie zu Jack.

»Warum sollten sie dir sonst verbieten, auf den Markt zu gehen?«, fragt er.

Kate stützt sich seufzend auf die Ellenbogen und legt ihren Kopf in den Nacken, bis ihre Haare den Boden berühren. Sie lässt sie seit einem Jahr wachsen, seit sie offiziell zur Frau wurde. Jack wendet den Blick ab.

»Pate John sagt, dass ich nicht mit ihnen sprechen darf. Also habe ich ihn gefragt, wie ich den Leuten aus der Draußenwelt unsere selbst gezogenen Bohnen verkaufen soll, wenn ich nicht mit ihnen sprechen darf. Aber das wollte er nicht hören und jetzt nimmt er mich nicht mehr mit.« Sie lässt sich auf den Rücken fallen und legt den Arm über die Augen. »Er stinkt sowieso aus dem Mund«, sagt sie leise zu sich.

Jack und ich rühren uns nicht. Ich habe Kate noch nie so etwas sagen hören, und dann noch über einen Paten. Ich wage es nicht einmal, sie anzuschauen. Plötzlich habe ich schreckliche Angst, dass Papa S hinter einem Baum hervorkommt und uns verprügelt. Er ist überall. Er sieht und hört alles. Wird er sie für diese Worte bestrafen?

»Sag so etwas nicht wieder, Kate«, sagt Jack ruhig und ohne sich umzudrehen. Sie antwortet nicht. Sie wird wissen, dass sie sogar für ihre Verhältnisse zu weit gegangen ist.

Wir teilen unser Mittagessen mit den Kindern. Es gibt Brot mit Käsestücken und jeder bekommt eine kleine Portion Kartoffelsalat, der gestern von der Abendmahlzeit übrig geblieben ist. Ich bohre meine Zähne in die Haut einer kleinen Tomate, und sie platzt auf und spritzt ihren Saft auf meine Zunge.

»Du verbrennst dir die Schultern, Jack«, sagt Kate. Sie geht zu ihrer Tasche, während ich den restlichen Käse wieder einpacke.

»Nein, alles gut«, sagt er und legt die Handflächen auf seine heiße Haut.

»Papa S wird es nicht gefallen, wenn die Sonne dir böse ist«, sagt sie. »Ich beeile mich auch.« Sie kniet sich hin, öffnet die Flasche und schüttet Sonnenmilch in ihre Hand. Ich sehe, wie Jack erstarrt, als sie ihm die Creme in die Haut einreibt. Er hält den Kopf ganz still und bewegt sich nicht.

Und dann ist dieses seltsame Gefühl wieder da, irgendwo in mir drin. Ein Kribbeln im Bauch, Übelkeit in der Kehle.

Jack steht schnell auf. »Das muss reichen«, sagt er und rennt los, ohne sich noch mal zu uns umzudrehen. Er springt ins Wasser und schwimmt zügig auf die andere Seite.

Als ich zu Kate hinschaue, hat sie ein Lächeln im Gesicht. Sie kniet noch immer da, die Sonnenmilchflasche neben sich und den Abdruck von Jacks Körper im Gras zwischen ihren Beinen.

»Ist alles in Ordnung mit ihm?«, frage ich.

Sie lacht leise auf und schaut mich an, und ich bin sicher, sie schüttelt den Kopf. Eigentlich möchte ich sie fragen, warum, aber zwischen uns ist plötzlich so eine seltsame Ferne.

»Ja, alles gut«, sagt sie, bevor sie sich bäuchlings ins Gras legt.

Ich lasse mich auf den Rücken fallen und spüre die Hitze des Tages in jedem Teil meines Körpers. Hinter meinen geschlossenen Lidern sehe ich das Rot der Sonne. Ich höre Ruby und Bobby planschen und lachen. Irgendwo dazwischen müssen auch Jacks Geräusche sein.

Ich glaube nicht, dass es je einen schöneren Tag gab.

Du wurdest mir entrissen. Dein kleines schlagendes Herz wurde mir genommen, deine weiche Neugeborenenhaut unerreichbar für mich.

Ich habe es versucht. Ich versichere dir, dass ich es versucht habe.

»Ich will mein Baby behalten!«, habe ich sie angeschrien.

»Das Baby gehört Mutter Natur. Das Baby gehört uns allen.«

Nein. Mein Baby gehört mir.

Ich habe geschrien, habe sie gebissen und gekratzt, aber sie wurden zu Stein.

Und sie sperrten mich weg. Schnitten mich von dir ab.

Aber ich bin deine Mutter. Ich bin deine Mutter.

Ich lege meine Hand an das kalte Fenster.

»Du gehörst mir«, flüstere ich durch die Glasscheibe.

SECHS

Es fühlt sich so anders an, im Rock statt in einer Hose zu den Frühlichtfelsen hochzulaufen. Die Sonne ist noch nicht aufgegangen und die Luft, die um meine Beine weht, ist kalt. Jack geht vor mir. Seine Schultern sehen breit aus und durch sein Hemd kann ich die Muskeln an seinen Armen erkennen. Er muss gespürt haben, dass ich ihn anschaue, denn er dreht sich um und lächelt. Dabei erblickt er Ruby, die noch ganz schläfrig neben mir hertrottet, und bleibt stehen, um sie auf den Arm zu nehmen. Sie drückt ihre Nase an seinen Hals und er geht weiter.

Es erstaunt mich immer wieder, wie still wir sind. Dass fast alle vom Haus durch den Wald und über den steinigen Pfad zu den Felsen oben auf der Hügelkuppe ziehen können und man trotzdem kaum einmal Gemurmel zwischen uns hört. Papa S geht vor und führt uns durch die schwindende Dunkelheit. Als ich zurückblicke, sehe ich nur Elizabeth, und es ist offensichtlich, dass es ihr nicht gut geht. Das Baby in ihrem Bauch muss inzwischen fast ausgewachsen sein; es macht ihre Schritte langsam und schwer. Sie hat ihre blonden Haare zurückgebunden, aber sie leuchten trotzdem in der Dunkelheit. Beim Gehen stützt sie sich auf den Stock, den Pate Smith für Nana Willow gemacht hat.

Der Wind hat sich gelegt und überall um uns herum singen Amseln. Für so einen Spaziergang lohnt es sich immer, aus seinen Träumen gerissen zu werden.

Der Pfad beschreibt eine Kurve und vor uns am Hang zeichnen sich bereits die Umrisse der Frühlichtfelsen ab. Dort werden wir uns niederlassen, um die Sonne zu begrüßen. Während wir näher herangehen, bin ich fast sicher, dass Mutter Natur, die sich gleich hinter dem grauen Berg aus Stein versteckt hält, mir etwas zuflüstert.

Bei den Felsen angekommen, setze ich mich neben Jack, der Ruby auf seinen Schoß nimmt. Seine Wärme strömt in mich hinein und ich zittere kaum noch. Ich greife nach unten, bis ich seine Finger in meinen fühle. Heather hält meine andere Hand. Sie lächelt mich an, aber hinter ihren Augen ist etwas verloren gegangen. Jeden Tag fühlt es sich so an, als würde ihr wahres Ich auf Zehenspitzen weiter wegschleichen und durch jemanden ersetzt, der von Traurigkeit erfüllt ist. Ist sie wirklich eifersüchtig? Der Gedanke ist mir unbehaglich, da bei uns in Saat eigentlich niemand unglücklich ist.

Die Dunkelheit um uns lichtet sich und langsam sickert Farbe in alles hinein. Die Bäume werden erst dunkelgrau, dann blau und schließlich grün. Die Felder schimmern violett, bevor die aufgehende Sonne auch sie in ihr Licht taucht. Ich halte den Atem an. Das ist meine absolute Lieblingstageszeit und ich hätte gern, dass sie langsamer vergeht, damit ich mir alles einprägen kann, was ich sehe und fühle.

Als der Himmel allmählich seine blaue Farbe annimmt, steht Papa S auf und reckt der Sonne seine Handflächen entgegen. Wir bleiben sitzen, lassen aber die Hände der anderen los und halten unsere ebenfalls hoch. Ich könnte gar nicht glücklicher sein. Ich schaue zu Jack. Sein Gesicht ist dem Himmel zugewandt und meine Augen folgen der Linie seines Halses.

»Danke, Mutter Natur!«, ruft Papa S.

»Danke, Mutter Natur!«, wiederholen wir im Chor und unsere Stimmen fliegen der Sonne entgegen.

Papa S setzt sich auf den Boden. Wir sehen zu, während er seine Hände flach auf das Gras legt. Hände, die ich so gut kenne und deren weiße Haut die Sonne kaum je berührt. Als er uns anschaut, wissen wir, dass wir an der Reihe sind.

»Natur!«, rufen wir. »Wir danken dir dafür, dass du Papa S nach Saat geführt hast. Er hat uns gerettet. Er beschützt uns. Und als Dank dafür geben wir dir alles.« Die Worte strömen aus mir heraus, ich spreche im Einklang mit meiner Familie. »Denn mehr brauchen wir nicht. Wir haben die Paten, die uns anleiten, wir haben zu essen und wir haben Liebe. Auf dich und nur dich hören wir, Mutter Natur.«

Wir küssen unsere Handflächen und legen sie auf die Erde.

Plötzlich fängt Papa S an zu zittern. Sein Arm ist wieder erhoben, aber diesmal sieht es so aus, als würde etwas Unsichtbares an ihm zerren, und sein ganzer Körper zuckt. Die Haare fallen bebend über seinen Rücken. Bobby schaut mich trostsuchend an, aber ich habe auch Angst.

Pate John erhebt sich.

»Bleib, wo du bist!«, fordert Papa S. Seine Stimme ist tief und grollend. Ich möchte mir die Ohren zuhalten, möchte nur seine normale, tröstliche Stimme hören. Aber er stößt seltsame Laute aus und Wörter, die keinen Sinn ergeben, immer lauter und lauter, bis sein Kopf nach hinten fliegt und seine Arme beide gen Himmel gereckt sind.

Als er schließlich zu Boden sinkt, liegen seine Arme flach auf der Erde und er schaut uns aus seinen leuchtend blauen Augen an. Dann lächelt er.

»Ich habe etwas Neues erfahren«, sagt er ruhig, nun wieder mit seiner eigenen Stimme. »Ich habe erfahren, dass eine Person unter uns Vergebung braucht. Einer von uns hat zugelassen, dass seine reine Seele beschmutzt wurde.«

Einige aus meiner Familie rücken unruhig auf ihren Plätzen herum. Ein Zeichen der Schuld? Ich bleibe vollkommen still sitzen, durchforste dabei aber panisch meine Erinnerung. *Bin ich gemeint?* Ich denke an die Zeit, die ich in dem Erdloch verbracht habe. Hat er mich da heimlich beobachtet? Hat er meine Angst gespürt? Ich versuche, ruhig zu bleiben, während Papa S seinen Blick über uns alle gleiten lässt. Ich gebe mir Mühe, die Erinnerung an den Raum der Vergebung wegzuschieben, aber ich spüre wieder die schlagenden Flügel in meiner Lunge.

Dann fühle ich Heathers Hand in meiner. Ich schaue sie an und sie schüttelt den Kopf, sanft wie ein Wispern, und meine Atmung verlangsamt sich. Ich richte meinen Blick auf den Horizont. Auf die Schönheit der in den Himmel gemeißelten Hügellinie. Ich sitze auf den Frühlichtfelsen. Ich bin in Sicherheit. Das Einzige, was zu hören ist, sind die Vögel und die Luft und die Atemgeräusche meiner Familie.

Papa S steht auf. Er klopft sich die trockene Erde von den Knien und wischt sich die Hände ab. Sein Lächeln ist wie Honig und ich weiß, dass wir ihn wiederhaben.

»Wir haben den Morgen begrüßt«, sagt er, während er die Arme als Zeichen seiner Liebe zu uns allen weit ausbreitet.

Er kommt auf mich zu. Ich sehe, dass er meinen Rock bemerkt, und werde rot. Er streckt den Arm aus, aber seine Hand geht zu Heather. Sie schaut zu ihm hoch und plötzlich ist sie glücklich.

Die beiden halten sich an den Händen und gehen voran, den Pfad hinunter, durch den Wald und über das Feld bis nach Saat.

⬡

»Was hatte das alles zu bedeuten?«, fragt Kate leise.

Wir knien nebeneinander im Erdbeerfeld. Ich blicke mich um. In den nächsten Reihen ist niemand, aber ich antworte ihr trotzdem nicht.

»He!«, sagt sie und stößt mir ihren Ellbogen in die Seite. Wir lachen, aber aus irgendeinem Grund bin ich nervös.

»Bist du es?«, frage ich plötzlich.

»Was? Ob ich die mit der unreinen Seele bin?«

»Psst!«, sage ich schnell.

»Die Erdbeeren haben keine Ohren.« Sie lacht erneut, wirft sich eine Beere in den Mund und schielt mich an. »Außerdem liebe ich Papa S. Ich glaube jedes Wort, das er sagt.«

»Warum bist du so, Kate?«, flüstere ich.

»Wie denn?«

»Ich weiß nicht. So merkwürdig«, sage ich.

Kate erstarrt und schaut mich an. »Vielleicht bin ich nicht glücklich«, sagt sie. »Vielleicht will ich mehr.«

Ich verstehe nicht, was sie meint. Hier in Saat ist niemand unglücklich. Es gibt keinen besseren Ort auf der Erde als diesen.

»Wie meinst du das?«, frage ich. Aber Kate antwortet mir nicht. Sie schaut einfach nur über die Felder. »Wenn sie es herausfinden, bestrafen sie dich vielleicht.« Sie nimmt noch eine Erdbeere, wirft sie in die Luft hoch und fängt sie mit dem Mund auf.

Ich strecke die Hand aus und pflücke behutsam die nächste Erdbeere. Sie fühlt sich weich an in meiner Hand. Ich würde sie gern essen, lege sie aber stattdessen zu den anderen in meinem kleinen Weidenkorb.

SIEBEN

»Komm«, sagt Kate, als auch der letzte Rest der Abendmahlzeit weggeräumt ist. »Jetzt, wo du eine Frau bist, musst du mit uns kommen.«

Ich zögere. Ich kann nicht wieder in dieses Loch gehen.

»Schon gut«, sagt sie und nimmt meine Hand. »Wir gehen in den Adlerraum.«

Zusammen gehen wir durch die Diele und den Flur hinunter. Die Tür steht offen und das Rot des Adlerraums ergießt sich in den Flur. Die schweren Vorhänge sind zugezogen, obwohl es draußen noch gar nicht dunkel ist. Die tiefroten Wände scheinen zu glühen in dem Licht. Elizabeth steht am Tisch und zieht die Abdeckung von der Nähmaschine. Hinter uns tritt Rachel ins Zimmer und schließt die Tür.

Die Atmosphäre verändert sich schlagartig. Irgendwie fühlt sich dieses Zimmer an wie ein geheimer, vom Rest des Hauses abgeschnittener Ort. In dem nur Frauen sind. Freude wirbelt durch mich hindurch. Ich möchte zu Elizabeth laufen und meine Arme um sie werfen, aber ich bleibe ruhig stehen und warte ab.

Kate geht zu der Holztruhe in der Ecke. Schon oft habe ich sie betrachtet und mich gefragt, was sich in ihrem Innern befindet. Sie hebt den Deckel an.

»Vorsichtig, Kate«, ermahnt Rachel sie. Aber Kate scheint sie nicht zu hören. Sie zieht ein Stück Stoff heraus, der mit großen grünen Kringeln bedruckt ist, wickelt sich darin ein und fängt an zu tanzen.

»Aber der Stoff hat ja ein Muster«, sage ich und schaue Elizabeth fragend an. »Das ist doch verboten.«

»Das ist für die Frauen in der Draußenwelt«, erklärt Rachel, greift in die Truhe und holt ein Bündel Fäden heraus. »Wir schreiben Papa S' Worte auf Zettel und nähen sie in den Saum ein. So helfen wir, die Leute von dem Gift zu reinigen, das sie umgibt.«

»Aber wir dürfen doch im Sommer gar nichts schreiben«, erinnere ich sie. In den wärmeren Monaten arbeiten wir draußen. Nur im Winter dürfen wir lesen und schreiben.

»Papa S weiß es«, versichert Elizabeth mir. »Es ist sein Wunsch.«

Kate hat einen halb fertigen Rock herausgenommen, dessen Stoff mit silbernen Sternen bedruckt ist. Sie hält ihn lachend vor ihr Gesicht und späht hindurch. Ich stimme in ihr Gelächter ein.

Hierhin verschwindet Kate also manchmal, seitdem sie zur Frau geworden ist. Ich kann nicht glauben, dass all das vor mir verborgen geblieben ist. Und jetzt bin ich auch hier.

»Genug jetzt, Kate«, sagt Elizabeth, aber ihr Ton ist sanft. »Such einen Stoff aus und schneide ihn zu, für den nächsten Rock. Und du komm zu mir, Pearl. Ich zeige dir, wie man die Nähmaschine bedient.«

Jahrelang habe ich den Frauen dabei zugesehen, wie sie unsere Kleider genäht haben. Aber nie durfte ich helfen. Jetzt bin ich so glücklich, dass ich am liebsten durchs Zimmer rennen würde wie ein Kind. Stattdessen setze ich mich zu Elizabeth. Ihr Stuhl ist etwas nach hinten gerückt, aber trotzdem stößt ihr schwangerer Bauch gegen die Tischkante. Beinahe hätte ich mich hinuntergebeugt und dem Baby darin etwas zugeflüstert. Ich möchte ihm sagen, dass ich hier bin und dass ich eine Frau bin.

»Schau mir zu«, sagt Elizabeth. Und ich tue es. Sie spannt den Faden ein, nimmt ein Stück von dem verbotenen Stoff, senkt den Nähfuß herab und fängt an zu nähen.

»Weiß Papa S das auch?«, frage ich über das leise Rattern der Maschine hinweg. »Das mit dem Stoff?« Obwohl die Tür zu ist, frage ich mich, ob uns jemand sehen und mich sprechen hören kann.

»Natürlich«, antwortet Elizabeth lächelnd. »Wir tragen ihn ja nicht. Und unsere Botschaften helfen vielleicht, einen der ungeliebten Menschen zu retten.«

Ihre Finger gleiten sanft über den Stoff. Er wirkt beinahe lebendig; das dunkle Grün ist mit Bambusstöcken und Vögeln bedeckt. Ich strecke die Hand aus und streiche darüber.

»Papa S sollte uns auch Muster erlauben«, sagt Kate leise. Sie sitzt auf dem Sofa und hat die Beine unter sich gezogen; ihre Sandalen liegen auf dem Boden davor.

Rachel wirft ihr einen bösen Blick zu. »Du weißt doch, dass das nicht Papa S' Entscheidung ist. Mutter Natur sagt es ihm.«

Kate starrt finster zurück. »Und was findet Mutter Natur an schönen Stoffen so schlimm?«

Elizabeth dreht sich zu ihr um und es tritt einen Moment Stille ein, als die Nähmaschine stehenbleibt. »Alle Muster, die die Natur nicht selbst erschafft, sind falsch.«

Sie merkt nicht, dass Kate ihr eine Grimasse schneidet, als sie sich wieder der Nähmaschine zuwendet. Ich hoffe, dass sie die Wut in meinem Gesicht sieht. Ich ertrage es nicht, dass Kate sich über Elizabeth lustig macht. Warum benimmt sie sich so? Aber ich werde den Zauber nicht vertreiben.

Ich beobachte, wie die Nadel durch den Stoff fährt und ihn zusammennäht. Elizabeth hat ihre Haare über die Schulter geworfen und schaut konzentriert auf ihre Arbeit.

Dann hält sie unvermittelt inne und lehnt sich zurück. »Das Baby tritt mich.« Mit einem breiten Lächeln nimmt sie meine Hand und legte sie auf ihren Bauch. Ich fühle es sofort. Es drückt gegen meine Hand. Wäre nicht die Haut dazwischen, würde ich ein winziges Füßchen oder eine Hand festhalten.

Wie werden wir verheimlichen können, dass du Elizabeths Kind bist? Es wächst ja in niemandem sonst gerade ein Kind heran. Trotzdem werde ich so tun müssen, als wüsste ich es nicht. *Vielleicht laufen wir zusammen zum See, wenn du alt genug bist, dann werde ich es dir im Schatten der Bäume erzählen. Dann hast du nie diese leere Stelle in dir, die mich so beschäftigt.*

Die Nähmaschine bildet aus dem Faden eine gerade Naht. Elizabeth schiebt den Stoff immer weiter.

»Stört es dich eigentlich?«, frage ich, bevor ich mich eines Besseren besinnen kann. »Dass es nicht wissen wird, dass du seine richtige Mutter bist?«

Elizabeth sieht überrascht aus. Weil ich es gewagt habe zu fragen? Sie wird doch sicher selbst schon mal darüber nachgedacht haben. Hat sie bei mir nie darüber nachgedacht?

»Ich bin einfach nur glücklich. Die Natur hat mich auserwählt, um ihr Kind auszutragen.«

»Aber wirst du es mehr lieben?«, beharre ich. »Liebst du deine eigenen Kinder anders?«

»Ich habe keine Kinder, Pearl. Ich habe Kinder zur Welt gebracht, aber sie gehören mir nicht.«

Ihre Worte gefallen mir nicht. *Sag das nicht*, würde ich am liebsten betteln. *Sag mir, dass ich für dich etwas Besonderes bin.*

Doch Elizabeth dreht sich um und setzt einfach die Nähmaschine wieder in Gang.

»Hier«, sagt Rachel. Sie hat einen Füller und einen Zettel aus der Schublade genommen und legt beides vor mich hin. Das weiße Papier fühlt sich glatt an unter meinen Fingern. Meine Haut kribbelt vor Aufregung. »Schreib ein paar von Papa S' Worten darauf.«

»Welche denn?« Er sagt so viele kluge Dinge.

»Irgendetwas, das die unglücklichen Menschen der Draußenwelt retten kann.«

Da brauche ich nicht lange nachzudenken. Ich nehme den Füller in die Hand. Es ist lange her, seit ich zuletzt geschrieben habe, und ich schaue aufmerksam zu, während die Tinte die Worte aufs Papier malt.

Hör nur auf Mutter Natur, schreibe ich. *Sie wird dich retten.*

Rachel nimmt den Zettel, faltet ihn behutsam und steckt ihn in den Saum des Rocks, den sie genäht hat. Dann zieht sie flink die Nadel hindurch und näht ihn ein.

Wird ihn jemand finden? Wer wird den Rock mit den silbernen Sternen tragen? Irgendwo da draußen wird eine Frau den Stoff an ihren Beinen spüren. Dann werden meine versteckten tintenblauen Worte ihre Knöchel berühren und versuchen sie zu retten.

Also beobachte ich sie. Und lausche. Aber durch die dicke, schmutzige Scheibe, die mich von der Außenwelt trennt, höre ich nur sehr wenig.

Ich sehe die Kinder. Sie laufen lachend über die Felder. Ich schaue zu, wie sie im Wald verschwinden.

Und ich würde es so gern wissen.

Nach all den Jahren möchte ich es immer noch wissen.

Jeden Tag wähle ich ein anderes Kind aus und stelle mir vor, es wäre meins. An einem Tag ist es der Junge, der gerade zum Mann heranwächst. Der sanftmütige. Und am nächsten ist es das Mädchen, dessen Haare wie die Sonne sind. Heute ist das wilde Mädchen meine Tochter.

An den meisten Tagen ist sie es.

ACHT

»Ich habe gute Nachrichten«, sagt Papa S.

Er steht auf der Wiese, am Kopfende des Tisches. Das Gras um uns herum ist trocken, weil Mutter Natur uns seit mehr als zwei Wochen keinen Regen geschickt hat. Ich spüre die Kälte des Morgens an meinem Rücken.

»Wir werden bald drei neue Mitglieder in Saat willkommen heißen.«

Niemand rührt sich, aber die anderen sind bestimmt genauso schockiert wie ich. Es gibt nur *uns.* Das hier ist unsere Familie. Wir sind vollständig und vor der Draußenwelt in Sicherheit. Aber jetzt will Papa S andere hereinlassen.

»Habt keine Angst.« Er lächelt uns warmherzig an. »Ich habe die Natur gefragt und sie war einverstanden.«

Ich schaue Pate John an. Er verzieht keine Miene, aber seine Augen sehen nicht glücklich aus. Elizabeth lächelt, aber es wirkt anders als sonst.

Papa S weist mit der Hand auf Pate Smith, der sich erhebt. »Mutter Natur hat meine Schritte gelenkt«, beginnt Pate Smith. Er hüstelt. »Ich habe eine gute Freundin, Linda. Ich hatte sie viele Jahre nicht gesehen, aber dann hat die Natur sie zu mir geführt.

Linda braucht mich. Sie braucht uns. Ihr Herz gehört nach Saat.« Dann spricht er schneller und breitet die Arme aus. »Sie wird mit ihren beiden Kindern hier leben.«

Ich bin wie vom Donner gerührt. Fremde bei uns in Saat.

Elizabeth küsst ihre Handfläche und reckt sie Pate Smith entgegen. »Wir werden sie willkommen heißen«, sagt sie ruhig und steht auf.

Als Nächste steht Heather auf. »Wir werden sie willkommen heißen«, sagt sie mit Nachdruck.

Wir erheben uns alle. Ich küsse meine Handfläche und recke sie Pate Smith entgegen. Er lächelt breit.

»Wir werden sie willkommen heißen«, sage ich im Chor mit meiner Familie. Ich versuche, es ehrlich zu meinen und den Zweifel zu ignorieren, der sich in mir regt. Ich schaue Papa S an, aber sein Mund ist geschlossen und den Ausdruck in seinen Augen verstehe ich nicht.

⬡

Wir beobachten das Auto vom Fenster aus, Kate, Ruby und ich. Von hier aus sieht es sehr klein aus, wie ein Marienkäfer, der angekrabbelt kommt. Langsam kriecht es unsere lange Einfahrt hinauf. Wir bekommen sonst nie Besuch und Ruby, die neben mir auf einem Stuhl steht, ist ganz still geworden. Kates Hände verharren reglos in der Spüle, als wir das Geräusch des Motors hören. Der Wagen bleibt vor dem Haupteingang unseres Hauses stehen.

Eine Frau steigt aus. Ihre Haare sind nach hinten gebunden. Sie trägt eine blaue Hose und ein schwarzes Oberteil und sieht nervös aus. Selbst von hier aus kann ich die Knochen unter ihrer Haut erkennen. Noch nie habe ich jemanden gesehen, der so zart wirkt, so zerbrechlich. Sie bückt sich und spricht mit jemandem auf der Rückbank. In dem Moment geht die Haustür auf und Pate Smith kommt heraus. Er strahlt und die Frau scheint sich etwas zu entspannen, als er auf sie zugeht. Sie küssen sich auf die Wange.

»Ich freue mich sehr, dass du dich entschieden hast zu kommen.« Die Worte von Pate Smith dringen gedämpft durch die Scheibe.

»Ja, ich mich auch.« Die Frau lächelt nervös und zögert kurz, dann öffnet sie die hintere Autotür. Ein kleines Mädchen ungefähr im Alter von Ruby und Bobby steigt aus. Sie lächelt nicht, aber sie bestaunt mit großen Augen die Schönheit von Saat.

»Das ist Sophie«, sagt die Frau und Pate Smith lächelt. Dann beugt er sich hinunter und sagt leise etwas zu dem Mädchen, das ich nicht verstehe.

»Und das ist Ellis«, sagt die Frau, als ein Junge aussteigt. Ein Junge aus der Draußenwelt. Vorn auf seinem verwaschenen T-Shirt sieht man einen weit offenen Mund mit einer herausgestreckten Zunge. Er muss in Jacks Alter sein, aber er lässt sich bereits die Haare wachsen und seine Locken fallen ihm in die Augen. Er steckt die Hände hinten in die Hosentaschen und betrachtet unser Zuhause. Sein Blick wandert langsam über die Backsteine, den Efeu, die Fenster. Dann verharrt er auf uns. Mir ist unbehaglich zu Mute und ich möchte mich unter der Spüle verstecken, aber ich rühre mich nicht vom Fleck. Der Junge wirft uns ein träges Lächeln zu und scheint zu nicken, dann schaut er weg.

»Sieh mal an«, sagt Kate. »Das sind also unsere neuen Bekehrten.« Sie scheint gar nicht zu merken, dass sie die Hände noch immer im Spülwasser hat.

»Sie sieht nett aus«, sagt Ruby. Ich glaube, sie meint Sophie, die schweigend die Hand der Frau ergriffen hat, während Pate Smith leise mit den dreien spricht und dabei die Arme schwenkt und auf die Felder hinauszeigt.

»Ich führe euch herum«, höre ich ihn sagen und sie folgen ihm alle zur Haustür.

Der Junge hat immer noch die Hände hinten in den Hosentaschen, als er sich umdreht und wieder zu uns herschaut. Ich weiß nicht, warum, aber ich wünschte, ich hätte bereits vorher weggeschaut.

»Ellis«, sagt Kate, während sie mit dem Schwamm die Innenseite eines Bechers säubert.

»Das ist ein schöner Name«, sagt Ruby.

Kate sieht mich lächelnd an. »Auf jeden Fall. Und er sieht auch nett aus, oder?«

»Ja«, sage ich. »Es ist schön für Jack, dass jetzt noch jemand in seinem Alter bei uns ist.«

»Oh, Pearl, bitte«, sagt Kate und ich kann nicht sagen, ob sie wütend ist oder lacht.

»Bleiben sie wirklich bei uns?«, fragt Ruby.

Genau in dem Moment öffnet sich die Küchentür und Pate Smith tritt mit der neuen Familie im Schlepptau ein.

»Ah, hier könnt ihr gleich einige aus der Familie kennenlernen«, sagt Pate Smith. »Kate, Pearl, Ruby, das sind Linda, Ellis und Sophie, unsere neuen Familienmitglieder.«

»Ich bin Kate. Schön, euch kennenzulernen«, sagt Kate und schaut Ellis an.

»Gleichfalls«, sagt er. Seine Stimme ist tief und sanft. Als ich sie höre, spüre ich ein Kribbeln auf der Haut, als wäre ich zu lange draußen in der Sonne gewesen. Er wendet sich mir zu. »Hallo«, sagt er. Seltsamerweise weiß ich nicht, was ich sagen soll. Vielleicht liegt es daran, dass seine Haare schon länger sind. Das macht mich verlegen; unsicher, wer er ist.

»Bist du Ruby oder Pearl?«, fragt er mit einem seltsamen Lächeln.

»Pearl«, bringe ich hervor. Plötzlich wünschte ich, ich hätte schon ein paar Monate mehr Zeit gehabt, meine Haare wachsen zu lassen, und sie wären so lang wie Kates.

»Hallo, Sophie«, sagt Ruby. »Schläfst du in unserem Zimmer?« Sie starrt Sophies Kleid an, das mit Schmetterlingen übersät ist. Schwer zu sagen, ob sie neidisch ist oder verwundert.

»Möchtest du ihr euer Zimmer zeigen?«, fragt Pate Smith.

»Schläft sie nicht mit mir in einem Zimmer?« Linda wirkt verunsichert. Aus der Nähe sehe ich trockene Flecken auf ihrer Haut. Sie sehen wund aus.

»Die älteren Frauen schlafen in anderen Zimmern.« Pate Smith berührt sie am Arm und ihre Bedenken verflüchtigen sich.

»Das wird bestimmt nett, mit anderen Kindern in einem Zimmer zu schlafen, meinst du nicht?«, fragt Linda Sophie. Das kleine Mädchen sagt kein Wort. Es nickt nicht einmal, sondern sieht seine Mutter einfach nur mit seinen großen Augen an.

»Ich zeige es dir«, sagt Ruby und greift nach Sophies Hand. Bevor das kleine Mädchen weiß, wie ihm geschieht, sind die beiden schon an der Tür. Das Lächeln der Mutter sieht ein bisschen angestrengt aus, so als bemühte sie sich krampfhaft, entspannt zu bleiben. *Mutter.* Sophie kennt ihre richtige Mutter. Ich spüre, wie etwas in mir aufwogt, aber weil es etwas Dunkles ist, schiebe ich es weg.

»Und, Ellis?«, sagt Kate. »Was glaubst du, wo du schläfst?« Es tritt eine unbehagliche Stille ein. Pate Smith starrt Kate an. Sie tut so, als würde sie es nicht bemerken, und lächelt Ellis unverwandt an, der sie nun ebenfalls direkt anschaut.

»Ich würde sagen, da, wo ich schlafen soll«, antwortet er mit einem Zucken im Mundwinkel.

»Gut, das zeige ich dir dann wohl besser«, sagt Pate Smith mit einem seltsamen Lachen. »Pearl, du kannst Linda ja zeigen, wo ihr Zimmer ist.« Damit wendet er sich Linda zu. »Wenn ihr alles ausgeräumt habt, kann Pearl dir zeigen, wo du hinter dem Haus das Auto abstellen kannst. Dann kannst du mir auch den Schlüssel geben.«

»Oh«, sagt sie.

Pate Smith lächelt sie an. »Wir wollen doch nicht, dass der Schlüssel verloren geht. Dies ist ein großes Haus.«

»Natürlich«, sagt Linda. Aber sie zwirbelt nervös an ihren Haaren herum, während sie durchs Fenster auf ihr Auto schaut, das in der Einfahrt auf sie wartet.

»Und habt ihr Handys?«, fragt Pate Smith. »In Saat brauchen wir natürlich keine.«

Linda wirft ihm einen verlegenen Blick zu. »Es ist hier drin«, sagt sie, greift in die kleine braune Tasche, die an ihrer Hüfte baumelt, und zieht ein schwarzes Handy heraus. Auf dem Markt habe ich Leute aus der Draußenwelt solche Geräte benutzen sehen, aber bei uns zu Hause fühlt es sich nicht richtig an, eins zu haben. Die Natur hat gesagt, dass sie ihre Stimme übertönen.

»Ellis?« Pate Smith streckt ihm seine offene Hand entgegen.

»Ist das dein Ernst?«, fragt der Junge mit einem Blick zu seiner Mutter.

»Wir haben das doch besprochen«, sagt sie sanft.

Pate Smith lacht leise. »Ich passe gut darauf auf.«

Ich beobachte, wie Ellis sein Telefon aus der Hosentasche nimmt und es Pate Smith widerstrebend in die Hand legt.

»Wenn du dir dein Zimmer angesehen hast, könnten wir dich ein bisschen herumführen«, sagt Kate zu Ellis.

»In Ordnung«, erwidert er.

Ich starre ihn einfach nur an. Ein Fremder in unserem Zuhause. Aber er sieht anders aus als die Jungen, denen ich auf dem Markt begegne. Und anders als bei ihnen verspüre ich gar nicht den Impuls, mich von ihm abzuwenden.

Kate bleibt in der Küche zurück, während wir anderen nach oben gehen. Pate Smith und Ellis laufen weiter nach ganz oben, wo die Jungen und die Paten schlafen. Ich führe Linda in das Zimmer neben unserem. Heather bezieht gerade das freie Bett in der Ecke.

»Ich habe euch schon die Einfahrt hochkommen sehen«, sagt sie, geht auf Linda zu und umarmt sie. »Willkommen.«

»Danke.« Lindas Wangen laufen rot an. Einen Moment befürchte ich, dass sie die Fassung verliert und anfängt zu weinen.

»Soll ich Linda hier bei dir lassen?«, frage ich Heather, als sie sich wieder dem Bett zuwendet. »Kate und ich wollen Ellis herumführen.«

»Ellis?«

»Das ist mein Sohn«, sagt Linda.

Heather schüttelt das Bettlaken aus und es knallt in der Luft.

»Er ist ungefähr so alt wie Jack«, erzähle ich.

Heather nickt. »Na, dann gehst du wohl besser und hilfst ihm, hier anzukommen«, sagt sie, während sie das Laken unter der schweren Matratze feststeckt. »Ich bleibe bei dir, Linda. Du kannst mit zu den Kühen kommen und mir beim Melken helfen.«

Aber ich höre gar nicht mehr richtig hin, weil ich schon aus dem Zimmer bin und die Treppe hinunterlaufe, zwei Stufen auf einmal nehmend.

An der Hintertür bleibe ich stehen und warte. Ich halte meine Sandalen in der Hand und spüre die Borsten der Türmatte unter meinen nackten Füßen. Ein Vogel – eine Ringeltaube, glaube ich – fliegt Muster in den Himmel. Als brauner Fleck vor dem Blau des Himmels flattert sie erst hoch und lässt sich dann wieder herabfallen.

»Das ging ja schnell.« Ellis.

»Ja«, sage ich. Seine Augen haben etwas Seltsames an sich. Es kommt mir so vor, als würde er direkt in mich hineinschauen. Ich berühre den dünnen Träger meines Oberteils. Ob ihm auffällt, dass ich einen Rock trage?

»Was zeigst du mir als Erstes?«, fragt er.

Ich frage mich, ob ich auf Kate warten soll, aber ich weiß nicht genau, wo sie ist. »Möchte Sophie auch mitkommen?«, frage ich.

»Ich glaube, sie ist bei dem anderen Mädchen.«

»Ruby.«

Seine Wimpern haben das tiefe Schwarz eines Käfers, sie sind viel dunkler als die von Jack.

»Wollen wir dann gehen?«

Das ist eine Frage, und die einzige Antwort, die ich geben kann, ist, dass ich mich in Bewegung setze.

Wir überqueren den Schotter der Einfahrt und ich zucke zusammen, als ich die Steinchen unter den Füßen spüre. Aber ich lasse mir nichts anmerken. Das Gras ist ohnehin nur noch wenige Schritte entfernt.

»Zuerst zeige ich dir die Scheune«, sage ich schließlich. »Denn dort wirst du wahrscheinlich arbeiten.«

»Von Arbeit hat Mum gar nichts gesagt«, sagt Ellis.

»Hier arbeiten alle.« Wie kann er etwas anderes erwarten? »Es ist gute Arbeit. Jack liebt sie.«

Ellis schaut mich von der Seite an. »Wer ist Jack?«

»Einer von uns.« Das Gras ist trocken zwischen meinen Zehen. »Du wirst ihn gleich kennenlernen, denke ich.«

Ich spüre einen leichten Groll und ich weiß nicht, warum. Plötzlich bin ich mir gar nicht mehr sicher, ob ich diese neuen Leute hier haben will. Ich weiß, dass ich so nicht denken sollte, weil Papa S sagt, dass wir sie willkommen heißen müssen. Und ich sollte die Schönheit von Saat bereitwillig mit ihnen teilen. Aber in diesem Moment ist mir einfach nicht danach. Ich möchte, dass wir alle in Ruhe gelassen werden.

Also sage ich kein weiteres Wort mehr, bis wir die großen, rostigen Türen aufschieben und die Arbeitsscheune betreten, in der es rattert und kracht.

»Beeindruckend«, sagt Ellis, während er sich umschaut, und ich erwärme mich wieder etwas mehr für ihn.

Ich entdecke Jack sofort. Er ist bei Pate John, der ihm etwas zeigt, über den Motor eines grünen Autos gebeugt. Die Haube ist offen und über ihren Köpfen eingehakt.

»Komm«, sage ich zu Ellis und er folgt mir, vorbei an dem Chaos und den Tischen mit ölverschmierten Federn und Maschinenteilen.

»Hallo, Jack«, sage ich, damit er uns überhaupt bemerkt, so sehr ist er auf das tickende Metall vor ihm konzentriert. Er schaut hoch, sieht Ellis und wirkt eine Sekunde lang irritiert. »Das ist Ellis. Der Junge, der ab jetzt bei uns wohnt.«

»Ach, hallo.« Jack streckt Ellis die Hand entgegen, aber als er sieht, wie schmutzig sie von der Arbeit ist, zuckt er nur die Achseln und lächelt. »Schön, dass du da bist.« Sollte er sich unsicher sein, was diesen Jungen aus der Draußenwelt angeht, dann zeigt er es nicht.

»Und das ist Pate John«, sage ich.

Pate John wischt sich die Hände an einem alten Lappen ab, der über seiner Schulter hängt. »Willkommen«, sagt er und schüttelt Ellis die Hand. »Möchtest du uns Gesellschaft leisten?«

»Ich bin gerade dabei, ihn herumzuführen«, sage ich etwas zu schnell.

»Ja, ich glaube auch, wir gehen lieber weiter. Das mit dem Arbeiten schiebe ich so lange auf, wie es geht.« Ellis lacht. Aber niemand von uns stimmt ein. Wir wissen, dass Faulheit die Seele zersetzt.

Wer sind diese Leute, die Pate Smith in unser Zuhause gebracht hat? Und warum will ich nicht weggehen? Ich spüre, dass von Ellis die Ausdünstung der Draußenwelt ausgeht, bleibe aber trotzdem neben ihm stehen.

»Es wird nicht lange dauern«, sage ich zu Pate John, aber er hat sich schon wieder dem Motor zugewandt.

»Bis später«, sagt Jack. Er und Ellis tauschen Blicke aus, die mir sagen, dass sie bestimmt Freunde werden.

Als wir die Scheune verlassen, ist es wieder ruhiger. Das Surren und Rattern der Maschinen bleibt hinter uns zurück, während wir als Nächstes die Wiese überqueren. Ich werfe einen Blick auf Ellis' T-Shirt, auf seine Kleider aus der Draußenwelt. Sie sehen so falsch aus. Und sie verwirren mich, weil ich sie irgendwie gern berühren würde. Sie lassen Fragen in mir aufkeimen, die ich nicht stellen kann.

»Es ist schön hier«, sagt Ellis.

Das hohe Gras streicht mir um die Beine und ich bin sehr stolz, dass ich ihm unser Zuhause zeigen darf. »Das hier ist der schönste Ort auf der ganzen Welt«, sage ich.

»Bist du viel gereist?«

»Nein«, sage ich. »Ich weiß es einfach.« Er hat mich schon wieder verunsichert und ich weiß nicht, warum.

»Ich habe schon an vielen Orten gelebt«, sagt Ellis. »Und das hier ist definitiv einer der schönsten.« Er lächelt mich an und schaut dann hoch in das riesige Himmelszelt über uns. »Auf jeden Fall besser als da, wo wir gerade herkommen.«

»Ihr habt Glück. Papa S lässt selten Leute aus der Draußenwelt nach Saat hinein.«

»Mum wollte unbedingt hierher, nachdem sie zufällig diesen Smith getroffen hatte, aber er meinte, dass wir bestimmt nicht herkommen dürfen. Er hat eine Weile gebraucht, um euren Anführer zu überreden.« Ellis lacht leichthin. »Ich glaube, der Grund war, dass Mum und Smith sich von früher kennen. Das hat ihn irgendwie überzeugt.«

Der Gedanke, dass Pate Smith tatsächlich früher in der Draußenwelt gelebt hat, ist grauenvoll. Ich versuche, ihn mir als Jungen vorzustellen, aber mein Kopf lässt mich nicht.

»Als sie ihn wiedergetroffen hat, habe ich sie das erste Mal seit Jahren wieder glücklich gesehen.« Ellis streicht mit der Hand über die Spitzen der langen Gräser.

Kate ruft uns. Wir bleiben stehen, während sie über die Wiese zu uns herkommt. Sie läuft nicht.

»Ihr seid ohne mich losgegangen«, sagt sie, als sie bei uns ist, aber sie lächelt.

»Ich wusste nicht, wo du warst«, sage ich.

»Wo gehen wir hin?«, fragt sie.

»Zum See?«, schlage ich vor.

»Der ist bestimmt perfekt heute.«

»Dann zeigt mir den Weg«, sagt Ellis, und wir tun es.

Wir laufen über das Erdbeerfeld anstatt darum herum und steigen vorsichtig hintereinander über die Reihen mit den niedrigen Pflanzen. Das Stroh kratzt an meinen Füßen und ich achte genau darauf, wo ich hintrete, da ich nicht möchte, dass faulende Erdbeeren zwischen meinen Zehen zerquetscht werden.

Kate bleibt stehen und berührt Ellis am Ellenbogen. »Hier«, sagt sie, bückt sich und greift unter die weichen Blätter. Sie reicht ihm eine Erdbeere, die genau den richtigen Reifegrad hat. »Probier mal. Ich wette, so eine gute Erdbeere hast du noch nie gegessen.«

Ellis steckt sie sich ganz in den Mund und wir schauen ihm beim Kauen zu. Er lächelt. Dann schluckt er und wischt sich den Saft von den Lippen. »Kann schon sein, dass du Recht hast«, sagt er.

Wir gehen weiter und führen ihn durch den Gemüsegarten. Elizabeth ist gerade dabei, Stangenbohnen zu pflücken.

»Elizabeth!«, rufe ich und laufe zu ihr. »Das ist Ellis. Er wohnt ab jetzt bei uns.« Ich rede zu schnell. Mir ist ganz schwindlig von der vielen Sonne.

Sie lächelt mich an. Dann küsst sie ihre Handfläche und legt sie an Ellis' Brust. »Du bist herzlich willkommen«, sagt sie.

»Danke«, erwidert Ellis. Ich frage mich, ob er auch findet, dass sie mir ähnlich sieht. Vielleicht frage ich ihn später.

»Wir wollen ihm den See zeigen«, sagt Kate, pflückt eine grüne Bohne und steckt sie sich in den Mund.

»Hey«, sagt Elizabeth lachend und schlägt sanft ihre Hand weg. »Die Bohnen sind für die Abendmahlzeit. Wenn ihr Ellis den See gezeigt habt, kommt ihr besser zurück und helft mir. Die Stachelbeeren müssen gepflückt und durchgesiebt werden.«

»Diesmal ist Pearl an der Reihe«, sagt Kate. »Ich habe es das letzte Mal gemacht, das weiß ich genau.«

Es ist eine der Aufgaben, die keiner von uns gern übernimmt. Die Stachelbeeren haben lange, spitze Stacheln und um die harte Haut loszuwerden, muss man sie durch ein Sieb drücken. Ich gebe mir Mühe, nicht schlecht darüber zu denken, aber für das bisschen, das nach der Prozedur zum Essen übrig bleibt, ist es immer ganz schön viel Arbeit.

»Ich könnte dir ja helfen, Pearl«, sagt Ellis. Das hatte ich nicht erwartet und ich spüre, wie meine Wangen rot werden. »Natürlich erst, nachdem du mir gezeigt hast, wie es geht.«

»Aber die anderen werden dich in der Scheune brauchen«, sagt Kate.

»Davon, dass ihr hier herumsteht und redet, wird gar nichts fertig«, unterbricht Elizabeth uns. Sie reibt sich das Kreuz.

»Komm«, sagt Kate und zieht leicht an Ellis' Arm. Eigentlich sollte ich hierbleiben und Elizabeth helfen, aber Ellis hat irgendetwas an sich, das bewirkt, dass ich in seiner Nähe sein möchte. Etwas, das ich nicht verstehe. Also verlassen wir drei gemeinsam den Gemüsegarten, gehen über das Feld und tauchen in den Schatten der Bäume ein, die unseren See verbergen.

Wir gehen, ohne zu sprechen. Nur das Knirschen der trockenen Blätter unter unseren Füßen ist zu hören. Als wir zum See kommen, beobachte ich Ellis und sehe an seinen Augen, dass er beeindruckt ist. Wie könnte er auch nicht beeindruckt sein? So einen See gibt es in der Draußenwelt bestimmt nirgendwo. Das Wasser ist so reglos wie Eis und von einem leuchtenden Himmelblau und den tiefsten Grüntönen durchzogen. Insektenschwärme schwirren darüber hinweg, halten inne, fliegen weiter.

Ellis nickt langsam, während er sich umschaut. Kate und ich

beobachten ihn, während er sich bückt und einen großen flachen Grashalm ausrupft. Er legt ihn zwischen seine Daumen und führt die Hände an die Lippen. Kurz darauf dringt ein quietschender hoher Ton durch die Luft und schießt durch den Wald davon.

Ich starre ihn an. Habe ich gerade Mutter Natur gehört?

»Wie hast du das gemacht?«, fragt Kate. Auf einmal wirkt sie verunsichert.

»Habt ihr noch nie gesehen, wie jemand auf einem Grashalm pfeift?«, fragt er glucksend. Und jetzt wird mir klar, dass es ein Trick ist. Mutter Natur hat doch nicht durch ihn gesprochen. Warum sollte sie auch? Dieser eigenartige langhaarige Junge hat eine Art an sich, die mich mit Misstrauen erfüllt.

»Nein«, antworte ich laut und bestimmt. Ich wette, es gibt eine Menge Dinge in Saat, die er noch nie gesehen hat. Dinge, die viel magischer sind, als das Gras zum Singen zu bringen.

Ellis' Gesichtsausdruck verändert sich. »Wohnt ihr schon euer ganzes Leben lang hier?«, fragt er. Aber ich glaube nicht, dass er sich über uns lustig macht. Er wirkt neugierig. Die Veränderung in ihm verwirrt mich.

»Natürlich«, sage ich.

»Ja«, sagt Kate etwas leiser.

»Also seid ihr hier geboren?«

»Ja.«

»Und welche von den Frauen sind eure Mütter?«

Es sind nur ein paar Worte, aber sie bringen meine Gedanken ins Stolpern. Also ist Kate diejenige, die antwortet: »Papa S sagt, die Natur ist unsere Mutter.«

»Wie, seid ihr aus dem Boden gewachsen?«, erwidert Ellis lachend, aber als er mich anschaut, verändert sich seine Miene. »Ihr wisst nicht, wer eure richtigen Mütter sind?«

In mir keimt Wut auf. »Das brauchen wir auch nicht zu wissen«, sage ich. Aber ich weiß, dass das nicht stimmt. Schon seit ich denken kann, will ich es wissen. Das ist verboten, aber es zehrt an mir und fast jedes Mal, wenn ich mit Elizabeth zusammen bin, sehne ich mich danach, ihr Kind zu sein.

»Bring mir bei, wie das geht«, unterbricht Kate uns und zeigt auf den Grashalm in Ellis' Hand. Er schaut noch einmal kurz zu mir. Ich glaube, er macht sich Sorgen, dass er mich verärgert hat, also recke ich den Kopf und lächele ihn an.

»Hier.« Ellis bückt sich und reißt noch zwei Halme aus. Unsere Hände berühren sich, als er mir einen reicht. »Legt ihn so zwischen eure Daumen. Klemmt ihn fest ein, aber lasst einen kleinen Spalt dazwischen.« Er zieht Kates Daumen ein wenig auseinander. Sie sagt kein Wort. »Dann führt sie zum Mund und blast vorsichtig.«

Wir tun es. Ich höre nur meinen eigenen Atem, aber Kate neben mir erzeugt einen hohen Ton; er ist zwar leise, aber ich höre ihn klar und deutlich.

»Ich hab's geschafft!«, sagt sie lachend.

»Mach's gleich noch mal«, sagt Ellis, und sie tut es. Diesmal kommt der Ton lauter heraus, als selbstbewusster Ruf an die Vögel. Sie hört gar nicht mehr auf. Sie legt den Kopf in den Nacken und schaut in die Baumwipfel hoch, während ihre Daumen und Lippen Musik machen.

»Versuch du es auch noch mal, Pearl.« Ellis sieht Kate gar nicht an und schaut mir zu. »Es ist ganz leicht.«

Also tue ich es. Ich drücke meine Daumen fest gegen den flachen Grashalm und sehe, wie die Haut um meine Nägel herum fleckig wird. Ich möchte es auch können. Ich möchte Ellis zeigen, dass ich das Gras auch zum Singen bringen kann.

»So«, sagt er und ich mache ihm alles nach, während er seinen

Halm zum Mund führt. Ich puste vorsichtig und zucke zusammen, als ein Ton herauskommt. So plötzlich und so klar. Ein hoher Ton erhebt sich von meinem Grashalm und schlängelt sich durch die Bäume davon.

Wir versuchen, die Töne, die wir machen, zu variieren, während wir dort stehen und die Natur rufen. Mit unserem seltsamen eigenen Lied.

Irgendwann wirft Kate ihren Grashalm auf den Boden. Sie zieht ihre Sandalen aus, geht zum Ufer des Sees, setzt sich hin und lässt die Füße im kalten Wasser baumeln.

»Komm und setz dich, Ellis«, sagt sie. »Ich möchte mehr über dich wissen.« Er wirkt etwas überrascht, geht aber zu ihr hin und zieht seine Schuhe und Socken aus. Ich stecke meinen Grashalm in die Tasche und folge ihnen.

Die Kälte des Wassers bohrt sich in meine Füße.

Ellis tunkt seine Zehen vorsichtig ein und zieht sie wieder heraus. »Das ist ja eisig!«, sagt er.

»Daran wirst du dich gewöhnen«, erwidert Kate lachend.

»Warte erst, bis du darin schwimmst«, sage ich.

»Ich glaube nicht, dass ich das jemals tun werde.«

»Wirst du.« Ich lächele ihn an. Aber er starrt auf seine Füße, während er sie unter Wasser drückt. Seltsam, dass es sich so richtig anfühlt, dass er hier ist.

»Also, wo kommst du her?«, fragt Kate ihn. Sie nimmt ihre Haare und legt sie über die Schulter, dann neigt sie leicht den Kopf und schirmt ihre Augen vor der Sonne ab.

Ellis schaut unverwandt aufs Wasser. »Zuletzt waren wir in der Nähe von Southampton«, sagt er.

»Wo ist das?« Es ist nur eine kleine Frage, aber als er mich anschaut, hat sich der Ausdruck in seinen Augen wieder verändert.

»Du weißt nicht, wo Southampton ist?« Er lacht nicht über mich. Es ist mehr als das.

»Nein«, antworte ich und schaue zu Kate.

»Woher sollen wir das wissen, wenn wir noch nie woanders waren als hier?«, sagt sie mit kräftiger Stimme und sieht ihn wütend an.

»Wie meinst du das, ihr wart noch nie woanders?«

»Was verstehst du daran denn nicht?« Sie zieht ihre Füße aus dem Wasser und trocknet sich mit den Händen ab.

»Wir gehen auf den Markt«, sage ich. Ich mag nicht, wie er uns anschaut, mit einer Mischung aus Ungläubigkeit und Mitleid. »Wir brauchen nichts anderes.«

»Woher wollt ihr wissen, was ihr braucht, wenn ihr noch nie etwas anderes gesehen habt?« Er hat seine Füße nun ebenfalls aus dem Wasser gezogen und versucht, seine Socken wieder anzuziehen, aber sie kleben an seiner Haut.

»Wenn es da draußen so toll ist, wie kommt es dann, dass ihr hier seid?« Kate neigt sich zu ihm und zwingt ihn so, ihr direkt in die Augen zu sehen.

»Berechtigter Einwand«, sagt er achselzuckend. »Ich vermute mal, dass ich hier wenigstens nicht mehr zur Schule gehen muss.«

»Was ist Schule?«, fragt Kate.

Ellis setzt wieder diesen Blick auf. »Wart ihr ernsthaft noch nie in der Schule?«, fragt er.

Kate und ich antworten nicht. Er weiß ohnehin, was wir sagen würden.

»Das ist ein Ort, an den man gehen muss, um Dinge zu lernen.«

»Dann ist das hier eine Schule«, erkläre ich ihm. »Wir lernen hier alles, was wir brauchen.«

»Ich weiß nicht, ob ich neidisch auf euch sein soll oder ob ihr mir leidtut«, sagt Ellis und seine Augen sagen mir, dass er das nicht aus Gemeinheit sagt.

»Ich weiß jedenfalls, dass ich mich für dich freue, dass du nach Saat gekommen bist«, sage ich und schenke ihm ein Lächeln.

Schweigend beobachten wir, wie Ellis sich die Schuhe bindet.

»Warum seid ihr denn nun eigentlich hergekommen?«, frage ich schließlich.

»Hab ich doch schon gesagt. Dieser Smith macht meine Mum glücklich.«

»Wie meinst du das?«, fragt Kate.

Ellis räuspert sich. »Sie sagt, dass jetzt, wo sie ihn wiedergetroffen hat, plötzlich alles einen Sinn hat. Dass es genau das ist, was sie braucht, damit es ihr besser geht.«

»Besser?«

»Es ging ihr nicht gut.« Er schaut zu Boden und kratzt mit seinen Fingern in der trockenen Erde herum. »Smith hat gesagt, er würde ihr helfen.«

»Das wird er«, sage ich. »Wir werden es.«

»Was fehlt ihr denn?«, fragt Kate.

Ich glaube, Ellis ist unbehaglich zu Mute. Er nimmt einen Grashalm und wickelt ihn fest um seinen Finger. »Sie war sehr niedergeschlagen, das ist alles.«

»Hier wird sie glücklich sein.« Ich möchte Ellis' Arm berühren, um ihn zu beruhigen.

»Aber warum ging es ihr nicht gut?« Kate lässt ihn einfach nicht in Ruhe. »Passiert das allen Leuten in der Draußenwelt?«

»Das passiert Leuten, die einen Dad wie meinen haben.« Es wirkt beinahe so, als würde Ellis das zu sich selbst sagen.

»Einen Dad?«

Ellis steht auf und klopft sich das Laub von der Jeans. »Sollte ich nicht mal langsam in die Arbeitsscheune gehen?«

Ich glaube, Kate hat alle ihre Fragen gestellt, denn sie steht mit ihren Sandalen in der Hand auf. Sie geht voraus und wir folgen ihr durch den Wald.

Ich habe das rote Auto gesehen, das die lange, gewundene Einfahrt hochgefahren kam. Eine Frau, ein Mädchen und ein junger Mann sind ausgestiegen. Ich wollte meine Fensterscheibe einschlagen und schreien. »Lauft weg!«, wollte ich ihnen zurufen. Lauft weg, solange ihr noch könnt. Aber mein trockener Mund blieb fest verschlossen.

Erinnerungsfetzen dringen zu mir durch. Sie lungern erst vage im Schatten herum und schlüpfen dann in mich hinein. Meine Mutter, meine Schwester und ich, wie wir diese Einfahrt hochfahren. Aber vorher, davor. Der Laden, in dem ich die blauen Schuhe mit den regenbogenfarbenen Riemchen haben wollte. Meine erschöpfte Mutter und der Fremde, der zu uns trat.

»Geht es Ihnen gut?«, hat er gefragt.

»Ja, mir geht's gut«, antwortete sie. Aber das stimmte nicht und irgendwoher wusste er das.

»Sie sehen unglücklich aus«, hat er gesagt und sie am Arm berührt. Er war jünger als meine Mutter. Sein Gesicht war freundlich und er sah gut aus, aber ich mochte ihn schon damals nicht.

»Mir geht's gut«, wiederholte sie.

»Wirklich?«, beharrte er. »Ich kann Ihnen helfen.« Und mehr brauchte es nicht.

Am nächsten Tag fuhren wir mit allem, was wir besaßen, im Kofferraum diese Einfahrt hoch.

Am nächsten Tag veränderte sich alles.

NEUN

»Hast du ihn schon kennengelernt?«, frage ich Ellis. Wir sitzen am Tisch und warten darauf, dass die Abendmahlzeit beginnt.

»Wen?«

»Papa S.«

»Nein. Wie ist er denn so?«

Ich lasse meinen Blick über den Tisch schweifen. Pate John hat das Kinn in die Hände gestützt und beobachtet uns. Sein Gesicht hat einen merkwürdigen Ausdruck, und es ist kein freundlicher. Linda sitzt auf Ellis' anderer Seite, aber sie hat sich von ihm abgewandt und spricht leise mit Pate Smith. Dabei kratzt sie die ganze Zeit an der roten Haut unter ihrem Ärmel herum.

Ellis senkt die Stimme. »Ich meine, wie ist das hier organisiert? Er ist doch der Anführer, oder?«

»Natürlich.« *Bitte, beeile dich, Papa S. Ich möchte, dass das Essen anfängt.*

»Sagt er euch, was ihr machen sollt?«

»Nein.« Ich schaue ihn an. »Das sagt uns die Natur. Sie hat Papa S auserwählt. Durch ihn teilt sie sich uns mit.«

»Was sagt sie denn zum Beispiel?«

»Alles. Sie sagt uns, wann wir die Feldfrüchte ernten sollen, wem wir am Morgen huldigen und was wir anziehen sollen. Solche Dinge.« Ich betaste den Stoff meines Rocks.

»Wie lange ist er denn schon hier?«

»Siebenundzwanzig Jahre. Die Natur hat ihm unser Haus gebaut und ihn hierhergeführt«, sage ich voller Stolz. »Wir sind die Glücklichen.«

Die Haustür geht auf und Papa S kommt heraus. Rachel geht neben ihm. Ich beobachte Ellis. Ich möchte den Moment erleben, in dem er Papa S zum ersten Mal sieht. Ich weiß, dass er ihn sofort lieben wird.

Aber seine Miene ist ausdruckslos.

»Sie ist seine Gefährtin«, flüstere ich. Ich warte, damit er diesen Moment schweigend genießen kann. Aber dann verändert sich etwas in seinem Blick.

»Warst du auch schon mal seine Gefährtin?«

»Noch nicht.« Ich lächele und schaue auf meinen Rock hinunter. Aber bald, hoffe ich. Jetzt, wo ich eine Frau bin, hoffe ich, dass es nicht mehr lange dauern wird.

Am Ende der Abendmahlzeit hebt Papa S die Hand und wir werden alle still. Die Sonne verliert allmählich ihre Hitze, aber noch ist es nicht kalt.

»Wie es aussieht, gibt es heute vieles, wofür wir dankbar sein sollten«, sagt Papa S und lässt seinen Blick über uns gleiten. »Denn heute hat unsere Familie neue Mitglieder willkommen geheißen.«

Ich lächle Ellis an, aber er beachtet mich gar nicht. Er beobachtet Papa S. Er sieht schon aus wie einer von uns. Ich weiß, dass er hier glücklich sein wird.

Papa S steht auf, wendet sein Gesicht dem Himmel zu und streckt die Hände über den Kopf. »Gib uns ein Zeichen, Mutter

Natur«, ruft er in die Luft um uns. »Zeig uns, dass dies hier deinem Plan folgt!«

Ich halte den Atem an. Mutter Natur hat Papa S schon oft erhört und ihm geantwortet. Ich hoffe, dass sie es jetzt auch tut. Um Ellis zu beweisen, welche Macht sie in Saat besitzt.

Wir warten. Am Himmel ist alles ruhig. Das Gras ist still. Es dringen keine Vogelstimmen aus dem Wald. Niemand rührt sich.

Doch dann taucht ein Schwarm Stare auf. Sie flattern auf uns zu und gleiten über unseren Köpfen durch den Himmel. Ich kann fast ihre Herzen unter dem Gefieder schlagen hören, so dicht fliegen sie an uns vorbei. Papa S. ist hocherfreut.

Ich schaue zu Ellis, weil ich weiß, dass er beeindruckt sein wird. Aber man merkt es ihm gar nicht an. Stattdessen hat er eine Augenbraue hochgezogen und ich sehe, dass er zu Kate blickt. Hat er etwa Zweifel an Mutter Natur? Wut klopft leise bei mir an, aber ich lasse sie nicht ein.

»Danke dir, Natur«, sagt Papa S etwas leiser. »Danke, dass du unsere neuen Mitglieder zu uns geführt hast. Sie bringen Liebe und sie bringen Schönheit.«

Linda sieht ein wenig verlegen aus. Ich unterdrücke mein Unbehagen, dass sie an unserem Tisch sitzt. Diese Mutter mit ihren Kindern. Diese Frau aus der Draußenwelt.

Während wir den Staren nachblicken, die sich langsam wieder entfernen, bleibt es lange still. Ellis hustet. Schließlich lässt Papa S die Arme sinken. Er lächelt Linda an. »Komm«, sagt er freundlich.

Linda zögert und schaut Pate Smith an. Er ermutigt sie, indem er sie sanft anstupst. Aber Sophie klammert sich an den Arm ihrer Mutter.

»Du musst auch herkommen.« Papa S reckt ihnen beiden seine Handfläche entgegen. »Und du auch«, sagt er zu Ellis.

Linda steht auf, nimmt Sophie auf den Arm und geht zu Papa S.

»Geh«, flüstere ich Ellis zu.

Ich glaube nicht, dass er es möchte, aber er steht auf und trottet zum Kopfende des Tisches. Seine Mutter lächelt ihn an, aber er verzieht keine Miene. Es muss überwältigend sein, Papa S zum ersten Mal so nah zu sein.

Papa S nimmt Lindas Hand und legt sie flach auf seine Brust. Ob sie weiß, was für ein Glück sie hat? Dann streckt er die Hand nach Ellis aus, aber der Junge aus der Draußenwelt weicht einen Schritt zurück. Papa S muss den Schock spüren, den seine Reaktion in uns allen auslöst.

»Ellis.« Lindas Stimme ist leise, aber ich höre die Wut darin. Sie sorgt dafür, dass Ellis wieder einen Schritt nach vorn macht.

»Ihr seid jetzt eins mit uns.« Papa S schaut Ellis an, während seine Stimme über den Tisch hinwegstreicht. »Ihr wurdet gerettet. Und jetzt müsst ihr euch Saat bereitwillig hingeben. Lasst die trostlose Draußenwelt hinter euch. Denkt nicht mehr daran zurück. Lasst nicht zu, dass ihr Gift eure Seele auffrisst.« Papa S fängt an zu zittern. »Sag mir, dass du glücklich sein willst.« Er starrt Linda an.

»Das will ich.«

»Und dass du eine reine Seele willst.«

»Das will ich.« Ihre Augen sind weit aufgerissen. Sie hat die Farblosigkeit, die ihr anhaftete, bereits abgelegt. Endlich ist sie lebendig.

»Dass du dich Saat vollkommen hingeben willst.«

»Das will ich.«

Papa S verströmt Licht, als er sich Ellis zuwendet. »Dass du dich Saat vollkommen hingeben willst«, wiederholt er.

Plötzlich entsteht eine Stille. Eine Stille, die nicht da sein sollte.

Ellis steckt die Hände in die Hosentaschen und zuckt lächelnd die Achseln. »Ich will's auch.«

Papa S lässt seinen Blick noch eine Weile auf ihm ruhen. Dann legt er den Kopf zurück und schaut gen Himmel. »Es ist vollzogen!«, ruft er.

Wir sitzen reglos da. Linda schaut Pate Smith an und er bedeutet den dreien, zurück an ihre Plätze zu gehen. Ich strahle Ellis an, als er auf mich zukommt. Ich bin überglücklich, weil er jetzt wahrhaftig einer von uns ist. Wir haben ihn gerettet. Wir haben sie alle drei gerettet.

Rachel schaut mit großen Augen zu Papa S hoch. Er streicht über ihre langen Haare. Seine Finger zögern bei der roten Blüte, die sie sich über dem Ohr ins Haar gesteckt hat. Er bückt sich und saugt mit geschlossenen Augen ihren Duft ein. Dann nimmt er Rachels Hand und führt sie zurück ins Haus, und wir können unsere Gespräche fortsetzen.

Elizabeth beugt sich vor und berührt Lindas Hand. »Ich bin froh, dass ihr gekommen seid.«

»Ja, ich auch«, sagt Linda. Sie zupft an ihrer Nagelhaut herum.

»Dann kommt«, sagt Kate. Sie steht auf und fängt an, die Teller zusammenzuräumen. »Ich möchte hören, wie ihr auf dem Klavier spielt.«

»Du spielst Klavier?«, fragt Pate Smith Linda.

»Nein, aber Ellis spielt«, sagt sie und schaut ihren Sohn an. In ihrem Blick liegt so viel Stolz, dass niemals ein Zweifel bestehen könnte, dass sie seine Mutter ist.

»Ich versuche es auch manchmal«, sagt Pate Smith lachend. »Aber ich würde das nicht unbedingt Musik nennen.«

»So schlecht ist es gar nicht«, versichert Jack ihm.

»Ich bin sicher, Ellis kann es besser«, sagt Pate Smith und steht auf, um Linda den schweren Topf abzunehmen und ihn ins Haus zu tragen.

Bobby bleibt in meiner Nähe, während wir die Gläser einsammeln. Er wirft verstohlene Blicke zu Ruby und Sophie hinüber, die zusammen in dem hohen Gras herumtanzen. Ich hocke mich neben ihn. »Du bist immer noch ihr liebster Freund«, sage ich zu ihm, aber er verzieht beleidigt das Gesicht und stapft in Richtung Küchentür davon.

Ich blicke rasch nach oben. Papa S scheint uns von seinem Fenster aus nicht zu beobachten, also wird Bobby hoffentlich nicht bestraft. Hat er denn vergessen, dass Eifersucht sich tief in ihm einnistet und sich durch seine Adern frisst, wenn er ihr einmal Einlass gewährt hat?

»Soll ich dir ein paar davon abnehmen?«, fragt Ellis mich. Ich habe die Gläser so hoch aufeinandergetürmt, dass die Stapel sich gefährlich neigen, als ich mich erhebe. Noch bevor ich antworten kann, ist er da und nimmt mir die obere Hälfte ab. Dabei sieht er mir direkt in die Augen. Ich gehe schnell weg, bevor er meine Gedanken sieht.

Wir versammeln uns im Gemeinschaftszimmer, damit die Paten an dem Tisch auf der Wiese sitzen und reden können. Durchs Fenster sehe ich, dass Linda zwischen Elizabeth und Pate Smith sitzt. Sie wirkt bereits verändert, als würde ihr Draußenwelt-Panzer bereits langsam von ihr abfallen.

Ellis setzt sich ans Klavier und wir stellen uns rundherum auf. Alle außer Bobby, der auf dem Sofa sitzen bleibt. Ein Teil von mir möchte auch dort bleiben. In sicherer Distanz zu dem Fremden und den Gefühlen, die in mich hineinkriechen, sobald ich mich ihm nähere.

»Was soll ich denn spielen?«, fragt Ellis.

»Woher sollen wir das wissen?«, erwidert Kate lachend.

»Na dann.« Er setzt sich auf dem Hocker zurecht, schaut auf die Pedale hinunter und danach wieder auf seine Hände.

Dann beginnt er zu spielen und es ist überhaupt nicht mit dem Klavierspiel von Pate Smith zu vergleichen. Ich hätte nie gedacht, dass Töne solche Gefühle in mir wecken können. Die Musik erhebt sich von Ellis aus durch seine Arme und Hände hindurch in den Raum und füllt mich aus, bis es nichts anderes mehr gibt. Es fühlt sich an, als wäre ich im See unter Wasser und würde zugleich durch den Himmel schweben. Auf meiner Haut tanzen tausend Schmetterlinge. Am liebsten würde ich die Augen schließen, aber ich möchte nicht wegschauen, nicht, wenn seine Finger so schnell über die weißen und schwarzen Tasten des Klaviers fliegen.

Plötzlich hört Ellis auf zu spielen. Er dreht sich um und bedeutet Bobby, zu ihm zu kommen. Bobby schaut ihn an, rührt sich aber nicht vom Fleck. Es ist sonst gar nicht seine Art, so zu zögern. Selbst als Jack zu ihm hingeht und sich neben ihn kniet, schüttelt er nur den Kopf. Also gehe ich zu ihm und nehme seine Hand. Ich muss ihm helfen, diese unguten Gefühle loszuwerden, bevor sie zu viel Schaden anrichten. Außerdem möchte ich, dass er diese Musik genauso liebt wie ich.

»Das ist schon in Ordnung«, sage ich. »Ich war mir zuerst auch nicht sicher, wie ich es finde.« Dann führe ich ihn zu Ellis. Bobby sieht so klein aus neben ihm auf dem Klavierhocker.

»Wenn du deine Hand auf meine legst, kannst du die Musik richtiggehend fühlen«, ermutigt Ellis ihn.

Bobby lächelt nicht, aber er tut, was Ellis ihm sagt. Dann fängt Ellis langsam an zu spielen. Und sofort ist die Musik wieder da.

Bobby macht große Augen. Ihre Hände bewegen sich schneller

und schneller, bis Bobby schließlich zu lachen anfängt. Ellis hat ihn geheilt. Es könnte kein besseres Geräusch geben als sein Gelächter und diese Musik.

Ellis ist hier. Ich hätte nicht gedacht, dass das Leben noch besser werden könnte, aber es ist besser geworden. Wegen Ellis.

ZEHN

An unserem nächsten freien Tag hängen schwere Wolken am Himmel.

»Bringt mich irgendwohin, wo ich noch nicht war«, sagt Ellis und lehnt sich an die geschlossene Küchentür. »Ich hab zu viel an diesen Motoren in der Arbeitsscheune gearbeitet.« Er trägt inzwischen ordentliche Kleidung, die gleiche wie Jack. Und trotzdem sieht er immer noch anders aus. Er hat seine Ärmel bis zu den Ellenbogen aufgekrempelt, was dazu führt, dass ich immerzu die Haut an seinen Armen anschauen möchte. »Komm schon, Pearl, führ mich an einen Ort, an dem ich noch nie war.« Immer wenn er mich so anlächelt, habe ich das Gefühl, dass Finger meinen Nacken hochtrippeln.

»Wie wäre es mit den Frühlichtfelsen?«, fragt Kate.

»Den Frühlichtfelsen?«

»Da gehen wir an jedem ersten Tag des Monats hin«, erkläre ich, während ich einen Teller nehme, um ihn abzutrocknen. »Um das erste Licht des Tages zu begrüßen.«

»Was, also ganz früh morgens, vor Einbruch der Dämmerung?«

»Ja, das ist toll«, sage ich. Ellis sieht mich an, als wüsste er es besser. Was nicht sein kann, denn woher sollte er es besser wissen? Kate spült weiter mit dem Rücken zu uns das Geschirr ab. »Wir müssen ja nicht hingehen«, sage ich und wende ihm ebenfalls den Rücken zu. Plötzlich habe ich keine Lust mehr, sie ihm zu zeigen. Ich möchte nicht, dass unsere besonderen Felsen von seinem Gehabe aus der Draußenwelt beleidigt werden.

»Wohin gehen wir?«, fragt Jack, der gerade mit einem Stapel schmutziger Teller hereinkommt. Ellis macht ihm Platz.

»Zu den Felsen«, sagt Ellis.

»Den Frühlichtfelsen«, korrigiere ich ihn. Er kann sich nicht mal merken, wie sie heißen.

»Heute?«, fragt Jack. Kate bekommt ein paar Spritzer Spülwasser ab, als er die Teller in die Spüle gleiten lässt.

»Ja«, sagt Ellis.

»Das klingt gut. Und wenn du auch mal mit anfassen würdest, du Neuling, dann kämen wir da vielleicht schneller hin«, sagt Jack lachend.

Also gehen sie zusammen wieder hinaus, um weiteres Geschirr von den Tischen einzusammeln, das gespült werden muss. Kate und ich beobachten sie: Ellis ist ein kleines Stück größer als Jack. Sie sind ins Gespräch vertieft, und Jack legt den Kopf zurück und lacht. Kate und ich dagegen schweigen und ich kenne ihre Gedanken nicht. Aber ich bin auch nicht sicher, ob ich meine kenne.

Als wir alles gespült und weggeräumt haben, gehört der Tag uns. Die Kinder bauen im Spielzimmer Kartenhäuser, also sind wir unter uns.

Wir gehen über die Wiese, wo die Paten noch an den Tischen sitzen; sie ziehen die Schultern hoch, als wollten sie sich so vor dem bevorstehenden Regen schützen. Ich bereue, dass ich keinen Pullover mitgenommen habe. Ich dachte, es wäre wärmer.

»Lasst uns die Abkürzung nehmen«, sagt Kate. Also gehen wir

nach rechts, am Rand des Maisfeldes entlang. Die Pflanzen reichen uns schon bis zur Schulter und wir können den Kolben förmlich beim Wachsen zusehen.

Am Ende des Feldes folgen wir dem Verlauf der Brombeerhecke, bis wir unseren kleinen Durchgang finden, durch den wir auf die andere Seite gelangen.

»Wer zuerst da ist«, sagt Kate plötzlich und rennt schon los, bevor ich überhaupt begriffen habe, was sie will. Wir laufen ihr nach, hoch zu den Frühlichtfelsen. Jack hat sie schnell eingeholt und legt seinen Arm um ihre Taille, um sie festzuhalten. Sie lacht und strampelt, als er sie hochhebt.

Ich laufe an ihnen vorbei, aber Ellis hat mich schon überholt. Er dreht sich zu mir um und fängt an, rückwärts den Berg hochzulaufen.

»Sind sie das?«, ruft er und zeigt auf die Felsen vor uns, die schon auf uns warten.

»Ja, das sind sie.« Als ich nicke, dreht er sich um und läuft das letzte Stück den Berg hoch.

Als ich dort ankomme, ist er verschwunden. »Ellis?«, rufe ich, bekomme aber keine Antwort. Meine Stimme hat nicht mal ein Echo. Sie wird einfach so von der grauen Luft verschluckt. Jack kommt angelaufen, Kate ist direkt hinter ihm. Ihr Lachen durchbricht die Stille. Kate schaut sich um.

»Wo ist Ellis?«, fragt sie.

Ich zucke die Achseln. »Erst war er hier, dann war er plötzlich weg.«

»Er versteckt sich vor uns«, sagt Jack. Wir kommen fast nie ohne die anderen Familienmitglieder hierher. Die Felsen fühlen sich so still an, so unglaublich stark.

»Ellis!«, ruft Jack.

»Ich bin hier oben.« Wir blicken hoch. Er steht ganz oben. An einem verbotenen Ort. Einem Ort der Reinheit, den nur die Sonne berührt.

Selbst Kate sieht schockiert aus. »Du darfst da oben nicht stehen!«, ruft sie ihm zu.

Aber Ellis streckt die Arme weit von sich und dreht sich um sich selbst. Was macht er? Hört er sie denn nicht?

»Komm runter!«, ruft Jack. Er blickt sich um und ich weiß, dass er nachsieht, ob Paten in der Nähe sind, oder Papa S.

»Aber es ist toll hier oben«, ruft Ellis. »Ich kann kilometerweit sehen.«

»Du bringst uns noch alle in Schwierigkeiten«, sage ich. Angst beschleicht mich. »Bitte, Ellis!« Irgendetwas an der Art, wie ich es sage, stimmt ihn um, denn er macht sich an den Abstieg. Er springt von Felsen zu Felsen, bis er vor uns auf der Erde steht.

»Wenn du mich so lieb bittest«, sagt er lachend.

»Das ist nicht lustig.« Ich schaue ihn wütend an, aber er scheint sich seines Frevels gar nicht bewusst zu sein.

»Konntest du von dort oben das Haus sehen?«, fragt Jack.

»Ja, ich konnte alles sehen.«

Wenn er das Haus sehen konnte, konnten sie ihn auch sehen.

Ein Bussard gleitet auf dem Wind herab und setzt sich auf einen der unteren Felsen. Nicht einmal ein Vogel wagt es, sich ganz oben niederzulassen.

Ellis kommt zu mir, aber ich wende den Blick ab. Er legt seine Hand um mein Kinn. Sofort flackert wieder dieses Gefühl in mir auf. Ich lasse zu, dass er meinen Kopf sanft dreht, bis sich unsere Blicke begegnen.

»Entschuldigung«, sagt er. Ich gebe mir Mühe, ihn weiter streng anzusehen, aber seine Hand ist auf meiner Haut. Dieser Junge aus der Draußenwelt berührt mich. Es fällt mir schwer, einen klaren Gedanken zu fassen. Aber Jack und Kate beobachten uns und ich weiß, dass ich etwas sagen muss.

»Tu es einfach nicht noch mal«, sage ich.

»Ich werd's versuchen«, antwortet er.

Ich schaue zu Jack, weil ich eine Art Bestätigung brauche, dass das alles in Ordnung ist. Dass ich nichts falsch gemacht habe.

Schließlich gehen wir ohne ein weiteres Wort auf die Rückseite der Felsen. Wir klettern die ersten Steine hinauf, setzen uns an einen erlaubten Ort, legen uns alle in einer Reihe auf die harte Oberfläche und strecken die Beine aus. Ich liege neben Ellis und spüre sein Bein an meinem.

»Ist deine Mum denn jetzt, wo sie hier ist, glücklicher?«, fragt Kate. Sie schaut Ellis direkt an, so dass er ihrer Frage nicht ausweichen kann.

»Sie ist wie ausgewechselt.«

»Inwiefern?«, fragt Jack.

»Sie war einfach nicht gut drauf, versteht ihr?«

»Nein, verstehen wir nicht«, sagt Kate. »Darum fragen wir ja.«

Ein Lächeln umspielt Ellis' Lippen, aber nur ganz kurz. »Mum stand völlig neben sich. Sie konnte nicht mal mehr arbeiten. Ich schätze, sie war jahrelang depressiv.«

»Und Saat heilt sie jetzt«, sage ich erfreut.

»Ja.« Ellis sucht meinen Blick. »Es ist, als hätte ich meine Mum zurückbekommen.«

»Was ist denn mit deinem Vater?«, fragt Jack.

Über Ellis' Gesicht fällt ein Schatten. »Was soll mit ihm sein?« Er klingt ganz kühl.

»Kate sagt, dass du sauer auf ihn bist. Vielleicht kann er ja auch herkommen«, sagt Jack. »Wir könnten ihm helfen.«

»Den würdet ihr hier nicht haben wollen.«

»Warum?«, fragt Kate.

»Ich möchte nicht darüber reden.« Ellis' Blick schweift zu den Hügeln, die sich hinter den Frühlichtfelsen erheben.

»Papa S ist jetzt dein Vater«, sage ich, um ihn zu besänftigen. Aber er schaut mich nicht an.

Vom Himmel dringt ein leises Grollen herab und im gleichen Moment fängt es an zu regnen. Einige wenige Tropfen fallen als Vorwarnung, doch dann ergießen die Wolken wie auf Knopfdruck ihr Wasser über uns. Kate springt auf, legt den Kopf zurück und öffnet den Mund. Der Regen prasselt auf den Felsen und springt in alle Richtungen davon.

Ich hüpfe nach unten und Kate folgt mir. Dann kommen auch die anderen beiden nach. Wir halten uns an den Händen, lehnen uns zurück und fangen langsam an, uns im Kreis zu drehen. Ich lache und bin aufgeregt, und als wir stehen bleiben und uns gegenseitig anschauen, sind unsere Kleider völlig durchnässt.

Kate ist die Erste, die ihr Oberteil auszieht. »Los, kommt!«, ruft sie über den platschenden Regen hinweg. Lachend packt sie ihren Rockbund, reißt ihn nach unten und zieht sich den nassen Stoff von den Beinen. Jack starrt sie an, der Regen tropft von seinen Wimpern, das Hemd klebt ihm an der Brust. Ellis lacht zwar, sieht aber unsicher aus.

»Komm schon, Pearl«, höre ich Kate durch das Rauschen des Wassers zu mir sagen. Also knöpfe ich meine Bluse auf und streife sie von meinen Schultern und Armen ab.

»Du auch, Jack?« Ich lächele ihn an. Kate zieht lachend seine Hosenträger nach unten und zerrt ihm das Hemd aus der Hose. Jack schiebt ihre Hände weg, aber ich bin sicher, dass er zittert, während er erst sein Hemd auszieht, dann seine Schuhe und seine Hose. Er legt seine Kleider auf den nassen Felsen. Und dann tanzen sie. Kate und Jack tanzen halb nackt im Regen, während das Wasser über ihre Haut rinnt und Ellis und ich danebenstehen.

Ich trete aus meinem Rock. Und ich fühle mich frei. Ellis zögert nicht lange und zieht sein Hemd aus. Die Hose klebt ihm an den Beinen, aber er reißt daran. Ich betrachte Ellis' Körper. Seine Haut ist weißer als Jacks und er ist dünner. Der Regen fällt auf seinen nackten Bauch und ich kann gar nicht mehr wegsehen.

Kate und Jack fassen uns an den Händen und wir drehen uns erneut im Regen. Nur blicken wir diesmal nicht in den Himmel hoch. Wir schauen uns lachend gegenseitig an und der Regen ist kalt, aber auch warm. Es donnert laut und Kate kreischt, aber wir drehen uns weiter.

Ellis sieht mich an. Ich spüre seinen Blick auf meinem Körper. Er sieht meine Unterwäsche und meine Haut, fast meine ganze Haut. Ein Gefühl zuckt durch meinen Bauch und schießt meine Beine hinunter. Aber dann wendet Ellis den Kopf ab und ich spüre Jacks Hand in meiner.

Die Zeit rast und hält an und rast und hält an, und allmählich lässt der Regen nach. Die Tropfen tippen mich nur noch sanft an. Schließlich bleiben wir stehen, Hand in Hand, nass bis auf die Knochen. Und entblößt. Plötzlich ist es uns bewusst. Ich möchte gleichzeitig so bleiben und mich verhüllen. Etwas in mir wünscht sich, das wäre nie passiert, aber ich weiß nicht, warum.

Jack ist der Erste, der sich wieder anzieht. Er hat Mühe, sich die Hose über die Beine zu ziehen, und fällt lachend ins nasse Gras. Kate stemmt die Hände in die Hüfte und schaut ihm grinsend dabei zu. Ich nehme meine Bluse, streife sie über und mache mich an den Knöpfen zu schaffen.

»Ziehst du dich schon an?«, fragt Ellis mich mit diesem spöttischen Grinsen auf den Lippen.

»Mir ist kalt«, sage ich. Aber mir ist gar nicht kalt. Und ich verstehe meine Gefühle nicht.

Kate kleidet sich als Letzte an. Sie hat uns dabei zugesehen, wie wir mit dem nassen Stoff gekämpft haben, und jetzt beobachten wir sie. Sie bewegt sich langsam und schaut uns nicht an, während sie sich nach ihrem Rock bückt. Sie steigt hinein und zieht ihn hoch. Ich betrachte Jacks Miene und weiß, dass er sich verändert. Verliere ich ihn jetzt?

Dann ist der letzte Regen aus den Wolken herausgequetscht. Wir brechen schweigend auf und lassen die Frühlichtfelsen hinter uns.

Er weiß, dass ich hier bin. Der kleine Junge. Er beobachtet mich und er weiß es.

Wenn niemand guckt, spricht er mit mir. Aber ich verstehe nicht, was er sagt. Ich weiß nicht, was er fragt.

Vor meiner Tür sind Schritte zu hören. Ich trete vom Fenster weg und setze mich still auf den Stuhl. Und warte.

ELF

Papa S hat mich zu sich gerufen. Ich hatte auf gute Nachrichten gehofft, auf die Worte, die mich zu seiner Gefährtin machen. Aber als ich in seinem Arbeitszimmer stand, hat er kaum mit mir gesprochen. Er saß an seinem Schreibtisch, mit dem Rücken zu mir und dem Gesicht zum Fenster.

»Pearl«, sagt er mit leiser Stimme. »Du hast mir und Mutter Natur missfallen.« Ich möchte fragen, warum, bringe das Wort aber nicht heraus. »Du musst um Vergebung bitten.«

Kaum hat er das Wort ausgesprochen, weiß ich Bescheid. Ich komme wieder in diesen Raum.

Er bedeutet mir, ihm zu folgen. Im Gehen höre ich die Kinder draußen. Ich gehe mit nackten Füßen über den Holzfußboden und greife nach dem perfekt geformten runden Knauf der Tür. Ich lasse meine Hand darauf liegen und warte, dass meine Beine losrennen. Aber sie tun es nicht, weil ich Papa S vertraue. Also drehe ich an dem Knauf. Die Tür öffnet sich knarrend und ich trete ein.

Stille umfängt mich. Es ist, als wäre die Welt draußen verschwunden und ich wäre die Einzige, die noch übrig ist. Vor mir ist die rote Tür zu dem kleinen Innenraum. Ich möchte weglaufen, aber ich weiß, dass Papa S mich liebt, also gehe ich hinein.

Dann geht es los.

Zuerst ist es so leise, dass ich es kaum hören kann. Aber es wird lauter. Das Weinen einer Frau. Sie bittet irgendwelche Leute darum aufzuhören, aber sie hören nicht auf, denn ihr Weinen wird lauter. Jetzt fleht sie sie an, ihr nicht wehzutun, tut ihr nicht weh, aber sie hören nicht auf sie, und sie fängt an zu schreien. Ihr Schreien ist so markerschütternd, dass ich anfange zu zittern. Ich sage mir, dass ich weiteratmen muss, aber sie schreit immer noch und sie tun ihr weh und es hört nicht auf. Ich halte mir die Ohren zu, aber das reicht nicht, um die Laute abzublocken. Nichts kann ihr Flehen ausblenden und die Schreie, die durch ihren Körper, ihre Haut fahren.

Dann Stille.

Und nichts mehr.

Das war sie, dieselbe Frau, die mich in meinen Träumen verfolgt, seit ich als Kind in diesem Raum war. Die Frau, die in der Dunkelheit meiner Albträume schreit, mir das Herz zerreißt und den Atem stocken lässt.

»Pearl«, sagt Papa S. Er ist nicht hier und doch höre ich seine Stimme. »Hast du diese Schreie gehört?«

»Ja.«

»Diese Schreie kamen aus deinen Knochen. Diesmal war es die Natur, die dir etwas mitteilen wollte, weil du Dinge getan hast, die ihr missfallen.«

Was habe ich getan, was die Natur dazu bringt, sich durch meine Haut in mich hineinzubohren und in mir zu schreien? Ich habe mir solche Mühe gegeben, alles richtig zu machen. Alles zu tun, was ich tun soll. Aber die Natur ist in mir drin und kennt meine Gedanken.

Ich weiß noch, was als Nächstes kommt. Die roten Wände

kommen langsam auf mich zu. Immer näher, näher. Ich stehe mit den Füßen auf dem Boden und strecke die Arme seitlich aus, als könnte ich mich so schützen. Zentimeter um Zentimeter rücken sie langsam zu mir her.

»Du hast etwas Unrechtes getan, Pearl«, sagt Papa S. »Du musst um Vergebung bitten.«

Aber ich kann nicht sprechen. Meine Stimme ist zwischen den Schreien der Frau und den Wänden, die immer näher kommen, gefangen.

»Pearl, gib zu, dass du etwas Unrechtes getan hast«, sagt seine Stimme neben mir, über mir, unter mir. »Du bist schlecht. Du musst es zugeben, um deine Seele zu reinigen.« Aber ich weiß nicht, was ich falsch gemacht habe.

Die Wände rücken näher, jetzt berühren sie schon meine Fingerspitzen. Ich höre seine Stimme, spüre die Wände und kann nicht entkommen. Ich stemme mich gegen sie, aber sie rücken nicht von mir ab. Sie drücken meine Arme mit Gewalt nach unten.

Jetzt bin ich diejenige, die schreit, aber ich weiß, dass niemand es hören kann. Niemand außer Papa S, aber er hilft mir nicht, und ich weiß nicht, warum. Ich war böse, aber ich weiß nicht, inwiefern. Ich war böse.

»Ich habe etwas Unrechtes getan!«, schreie ich, während die Wände mich von vorn und hinten einquetschen. »Ich war böse!«

»Was hast du getan?« Seine Stimme dringt durch meine Haut. Die Wände bleiben stehen.

»Ich weiß es nicht«, schreie ich.

»Es ist die Natur, die diese Wände bewegt«, ruft Papa S. »Du musst der Natur dein Unrecht gestehen.« Und wieder setzen die Wände dazu an, mich zu zerquetschen. Ich kann den Kopf nicht mehr bewegen.

»Versuch es noch mal«, sagt er. »Denn ich liebe dich, Pearl, und die Schlechtigkeit wird in dir gären, wenn du sie nicht in Form von Worten herauslässt.«

»Ellis«, bringe ich hervor. Meine Stimme gehört mir kaum noch. Ich erinnere mich an Ellis' Körper im Regen. Wie es sich angefühlt hat, als er mich berührt hat. »Meine schlechten Gedanken kreisen um Ellis.«

Die Wände bleiben stehen. Sie halten mich noch einen kurzen Moment weiter umklammert, dann weichen sie zurück, bis der kleine Raum wieder die gleiche Form hat wie vorher.

Meine Beine können mich nicht mehr halten und ich bekomme nur sehr schlecht Luft. Ich liege allein auf dem Boden und denke nach über das, was ich gesagt habe.

Ellis? Sind meine Gedanken wirklich schlecht?, frage ich mich verwirrt. Ich denke daran, wie er mit mir spricht, wie er mich anschaut. So anders als Jack. Papa S muss es bemerkt haben. Er muss gesehen haben, dass tief in mir drin etwas wurzelt, das er ausreißen musste. Schlechte Gedanken. Er hat mir geholfen. Er wollte mich von ihnen reinigen.

Ich verlasse den Raum der Vergebung und gehe zurück ins Arbeitszimmer von Papa S. Er erwartet mich mit offenen Armen, in seinem Lächeln liegt die Wärme des Sonnenscheins. Ich habe ihn zufriedengestellt und plötzlich ist nichts anderes mehr wichtig.

»Pearl«, sagt er zu mir und ich gehe zu ihm und sinke in die Sicherheit seiner Arme. Sein Umhang riecht nach See. Er streicht mir sanft übers Haar. Dann küsst er mich auf den Kopf und tritt einen Schritt zurück, um mich anzuschauen. Seine Augen sind wie der leuchtendste Himmel.

Schließlich küsst er seine Handfläche und legt sie auf mein

Herz. Ich höre, wie mein Herz ihm durch das Kleid, durch meine Haut antwortet.

Papa S küsst mich noch einmal auf die Stirn, führt mich zur Tür und öffnet sie für mich. »Du bist gereinigt«, sagt er. Und ich bin sehr erleichtert, dass ich diese Gefühle nicht mehr haben werde. Ich werde Ellis genauso anschauen, wie ich Jack anschaue. Er ist einfach nur ein Teil unserer Familie. Einer von uns.

»Danke«, antworte ich und schaue Papa S mit großen Augen an.

Er lächelt noch immer, als er hinter mir die Tür schließt.

ZWÖLF

Sobald ich Ellis am Fuß der Treppe erblicke, weiß ich, dass es nicht funktioniert hat. Es ist sogar noch schlimmer geworden. Vorher war ich mir meiner Gedanken nicht bewusst. Aber jetzt laufe ich rot an, als ich Ellis sehe.

»Ich treffe die anderen am See«, sagt Ellis. »Kommst du mit?« Er schaut mich merkwürdig an. Ich spüre, wie die Wände auf mich zukommen. Ich höre die Schreie. »Ist alles in Ordnung, Pearl?«

Ich nicke.

»Bist du sicher?«

»Mir geht's gut«, antworte ich. Aber ich befürchte, dass er mir nicht glaubt. Glaube ich mir selbst?

»Ich kann warten, wenn du dir noch ein Handtuch holen möchtest«, sagt er. Seine Arme sind in den wenigen Wochen, die er hier ist, schon brauner geworden. Seine Haare noch ein bisschen länger.

»Gut«, sage ich, obwohl ich es eigentlich nicht will. Ich wollte Nein sagen und mich dann in mein Zimmer zurückziehen, allein. Stattdessen laufe ich nun die Treppe hoch und nehme dabei zwei Stufen auf einmal. Meine Füße klatschen auf das Holz. Die Schreie verhallen allmählich. Ich schnappe mir das erste Handtuch, das ich sehe, und renne zurück. Dann stehe ich wieder neben Ellis und versuche, nicht zu atemlos zu klingen.

Er lacht mich an. »Du hättest dich gar nicht so zu beeilen brauchen. Ich laufe schon nicht weg.«

Ich erwidere sein Lachen und streiche mir die Haare hinters Ohr. Wir gehen los, so dicht nebeneinander, dass sich unsere Arme streifen.

»Abkürzung?«, fragt er. Ich brauche nicht zu antworten. Wir nehmen den Weg über das Erdbeerfeld und stapfen vorsichtig über die Pflanzen hinweg.

»Pass auf, dass du auf keine Blätter trittst«, sagt Ellis. »Sonst bringt Papa S uns noch zu den Felsen da oben und opfert uns der Sonne.« Er lacht, aber plötzlich ist da wieder diese Barriere zwischen uns. Ich kann ihn nicht anschauen.

»Das war doch nur ein Scherz, Pearl«, sagt er, bleibt stehen und berührt mich am Arm. Als ich weitergehe, hält er mich fest. »Hey. Das war nur ein Scherz.«

»Er war aber nicht lustig«, sage ich und schaue ihn schließlich doch an. »Uns ist das wichtig. Er ist uns wichtig.«

»Und du bist mir wichtig«, sagt er leise. Zuerst lasse ich seine Worte an mir abprallen, aber dann nehme ich sie doch in mich auf.

Ellis bückt sich und ich sehe zu, wie er eine reife Erdbeere pflückt. »Hier«, sagt er und reicht sie mir.

Ich strecke den Kopf vor, aber er zieht die Erdbeere wieder weg. Ich muss lächeln, obwohl ich es eigentlich nicht möchte. Er hält die Frucht wieder vor mich hin und ich packe sein Handgelenk und halte es fest, bis die Erdbeere in meinem Mund ist. Ich spüre seine Finger auf meinen Lippen und Wärme schießt durch mich hindurch. Die Wände des Raums der Vergebung kommen näher, aber ich schiebe sie weg. Ellis wischt mir mit dem Daumen einen

Safttropfen vom Kinn, während ich esse, und ich sehe, wie er ihn ableckt.

Er hat wieder diesen Blick. Ich wende mich ab und gehe schnell weiter, zum See.

»Du solltest auch eine probieren«, sage ich über die Schulter, als wäre es für mich das Normalste von der Welt, mit ihm hier zu sein. »Sie sind köstlich.«

»Ich weiß«, antwortet er. Dann ist er an meiner Seite und wir gehen wieder nebeneinanderher.

Ich sollte noch mehr sagen. Ich sollte ihm sagen, dass ich auch dann an ihn denke, wenn wir nicht zusammen sind. Aber ich lasse die Worte in meinem Innern und hoffe, dass mein Atem meine Geheimnisse zu ihm trägt.

Kate und Jack sind schon im See. Sie treiben am tieferen Ende auf dem Rücken und strampeln leicht mit den Beinen, um über Wasser zu bleiben. Die Sonne scheint durch die Bäume und liegt auf Kates Schultern, bis zu Jack dringt sie jedoch nicht. Sie unterhalten sich, aber ich kann sie von hier aus nicht verstehen. Ruby und Bobby sitzen neben den Taschen und Handtüchern am Ufer und schichten mit äußerst konzentrierten Mienen kleine Stöckchen übereinander.

»Das ist ein Haus für die Ameisen«, erklärt Bobby, noch bevor wir gefragt haben. Er schaut nicht hoch, da er gerade ein Blatt balanciert, das die Haustür werden soll.

»Ein Mini Saat«, sagt Ellis grinsend und ich merke, dass ich seine Lippen anstarre.

Und du bist mir wichtig.

Ich atme zu schnell, aber ich denke daran zurück, dass Papa S mich gereinigt hat, und ich werde ihn nicht enttäuschen.

Ich wende mich von Ellis ab und breite mein Handtuch aus.

»Deine Mutter ist sehr glücklich hier«, sage ich. Meine Worte scheinen ihn zu überraschen. Ich weiß nicht, was er erwartet hat.

»Ja, das ist sie.« Er setzt sich allzu dicht neben mich. Ich sollte von ihm abrücken.

»Und Sophie auch.«

»Die ist völlig begeistert. Sie glaubt, sie macht hier Ferien.«

»Und du?«, frage ich.

Ellis schaut mich wieder an und als er die Achseln zuckt, huscht ein Ausdruck über sein Gesicht, der mir zeigt, wie er als kleiner Junge ausgesehen haben muss. »Wen interessiert, was ich denke?« Dann ist er plötzlich auf den Beinen, rennt zum See und springt ins kalte Wasser.

Ich betrachte seinen gebräunten Rücken, seine Schultern, die Haare, die ihm jetzt nass im Gesicht kleben. Und mir wird bewusst, wie sehr ich ihn mag. *Ich mag dich, Ellis.*

Ich ziehe mein Kleid aus. Darunter trage ich den neuen Badeanzug, den Elizabeth mir geschenkt hat. Er ist knalltürkis mit ganz dünnen Trägern und zwei roten Knöpfen vorne drauf. Sie hat mir erzählt, dass es früher ihrer war, als sie so alt war wie ich. Er passt mir perfekt, so wie ich mir gedacht habe. Ich spüre jeden Tag, dass mein Körper sich verändert, aber sehe ich in diesem Badeanzug aus wie ein Mädchen oder wie eine Frau? Was sieht Ellis?

Ich gehe ans Wasser und halte die Luft an, als die Kälte sich in meine Knöchel bohrt. Ich weiß nicht, ob er zu mir hinschaut, aber für den Fall, dass er es tut, wate ich vorsichtig hinein. Als ich zu den anderen schwimme, brennt die Kälte an meinen Armen und ich sehe, dass Ellis mich nicht beobachtet. Er spricht mit Kate. Sie lacht und taucht ihre langen Haare ins Wasser, die um ihre Schultern herumwirbeln, als wären sie lebendig. Ich weigere mich, Neid zu empfinden. Ich bin nicht die Einzige, die sich mit Ellis unterhalten darf. Er gehört ja jetzt zu unserer Familie.

Dafür sieht Jack mich und winkt mir zu. Als ich bei ihm ankomme, stupst er mich mit seinen Zehen an.

»Wo bist du gewesen?«, fragt er. Es ist nur eine kleine Frage, aber sie erinnert mich an den Raum der Vergebung und an die Schreie der Frau. Ich atme tief ein und tauche unter. Die elektrisierende Weichheit des Wassers betäubt mein Gehirn, bis mir die Luft ausgeht und ich wieder an die Oberfläche kommen muss.

»Alles in Ordnung?«, fragt Jack.

»Ja, absolut«, lüge ich ihn an und frage mich sofort, ob ich auch dafür bestraft werde.

»Wollen wir um die Wette schwimmen?«

»Vielleicht später.«

»Dann eben nicht«, sagt er, stößt sich vom Ufer ab und schwimmt weg. Ich fühle mich sofort schlecht. Jack redet sonst nie so und ich habe ihn dazu gebracht. Trotzdem schwimme ich nicht hinterher. Ich halte mich am Rand fest und ziehe mit der Hand Kreise im Wasser.

»Wo warst du denn?«, fragt Kate. Sie sieht in ihrem Bikini viel mehr wie eine Frau aus als ich.

»Bei Papa S.« Mehr erzähle ich nicht. Vielleicht glauben sie dann, dass Papa S mich zu seiner Gefährtin gemacht hat. Kate schaut mich mit hochgezogenen Augenbrauen an.

»Allein?«, fragt sie.

»Ja.« Ich lächele und schaue weg. Ich weiß, dass ich jetzt Ellis' Aufmerksamkeit habe.

»Du bist auf dem Weg nach oben, Pearl«, sagt Kate, aber ihre Worte klingen weder froh noch neidvoll. Eher mitleidig.

»Eines Tages wirst du seine Gefährtin sein«, sage ich zu ihr.

»Und was, wenn ich das nicht will?«, gibt sie zurück. Wovon spricht sie? Mein Blick schnellt zu den Bäumen. Jeder hätte sie hören können. Ich antworte ihr nicht. Ich kann zusehen, wie ihr Trotz sich plötzlich in Traurigkeit verwandelt. »Vielleicht will ich es nämlich gar nicht«, sagt sie so leise, als würde sie mit sich selbst reden.

»Kann ich auch sein Gefährte werden?«, fragt Ellis mit ernster Miene. Aber dann grinst er und lässt sich rückwärts ins Wasser zurückfallen. Kate lacht und versucht, ihn am Fußgelenk festzuhalten.

Ich frage mich, wie es sich wohl anfühlt, Ellis' Haut zu berühren. Ich könnte jetzt nach unten greifen und seine Schultern berühren, seinen Rücken.

Meine Gedanken bringen mich dazu wegzuschwimmen.

DREIZEHN

»Du solltest Ellis mitnehmen«, sagt Pate Smith.

»Zu den Bienen?«, fragt Ellis.

»Du musst es lernen«, erklärt Pate Smith. Er schlägt mit dem Hammer fest gegen das Stuhlbein und es rutscht in Position.

»Dann komm«, sage ich. »Ruby kommt auch mit.« Ich lege meine Hand auf seinen Ellenbogen und ziehe ihn mit. »Du bist schon über drei Wochen hier und hast die Bienen noch gar nicht gesehen.« Als Ellis mich anstarrt, wünschte ich, ich könnte meine Worte zurücknehmen. Zähle ich die Tage, seitdem ich ihn kenne?

»Ich richte Pate John aus, wo du bist. Er hat sicher nichts dagegen«, sagt Pate Smith. Also hat Ellis keinen Grund mehr zu zögern.

Es ist ein außerordentlich heißer Tag. Alles wirkt trocken und durstig. Ruby rennt voraus, als wir um das Haus herumgehen. Wir laufen über das östliche Feld, auf dem in diesem Jahr nichts angebaut wird. Die Erde fühlt sich knubbelig an unter unseren Füßen.

»Wer ist Cedar?«, fragt Ellis. »Ich habe gehört, wie Bobby Sophie von ihm erzählt hat.

Ich zögere. »Er hat mal hier gewohnt.«

»Und wo ist er jetzt?«, fragt Ellis.

Ich wende mich ihm zu und er schaut im Gehen zu mir hin.

»Ich weiß es nicht. Eines Morgens waren sie einfach nicht mehr da.« Ich hatte Cedar schon fast vergessen und die Erinnerung flößt mir Unbehagen ein.

»Sie?«

»Sarah und Cedar«, sage ich widerstrebend.

»Warum wollten sie denn weg?«

Ich schaue auf meine Füße. In den Sandalen hat sich Staub gesammelt. »Papa S sagt, dass sie von den Einflüsterungen vergiftet wurden.«

»Welchen Einflüsterungen?«

»Sie kommen aus der Draußenwelt. Es gab in dieser Nacht ein Gewitter und die Wolken haben die Einflüsterungen, in Donner gekleidet, hierhergetragen. Sie sind schuld, dass Sarah und Cedar weggelaufen sind.«

Ruby ist stehen geblieben. Froh darüber, nicht mehr sagen zu müssen, gehe ich rasch auf sie zu. Sie hält etwas in der Hand. Als wir bei ihr ankommen, zeigt sie uns einen glatten runden Stein mit mohnroten Streifen.

»Sieh mal«, sagt sie zu mir. »Die Sonne hat ihn angemalt.«

»Du solltest ihn dir ausborgen«, sage ich freundlich und sie steckt den Stein in ihre Tasche.

Wir kommen zu dem Bienenschuppen, der in einer Ecke des Feldes steht. Als ich die Tür öffne, strömt der Duft alten Honigs heraus. Ich liebe es, hier zu sein. Als Kind habe ich immer darum gebettelt, diese Aufgabe übernehmen zu dürfen. Elizabeth hat mir alles beigebracht.

Wir gehen zu den Haken, an denen die Hüte hängen wie Fischhäute. Ich reiche Ellis einen an.

»Nur den Hut?«, fragt er. »Und was ist mit dem Rest des Anzugs?«

»Das ist alles, was wir brauchen«, sage ich.

»Und Handschuhe?«

»Nein.« Ich lache über seinen Gesichtsausdruck. »Die Bienen tun dir nichts.«

»Sie stechen.«

»So gut wie nie«, sage ich und nehme den Korb mit den Kiefernnadeln und Streichhölzern. Ich gebe Ellis die Holzkiste und Ruby nimmt seine andere Hand, während wir vom Schuppen zu den Bienenstöcken gehen. Ich kann es gar nicht erwarten, sie ihm zu zeigen. Die Welt der Bienen ist magisch und ich möchte diejenige sein, die sie Ellis zum ersten Mal zeigt.

Als wir näher kommen, ziehen wir unsere Hüte so an, dass die Schleier unsere Gesichter bedecken.

Ellis lacht unter seinem Schleier. »Ich komme mir vor wie ein Raumfahrer.«

»Was ist ein Raumfahrer?«, frage ich.

»Ein Mann, der ins All fliegt.«

Ich weiß nicht, was er meint, und gehe einfach weiter.

»Weißt du, wovon ich spreche?«

»Ncin.«

Ellis schüttelt den Kopf. Durch das Netz über seinem Gesicht sehe ich, dass sein Blick auf mich gerichtet ist. »Haben sie euch denn nie erzählt, dass es Menschen gibt, die ins Weltall fliegen? Und auf dem Mond spazieren gehen?«

Ich bleibe stehen und schaue ihn an. Mein Kopt wird ganz heiß vor Wut. Er ruiniert alles. Macht alles kaputt. »Ich bin nicht dumm«, sage ich.

»Ich weiß, dass du nicht dumm bist«, sagt Ellis.

»Und warum testest du mich dann? Indem du mir dumme Sachen erzählst, um zu sehen, ob ich sie dir glaube?«

»Tue ich ja gar nicht«, erwidert Ellis.

»Menschen, die auf dem Mond spazieren gehen?« Ich ziehe meine Augenbrauen hoch. Hoffentlich kann er es sehen.

»Ja. Die gab es. Und es gibt sie noch. Und sie tragen Helme, die so ähnlich aussehen.« Ellis greift sich an den weißen Hut und berührt den Schleier vor seinem Gesicht. »Sie sind nur härter, und es wird Sauerstoff hineingepumpt.«

»Dann bist du der Dummkopf, Ellis«, sage ich. »Haben sie dir *das* in der Schule beigebracht? Ich frage mich, was du denen noch alles geglaubt hast.« Ich lache und die Luft erhitzt meine Lippen noch mehr. Ellis schüttelt nur den Kopf und geht weiter.

Sobald wir am Bienenstock ankommen, habe ich vergessen, was er gesagt hat. Ich zünde die Kiefernnadeln an und halte die qualmenden Nadeln hinein. Dann schiebt Ruby Ellis dichter heran.

»Schau mal«, sage ich zu ihm, während ich nach dem ersten Holzrahmen greife und ihn hochziehe. Er ist schwer von all den Bienen, die darauf sitzen. Ihr Lärm erfüllt die Luft. Es ist ein anhaltendes tiefes Summen, das in mich eindringt. Ich blicke zu Ellis, aber durch den Schleier kann ich seine Augen schlecht sehen. Sind sie auch in ihn eingedrungen, so wie in mich?

Ich halte den Rahmen hoch und betrachte ihre schwarzen und orangefarbenen Streifen. Heute klingen sie verärgert; sie wollten nicht gestört werden. Aber ich möchte, dass Ellis sie richtig sieht. Ich halte ihm den Rahmen hin, aber er macht einen schnellen Schritt zurück. Ruby schüttelt lachend den Kopf und legt dann vorsichtig ihre bloße Hand auf die Bienen.

»Siehst du?«, sage ich zu ihm. »Sie stechen nicht.«

»Wie macht sie das?«, fragt er, seine Stimme klingt gedämpft.

»Du kannst es auch«, sage ich.

»Nein, danke«, sagt Ellis. »Ich bleibe lieber, wo ich bin.«

Ich schlage den Rahmen sanft gegen den Bienenstock, bis die Bienen herunterfallen. Einige fliegen um Ellis herum und er bleibt stockstarr stehen.

»Nächstes Mal kannst du das machen«, sage ich.

»Es wird kein nächstes Mal geben«, murmelt Ellis.

Als wir genügend Rahmen eingesammelt haben, gehen wir zurück zum Schuppen. Ellis behält den Hut auf, bis wir sicher im Inneren angekommen sind. Seine Haare kleben ihm am Kopf, so verschwitzt ist er.

»Kann ich mit Sophie spielen gehen?«, fragt Ruby.

»Natürlich«, sage ich. Sie läuft hinaus und schließt die Tür hinter sich, so dass sich die Hitze im Inneren staut.

Ich kratze die obere Schicht Honigwaben von den Rahmen und stecke sie zum Schleudern in die Maschine.

»Davor hast du doch nicht auch Angst, oder?«, wende ich mich fragend Ellis zu.

»Ich mag Bienen nicht«, sagt er. »Das ist alles.« Er beobachtet mich, während ich immer schneller und schneller an der Kurbel drehe und der Honig in das Glas darunter zu laufen beginnt.

»Ganz schön cool«, sagt er.

Das Glas füllt sich langsam. Als der Honig nicht mehr fließt, sondern nur noch tropft, nehme ich einen Deckel aus dem Regal hinter mir und drehe das Glas fest zu. Es reflektiert das Sonnenlicht, als ich es ins Fenster halte. Ich weiß, dass Ellis beeindruckt ist, und strahle ihn an.

»Darf ich mal probieren?«, fragt er.

»Natürlich nicht«, antworte ich. »Oder hast du die Tropfen mitgebracht?«

»Welche Tropfen?«

»Für den Honig«, sage ich. Ellis schaut mich an, als wüsste er nicht, was er sagen soll. Vielleicht hat er noch nie Honig gegessen. Dann kennt er das nicht.

»Man darf den Honig so nicht essen«, erkläre ich ihm. »Wenn du das tust, werden die Eier in deinem Inneren ausgebrütet, und dann hast du ganz viele Bienen im Bauch.« Ellis sieht mich schockiert an. Also hätte er das nicht gewusst. »Sie krabbeln deine Luftröhre hoch und stechen dich dabei, und sie stechen dir auch in den Mund, bevor sie hinausfliegen.«

»Das ist nicht wahr«, sagt Ellis. Seine Miene ist ausdruckslos; er starrt mich einfach nur an.

»Die Leute in der Draußenwelt haben diese Tropfen«, fahre ich fort. »Sie träufeln sie in den Honig, um die Eier abzutöten. Aber wir verwenden sie nicht, weil wir wissen, dass sie giftig sind.«

»Die Tropfen?«

»Ja.«

»Das ist eine Lüge, Pearl«, sagt Ellis. Plötzlich sehen seine Augen wütend aus. »Es gibt diese Tropfen nicht. Das ist Unsinn.«

»Du kennst sie einfach nicht«, sage ich. »Hast du noch nie Honig genascht?«

»Doch, natürlich.« Er lacht und es ist ein gemeines Geräusch. Ich möchte es hier nicht haben. Noch nie habe ich im Bienenschuppen etwas anderes als Glück empfunden. »Sogar schon oft. Und zwar ohne irgendwelche blöden Tropfen.« Ellis nimmt mir das Glas aus der Hand. »Schau mal.«

Er dreht das Glas mit groben Bewegungen wieder auf. Bevor ich ihn daran hindern kann, taucht er seinen Finger in den Honig und steckt ihn dann, von dem süßen Saft triefend, in den Mund. Mir zieht sich der Magen zusammen.

»Siehst du«, sagt Ellis. »Er ist köstlich. Und nicht ein Ei weit und breit. Hier.« Er steckt seinen Finger erneut in das Glas und führt ihn dick mit Honig bedeckt an meine Lippen. »Probier mal.«

Ich trete einen Schritt zurück und stehe nun mit dem Rücken an der hölzernen Schuppenwand. »Hör auf damit«, sage ich und blicke durch das Fenster nach draußen. Ich glaube nicht, dass uns jemand beobachtet.

Dann krümmt Ellis sich auf einmal zusammen und hält sich stöhnend den Bauch. Ich möchte zu ihm hingehen, doch ich wage es nicht. Aus seinem Mund dringt ein seltsames Geräusch.

»Ellis?«, flüstere ich. Er hätte mir glauben sollen. Es passiert so schnell; die Eier werden bereits ausgebrütet. Die Erkenntnis trifft mich wie ein Schlag. Ellis wird sterben.

Ich strecke den Arm nach ihm aus, aber er richtet sich auf und lacht. Seine Augen funkeln. Dann sieht er meine schockierte Miene und verstummt.

»Das war doch nur ein Scherz, Pearl«, sagt er sanft. »Mir geht's gut. Es gibt keine Eier. Und es werden auch keine Bienen in mir herumkrabbeln.«

Mit zitternder Hand entreiße ich ihm das Glas. »Vielleicht nicht so schnell«, sage ich. »Aber es dauert nicht mehr lange, dann hast du Bienen in deinem Mund.«

Ellis reicht mir den Deckel. Ich wende mich von ihm ab und schraube ihn wieder auf das Glas. Die Honigtropfen, die außen am Glas kleben, ignoriere ich einfach.

Ich erwache schweißgebadet aus meinem Albtraum. Dem Albtraum. Dem, in dem die Tage mit nächtlicher Dunkelheit vermischt sind.

Sie sind da, die Männer, die brennende Zweige auf meine Haut drücken. Meine Haut zischt und verschmort, und ich werde blind vor Schmerz. Ich schreie, aber sie hören nicht auf. Der Geruch von verbranntem Fleisch krallt sich in meine Nase und fleht mich an, dafür zu sorgen, dass sie aufhören. Ich schreie.

Dann schwarze Dunkelheit. Immer, wenn keine Steigerung des Schmerzes mehr möglich ist, auf dem Höhepunkt, der mir den Verstand raubt, wird es schwarz.

Und wenn ich aufwache, ist mein Laken schweißnass. Im Zimmer sind nur ich und meine Atmung und das laute Pochen in meiner Brust. Aber wenn ich auf meine Arme hinunterschaue, ist die Haut dort verschrumpelt, wie Wachs.

Und ich weiß es.

Ich weiß es.

VIERZEHN

»Wollen wir heute in der Senke schlafen?«, frage ich Kate. »Das haben wir schon ewig nicht mehr gemacht.« Der Himmel ist klar und ich weiß, dass die Nacht wunderschön wird.

»Was ist die Senke?«, fragt Ellis. »Leg die Karte, Soph«, fügt er hinzu und zeigt auf eine Spielkarte in ihrer Hand. Seine Schwester zieht die Karte vorsichtig heraus und legt sie auf den Stapel.

»Das ist der beste Ort der Welt, wenn man die Sterne sehen will.« Seit wir im Bienenschuppen waren, habe ich nicht mehr so richtig mit Ellis gesprochen, aber jetzt freue ich mich darauf, ihm etwas Neues zeigen zu können.

»Schlafen wir denn wirklich da?«, fragt Sophie, während Ellis eine Karte nimmt.

»Wenn du möchtest«, antwortet Kate.

»Klingt gut«, sagt Ellis. »Na, bitte, Full House.« Er legt Sophies Karten aufgefächert auf den Boden. Jack beugt sich daruber.

»Spielst du noch mal auf dem Klavier?«, fragt Kate. Sie streckt die Beine aus und stupst die Karten mit ihren nackten Zehen an.

»Au ja!«, ruft Sophie, springt von seinem Schoß auf und zieht ihn hoch.

Jack und ich treten ans Klavier, um ihm zuzuhören. Kate

bleibt ausgestreckt auf dem Boden liegen und schließt die Augen. Noch bevor Ellis überhaupt angefangen hat, spüre ich wieder dieses Gefühl in meinem Bauch. Wie jedes Mal, wenn er spielt. Und sobald seine Finger über die Tasten gleiten, erwacht das Zimmer zum Leben. Die Luft tanzt. Die Musik haucht mich an, leckt an meiner Haut und füllt meinen Kopf, bis nichts anderes mehr darin ist.

Nur noch Ellis und seine Musik.

Die Tür geht auf und Pate John kommt herein. Ohne ein Wort zu sagen, klappt er den Klavierdeckel zu, so dass Ellis schnell seine Hände wegziehen muss. Der Zauber ist auf einen Schlag dahin.

»Papa S braucht Ruhe«, sagt Pate John.

Ellis sitzt eine Sekunde lang einfach nur da. So als wäre er in Gedanken immer noch bei der Musik. Dann steht er auf. »Tut mir leid«, sagt Ellis. »Kein Problem.«

Pate John schaut zu Kate, die immer noch mit geschlossenen Augen auf dem Boden liegt. »Steh auf, Kate«, sagt er.

Sie rührt sich nicht. Hat sie ihn überhaupt gehört? Sie hat ein kleines Lächeln auf den Lippen. *Kate?*

Pate John steht da und schaut sie an. Er ist offenkundig wütend, scheint aber unsicher zu sein, was er tun soll. Schließlich wirft er Ellis einen bösen Blick zu und geht aus dem Zimmer. Kate schlägt die Augen auf und reckt die Arme über ihren Kopf.

»Das war wunderschön, Ellis«, sagt sie. Sie dreht sich auf die Seite und stützt den Kopf in die Hand. »Wie hast du das gelernt?«

Ellis zuckt die Achseln. »Übung«, sagt er.

»Lasst uns zur Senke gehen«, ruft Bobby und zieht Decken vom Sofa.

»Brauchen wir noch mehr Decken?«, fragt Jack.

»Ich schätze, ja, wenn wir die ganze Nacht dableiben wollen.«

»Wirklich, die ganze Nacht?«, fragt Sophie und ich lache.

»Du wirst es lieben«, sage ich zu ihr. »Versprochen.«

Wir stehen fertig an der Küchentür, als Elizabeth hereinkommt.

»Kommt aber ins Haus, wenn euch kalt wird«, ermahnt sie uns.

»Bist du sicher, dass du nicht mitkommen willst?«, fragt Kate sie.

»Ich brauche ein bequemes Bett«, erwidert Elizabeth lachend und streicht sich mit der Hand über den Bauch.

Linda hält Ellis am Arm fest. »Ist das auch wirklich in Ordnung?«

»Natürlich«, antwortet er.

»Pass auf Sophie auf«, sagt sie.

Ellis grinst. »Wir sind doch nur auf dem Feld, Mum.«

»Mach dir keine Sorgen, sie wird begeistert sein«, versichere ich ihr. Sophie steht bei Ruby und Bobby. Die drei sehen schon jetzt müde aus; sie reißen ihre Augen weit auf, als hätten sie Mühe, wach zu bleiben.

Der Mond leuchtet, der Himmel ist fast schwarz. Die Decken, die ich trage, lassen sich zwar nicht gut festhalten, dafür wärmen sie aber meine Arme. Jack und Kate gehen voran, wir anderen ziehen hinter ihnen her, erst Richtung Waldrand, dann daran entlang zum westlichen Feld. Dort angekommen passen wir gut auf, wo wir hintreten, denn bei Nacht ist nicht gut zu erkennen, wo die Senke anfängt.

Da ist sie. In diesem Licht sieht sie aus wie ein dunkles Loch. Sophie schaut zögernd zu Ellis.

»Ist es das?«, fragt er, während Bobby und Ruby schon hinunterlaufen.

»Vertrau mir«, sage ich. »Wenn du unten bist, fühlt es sich an wie eine schwarze Decke.« Ich reiche Sophie die Hand und sie nimmt sie. Zusammen steigen wir über den Rand der Senke nach unten, tiefer in die Dunkelheit. Die anderen sind nur schemenhaft zu erkennen; sie haben sich bereits hingesetzt und wir gesellen uns zu ihnen. Für Ellis ist nicht mehr viel Platz übrig.

»Hier«, sagt Kate und rutscht näher an Jack heran. Ellis setzt sich neben sie und sie breitet die Decke über ihn. Ich muss die Eifersucht unterdrücken, die in mir aufflackert.

Kate legt sich auf den Rücken und wir folgen ihrem Beispiel. Sophie schnappt laut nach Luft. »Sind das die Sterne?«, fragt sie flüsternd. Der dunkle Himmel über uns ist mit unzähligen grellweißen Tupfen übersät.

»Das hätte ich nicht gedacht«, sagt Ellis.

Ich höre, wie Kate sich bewegt. Vielleicht schaut sie ihn an. »Gibt es denn in der Draußenwelt keine Sterne?«, fragt sie.

Ellis lacht. »Doch, natürlich. Ich hab sie nur noch nie so gesehen. In der Stadt ist der Himmel nachts immer ein bisschen grau.«

»In Saat leuchten sie am hellsten«, sage ich.

»Ja, das muss es sein«, erwidert Ellis.

»Weißt du, wie sie die Sterne machen?«, frage ich Sophie.

»Nein«, sagt sie.

»Das sind Löcher, die durch die Tränen der Natur entstehen. Und jedes Mal, wenn in der Draußenwelt jemand etwas Schlimmes macht, brennt ein neues Loch in den Himmel.«

»Erzähl ihr nicht solchen Unsinn«, sagt Ellis.

»Wie meinst du das?«, frage ich.

»Du glaubst doch nicht wirklich, dass Sterne Löcher sind, oder?«, sagt Ellis.

»Was denn sonst?«, fragt Jack.

»Ellis glaubt, dass es in der Draußenwelt Männer gibt, die auf dem Mond spazieren gehen«, sage ich.

Jack lacht so laut, dass ich ein schlechtes Gewissen bekomme. »Und wie kommen sie da hin?«, fragt er.

»Mit einer Rakete«, sagt Sophie.

»Ist das möglich?«, fragt Kate leise. Glaubt sie ihm?

»Ja«, sagt Ellis.

»Warst du auch schon da?«, fragt Kate ihn.

»Nein«, antwortet Ellis lachend.

»Aber ich fliege eines Tages hin«, sagt Sophie.

»Ich auch«, sagt Bobby.

Wir lassen Stille einkehren. Sie kriecht über die Ränder der Senke nach unten und legt sich auf unsere Münder. Sie hält auch meine Arme fest, so dass ich mich nicht einmal mehr bewege. Und sie bringt Zweifel mit sich. Kann es sein, dass Ellis Recht hat? Blickt gerade jemand vom Mond auf uns herab? Und kann derjenige ein schwarzes Loch in der Mitte eines Feldes erkennen, in dem sieben schweigende Gestalten in den Himmel hochschauen? Es kann unmöglich stimmen. Die Vorstellung schickt meine Gedanken in eine Million verschiedene Richtungen.

Aus dem Wald dringt ein Schrei zu uns.

»Was ist das?«, fragt Sophie. Sie hat sich aufgesetzt und klammert sich an Ellis' Arm.

»Das ist bloß ein Fuchs«, sage ich. Der Schrei hallt von den Bäumen wider.

»Nein, das ist ein Baby«, sagt Sophie. Sie klingt ängstlich, so als würde sie gleich in Tränen ausbrechen.

»So klingen Füchse«, sagt Jack. »Sie tun dir nichts.«

Wieder ein Schrei.

»Bist du sicher?«, fragt Ellis.

»Natürlich«, sagt Kate.

»Ich will hier nicht bleiben«, sagt Sophie. »Ich will zurück ins

Haus.« Sie schaut zu Ellis. Das Mondlicht zeigt die Angst in ihren Augen.

Ich streiche ihr übers Haar. »Ist schon gut, Sophie. Das hört gleich auf.«

»Nein«, sagt sie und fängt an zu weinen. Ruby setzt sich ebenfalls auf, aber Bobby bleibt still liegen, seine Augen sind weit aufgerissen.

»Wie wäre es, wenn du einfach versuchst zu schlafen?«, sagt Ellis sanft. Aber Sophie fängt nur noch mehr zu weinen an.

Bobby zeigt schreiend auf den oberen Rand der Senke.

»Was ist?«, fragt Kate und fährt hoch.

»Da ist jemand«, sagt Bobby und drückt seinen Kopf in meine Seite. Ich blicke hoch. Da ist nichts als Dunkelheit.

»Okay«, sagt Ellis. »Ich bringe Sophie zurück ins Haus. Kommt sonst noch jemand mit?«

Ruby und Bobby antworten nicht. Sie stehen nur auf und halten sich an den Händen.

Ellis dreht sich um und beugt sich zu mir herunter. »Diese Geschichte mit dem Honig ist Blödsinn«, flüstert er mir ins Ohr.

Dann kraxeln sie alle den steilen Hang hinauf. Oben blickt Ellis noch einmal zurück.

»Gute Nacht!«, ruft Kate.

»Wollt ihr wirklich bleiben?«, fragt Ellis.

»Natürlich«, antwortet Kate.

»Dann bis morgen. Wenn ihr nicht von Wölfen gefressen werdet«, sagt Ellis, woraufhin Sophie wieder anfängt zu weinen. Er nimmt ihre Hand und sie verschwinden.

Jetzt, wo er weg ist, fühlt es sich leer an hier unten.

»Was hat er dir gesagt?«, fragt Kate.

»Nichts«, sage ich.

Ich lüge sie an, weil etwas passiert ist, das ich nicht verstehe. Es sind keine Bienen in Ellis' Mund und es gibt auch keine Anzeichen dafür, dass welche in seinem Bauch sind. Dabei müssten eigentlich Eier in ihm sein, weil er den Honig ohne die Tropfen gegessen hat. Oder nicht?

Es kehrt wieder Stille ein. Jetzt gibt es nur noch Kate, Jack, mich und die Sterne.

Schließlich bricht Kate das Schweigen. »Glaubt ihr, dass er das ernst gemeint hat mit dem Mann, der zum Mond fliegt?«

»Irgendwer lügt. Entweder er oder die, die ihm das erzählt haben«, sagt Jack.

»Aber er ist irgendwohin gegangen, wo man Sachen lernt.« Kate spricht schnell; sie wirkt verunsichert.

»Sie haben ihm Unsinn beigebracht, Kate«, sage ich.

»Manchmal werde ich nicht schlau aus ihm«, sagt Jack.

»Ich schon«, sagt Kate.

»Wie denn?«, frage ich. Sie muss mir helfen, das alles zu verstehen, damit alles wieder eine Ordnung bekommt.

»Ich schlafe jetzt«, sagt Kate. Ich möchte weiterreden. Es gibt so vieles, was ich sagen möchte. Aber Kate schweigt und ich glaube, dass sie die Augen zugemacht hat. Ich lasse meine offen in der Hoffnung, dass der Himmel meinen Kopf aufräumt.

Langsam verändert sich Kates Atmung. Jack dreht sich auf die Seite und ich glaube, auch er schläft. Der Nachthimmel berührt mich fast.

Da ist ein Geräusch. Ich schaue nach oben. Etwas, jemand geht über das Feld. Kaltes Gras knirscht unter Schuhsohlen. Das Geräusch kommt näher und verstummt dann. Ich weiß, dass da jemand ist.

»Ellis?«, flüstere ich. Niemand antwortet.

Jemand beobachtet uns. Kann ich ihn atmen hören? Ich ziehe die Decke bis zum Hals hoch. Ich möchte auch mein Gesicht verhüllen, aber ich habe Angst, dass er herunterkommt, wenn ich es tue.

»Bist du das, Ellis?«, flüstere ich erneut. »Jack? Kate?«

Sie schlafen, während jemand auf uns herabschaut. *Das ist nur die Nacht*, sage ich mir. Vielleicht ist die Natur selbst hergeschlichen, um uns zu beschützen.

Etwas bewegt sich. Die Schritte entfernen sich wieder. Er ist weg. Ich möchte nach oben laufen und nachsehen, aber die Angst hält mich zurück.

Nach und nach versenke ich mich wieder in den Anblick der Sterne. Jetzt sehe und höre ich nur noch sie. Meine Augen tun weh, aber ich will noch nicht schlafen. Noch nicht.

Er kommt mit dem Teller herein. Und dem Glas Saft. Immer das Glas Saft. Manchmal hält er es an meine Lippen, damit ich nicht anders kann, als den Saft zu trinken. Manchmal möchte ich ihn aber auch trinken, weil ich dann schlafe, und wenn ich schlafe, bin ich frei.

In der Dunkelheit kann ich aus dem Fenster fliegen, auf die Wiese hinunterschweben und laufen, laufen, laufen, ohne jemals stehen zu bleiben. Die Luft ist in mir, die frische, klare Luft. Sie weht durch meinen Kopf und fegt den Schmerz hinweg. Diesen pochenden Schmerz des Verlustes und der Einsamkeit, der Krankheit und der Hoffnungslosigkeit. Ich laufe zu den Bäumen, zu dem See, an den ich mich erinnere. Zu den Felsen.

In der Dunkelheit bin ich frei.

Dort kann er mir nicht wehtun.

Niemand mich berühren.

So esse ich und trinke ich und lebe ich. In diesem Zimmer, diesem winzigen Zimmer, diesem erstickenden Gefängnis. Und beobachte mein Kind durch die Glasscheibe. Höre mein Herz in der Stille meine Tage auszählen.

Vielleicht trinke ich eines Tages nicht mehr. Vielleicht esse ich eines Tages nicht mehr. Und am nächsten und dem danach. Vielleicht befreie ich mich eines Tages wirklich und wahrhaftig.

FÜNFZEHN

»Kommt es euch nie seltsam vor, dass ihr alle so viel Aufhebens um Mutter Natur macht, dann aber an Autos arbeitet, die Schadstoffe in den Himmel blasen?«, fragt Ellis Jack.

Ich bin bei ihnen in der Scheune und wir sitzen auf Sesseln, die wir uns aus Strohballen gebaut haben. Die Kinder sind auch hier; sie springen von den aufgeschichteten Ballen und krabbeln in dem Tunnel herum, den sie sich gebaut haben. Draußen wird es dunkel, aber Kate ist noch bei Pate John und hilft ihm in seinem Zimmer.

»Wir bauen eben gute Motoren«, antwortet Jack.

»Gute Motoren?«

»Ja, um die aus der Draußenwelt irgendwie auszugleichen.« Jack zieht sich sein Hemd über den Kopf.

»Und wie soll das gehen?«, fragt Ellis. Er hat einen Strohhalm in der Hand und zerteilt ihn langsam.

»Über das Öl, das wir in die Motoren einreiben.«

»Bitte?«

»Das reinigt die Luft. Pate John hat es vor ein paar Jahren herausgefunden. Deshalb helfen die Autos, die wir für die Leute aus der Draußenwelt reparieren, die Umweltverschmutzung zu stoppen.«

»Das haben sie euch erzählt?«, fragt Ellis. Er wirft den Strohhalm auf den Boden und sieht Jack an.

»Ja. Ist doch toll, findest du nicht?«

»Sie lassen auch die Schadstoffe der anderen Autos verschwinden«, sage ich.

»Die Motoren, an denen wir in Saat arbeiten, sind also mit einer Art Zauberöl behandelt?«

»Ja, so könnte man es ausdrücken«, sagt Jack stolz.

»Dann glaubt ihr wohl auch an die Zahnfee?«, fragt Ellis.

»Was ist das?«, fragt Jack. Ellis schüttelt nur den Kopf, aber ich wünschte, er würde weggehen.

Dann ist Kate plötzlich da. Sie hat wieder diesen wilden Blick, als sie angerannt kommt. Da kein Platz mehr frei ist, klettert sie auf Jacks Schoß.

»Fertig bei Pate John?«, fragt er.

»Ja«, sagt sie und zieht ihre Strickjacke vorne zu.

»Wofür brauchte er dich denn?«, fragt Ellis.

»Ach, nichts Besonderes«, sagt sie. Dann klettert sie weiter hoch und läuft zu dem Tunnel aus Stroh. Sie kriecht hindurch und zieht den kreischenden Bobby an den Knöcheln zu sich.

»Du bleibst in meinem Gefängnis!«, ruft sie mit verstellter Stimme. »Fliehen verboten!« Also bleibt Bobby kichernd in dem Tunnel sitzen, während sie über die Strohballen rennt.

»Ich kriege euch alle!«

Sophie versucht, sich an ihr vorbeizuquetschen, aber Kate packt sie um die Taille und wirft sie in die Luft. »In meine Höhle mit dir«, schreit sie, während sie Sophie in den Tunnel verfrachtet. Dann zieht sie einen Strohballen davor, um den Ausgang zu blockieren.

Jack springt auf, nimmt einen Spaten, der an der Wand lehnt, und gesellt sich zu ihr. »Ich halte Wache«, sagt er in schroffem Ton, stellt sich breitbeinig auf und hält den Spaten hoch.

Ich beobachte, wie Ruby die hohe Strohwand neben dem Tunnel hochzuklettern versucht, die aus schweren, hoch aufeinandergeschichteten Ballen besteht. Das darf sie nicht, weil es zu gefährlich ist.

»Ruby!«, rufe ich, aber ich glaube, sie hört mich nicht. Sie kraxelt ausgelassen und hastig mit Händen und Fuß Halt suchend weiter nach oben.

Und dann stürzt die ganze Wand ein. Ich nehme alles wie in Zeitlupe wahr: Der Turm aus Strohballen neigt sich langsam nach vorn, Ruby kippt schreiend nach hinten, weiter an das Stroh gekrallt, dann bricht alles zusammen und der Tunnel stürzt ein.

»Sophie!«, schreit Ellis, läuft hin und zerrt an den Ballen. Ich bin bei ihm, aber weder Sophie noch Ruby, Bobby, Kate oder Jack sind zu sehen.

Ich renne zur Tür.

»Pate Smith!«, schreie ich in die Dämmerung.

Dann bin ich wieder neben Ellis, der angefangen hat, die Ballen hinter sich zu werfen. Zusammen ziehen wir sie weg. Sie sind so schwer, als beständen sie aus Backsteinen. Der Staub setzt sich in meiner Kehle fest und wir husten beide, aber der Tunnel ist noch immer nicht zu erkennen und von den anderen weder etwas zu hören noch zu sehen.

»Schneller«, höre ich Ellis keuchen. Da taucht Jacks Hand auf. Wir ziehen das Stroh von ihm herunter und er hustet und würgt. Das Blut, das aus einer klaffenden Wunde in seiner Brust kommt, scheint er gar nicht zu bemerken. Der Spaten hat ihm die Haut aufgeschlitzt. Sein weißes Hemd ist blutdurchtränkt. Er stolpert genau in dem Moment zur Seite, als Pate Smith hereingelaufen kommt.

Ellis findet Ruby und zerrt sie ins Freie; sie zittert. Pate Smith ist jetzt neben mir und nimmt sie mir ab.

Wir zerren weiter Strohballen zur Seite; man kann kaum atmen in der staubigen Luft. In meinem Kopf schreie ich. Ich schreie die Namen der Kinder. Ich schreie, weil ich will, dass Kate nichts passiert ist.

Wir finden den eingestürzten Tunnel. Sophie und Bobby liegen eng zusammengekauert in der Höhlung. Sie klammern sich aneinander, ihre Gesichter sind angstverzerrt.

»Sie atmet nicht«, höre ich Pate Smith sagen, aber ich verstehe das nicht. Ellis hat Sophie doch herausgezogen und sie atmet, sie liegt weinend in seinen Armen.

Als ich hochblicke, sehe ich Kate reglos und verrenkt daliegen, das Haar voller Stroh und das Gesicht weiß wie ein Stern. Alle stehen da und starren sie einfach nur an.

»Tut doch was!«, höre ich Ellis rufen, aber niemand rührt sich. Ich weiß nicht, was ich tun soll.

»Kate?«, sage ich, aber sie liegt nur da und alle stehen daneben und schauen auf sie herab.

Plötzlich schiebt Ellis Sophie in die Arme von Pate Smith und kniet sich neben Kate. Er tastet an ihrem Hals herum.

»Komm schon, Kate«, sagt er. Er hält sein Ohr an ihre Lippen. Niemand rührt sich, niemand hilft ihm. »Ich habe einen Puls gefühlt«, sagt er, aber er sieht verunsichert aus. Dann ist Jack neben ihm; eine Hand presst er auf seine blutende Wunde.

»Können wir ihr irgendwie helfen?«, fragt er. Die Paten schauen ihn an. Aber sie rühren sich immer noch nicht.

Ich dagegen schon. Ich laufe zu Kate und versuche, sie in den Arm zu nehmen und zu schütteln. »Kate!«, schreie ich in ihr regloses Gesicht.

Ellis beginnt damit, mit beiden Händen fest auf ihre Brust zu drücken. »Reib ihre Arme, halt sie warm«, sagt er zu mir.

Also nehme ich ihren Arm in beide Hände und reibe, als wäre er ein Stock und ich würde Feuer machen. Die Paten schauen uns zu, während ich versuche, den Funken zu entfachen, Ellis auf Kates Herz drückt und Jack ihr ins Ohr flüstert, dass sie aufwachen soll.

Schließlich beugt Ellis sich zu ihr hinunter und es sieht so aus, als wollte er sie küssen, auf die Lippen, doch sie stöhnt und dreht den Kopf. Sie hat die Augen aufgeschlagen und schaut mich direkt an. Ich kann zusehen, wie das Feuer in ihr wieder aufflackert, während ich ihre Arme reibe, und ich weine und lache und ziehe sie an mich. Ellis schiebt mich sanft weg und hebt sie in seine starken, sicheren Arme.

»Wir müssen sie zu einem Arzt bringen«, sagt er.

Aber Pate John stellt sich ihm in den Weg. »Es geht ihr wieder gut. Trag sie ins Haus«, sagt er.

»Aber sie braucht einen Arzt«, sagt Ellis.

»Nein, sie bleibt hier in Saat.« Pate John will ihm Kate abnehmen, aber Ellis lässt ihn nicht.

»Gut«, sagt Ellis, dann prescht er an Pate John vorbei aus der Scheune. Ich folge ihm zum erleuchteten Haus.

SECHZEHN

»Sie hätten Kate sterben lassen.« Ellis spricht mit gedämpfter Stimme, aber ich höre die Wut, die darin mitschwingt. Es ist jetzt fast dunkel. Kate liegt schlafend in ihrem Bett. Nur der Mond, der durchs Fenster scheint, spendet ein wenig Licht. »Sie standen einfach nur da und haben zugesehen.«

»Sie dachten, ihre Zeit wäre gekommen«, sage ich. Aber die Worte fühlen sich falsch an.

Ich beobachte, wie Kates Bettdecke sich hebt und senkt, während sie friedlich daliegt und atmet. Und ich weiß, dass ich sie nicht hätte gehen lassen können.

»Was für ein Stuss«, sagt Ellis. Ich möchte nicht fragen, was er meint, aber sein harscher Ton trifft mich mit voller Wucht. Ich erstarre. Unsere Beine berühren sich und ich spüre seine Arme, seine Schultern. Wir haben noch nie so zusammen auf meinem Bett gesessen, aber er ist wie ein Klotz aus Stein.

»Die Natur wollte sie noch nicht. Sie hat sie noch hierbleiben lassen«, sage ich leise.

Ellis dreht sich so schnell zu mir, dass ich denke, er will mich schlagen. »Verdammt noch mal, Pearl«, sagt er, steht auf und ist mit zwei Schritten an der Tür. Im Hinausgehen versetzt er dem

Tisch einen solchen Stoß, dass die Spielkarten sich auf dem Boden verteilen.

Ich blicke ratlos auf die Tür, die er hinter sich zugeschlagen hat. Lausche auf seine Schritte, als er durch den Flur zur Treppe geht. Wo will er hin?

Dann betrachte ich wieder Kate. Meine Gedanken wirbeln durcheinander, stoßen zusammen und suchen einen Ausweg, aber da sie nirgends hinkönnen, kreisen sie immer weiter durch meinen Kopf.

Hätte ich sie wirklich gehen lassen, weil die Natur es so wollte? Hätten wir wirklich alle danebengestanden, während ihr Atem langsam aus ihr herausgeströmt und verflogen wäre wie der Wind?

Hätte ich das getan? Hätte ich?

Die Tür geht auf und Elizabeth kommt herein. Sie trägt eine Schüssel mit dampfendem Wasser und einen Waschlappen, aber als sie sieht, dass Kate schläft, stellt sie die Schüssel auf den Tisch neben ihrem Bett. Sie beugt sich vor und küsst Kate behutsam auf die Stirn. Ihr Bauch wölbt sich im Mondlicht. Sie streicht Kate sanft die Haare aus dem Gesicht, ohne sie aufzuwecken.

»Pate John hat ihr nicht geholfen«, flüstere ich. »Und Pate Smith auch nicht.« Aber meine Worte verhallen, als hätte ich nichts gesagt.

Die Tür öffnet sich erneut. Es ist Heather.

»Jack fragt nach dir«, sagt sie zu mir. »Er hat große Schmerzen.«

Rasch erhebe ich mich von meinem Bett. Meine Gedanken waren die ganze Zeit nicht bei Jack. Ich hätte an seiner Seite sein und nicht neben Ellis sitzen sollen. Ich mache einen Schritt über die auf dem Boden liegenden Karten hinweg und folge Heather aus dem Zimmer.

Jack sitzt im Adlerraum. Er hat einen Lappen zwischen den Zähnen und beißt fest darauf, um seine Schmerzensschreie zu ersticken. Sein Blick ist wild wie der eines Tieres. Er macht mir Angst, weil er so gar nicht wie mein Jack aussieht. Aber ich gehe zu ihm und nehme seine Hand, die zu einer eisernen Faust geballt ist.

Linda ist hier, um seine Wunde zuzunähen. Sie zieht den Faden durch Jacks Haut wie durch ein Stück Stoff, nur, dass er blutgetränkt ist.

»Er gehört ins Krankenhaus«, sagt sie leise.

»Hier ist er immer noch am besten aufgehoben«, antwortet Pate Smith. »Er ist in guten Händen.«

»Ich bin keine Ärztin«, erwidert Linda prompt. Pate Smith legt lächelnd seine Hand auf ihre Schulter. Vielleicht ist ihr nicht klar, was Ärzte wirklich tun.

Rachel kommt mit einem Glas hereingestürmt, in dem eine braune Flüssigkeit schwappt. Sie stellt sich neben Jack, nimmt ihm den Lappen aus dem Mund und führt das Glas an seine Lippen.

»Trink ein bisschen davon«, sagt sie. »Das wird dir helfen.« Jack trinkt hustend und zähneknirschend. Rachel steckt den Lappen zurück in seinen Mund und er beißt fest darauf.

»Vertrau uns«, sagt Pate Smith zu Linda. »Er würde gar nicht ins Krankenhaus wollen, oder, Jack?« Jake schüttelt heftig den Kopf. Linda sieht erstaunt aus und ich bekomme Zweifel. Tief im Innersten weiß ich, dass das schlechte Orte sind, aber ich würde alles ausprobieren, was Jacks Schmerzen zu lindern hilft.

Ich halte seine geballte Faust und zwinge ihn, mir in die Augen zu sehen. Dann erzähle ich ihm von den Hügeln, dem See und dem

Sonnenschein in der Morgendämmerung, während Linda immer weiter die Nadel durch seine Haut zieht.

Der Schmerz überwältigt Jack und der Lappen fällt aus seinem Mund auf den Boden, als er ruckartig den Kopf gegen meine Schulter stößt. Ich halte ihn dort fest. Meine Hand liegt auf seinen kurz geschorenen, weichen Haaren. Ich bin sicher, dass er weint, es aber nicht zeigen möchte.

Linda schneidet das Ende des Fadens ab. Dann nimmt sie ein nasses Tuch und wischt damit sanft über Jacks gezackte Wunde. Schließlich greift sie nach dem Verband, den Heather ihr reicht, und wickelt ihn fest um seine Brust. Das letzte Stück reißt sie der Länge nach ein und verknotet die Enden.

»Am Anfang muss ich den Verband jeden Tag wechseln. Es besteht immer die Gefahr einer Infektion«, sagt sie, aber sie wirkt schon etwas weniger wütend, weniger besorgt.

»Ich bin stolz auf dich«, sagt Pate Smith und Linda lächelt ihn glücklich an.

»Ich staune über mich selbst«, sagt sie. Sie sieht anders aus als bei ihrer Ankunft. Es ist, als hätte Saat die grauen Wolken vertrieben, die sie damals umgaben.

Heather geht zu ihr und legt die Arme um sie. »Gut, dass wir dich haben, Linda«, sagt sie. Dann hebt sie Jacks zerfetztes Hemd vom Boden auf.

Ich spüre, dass er aufgehört hat zu zittern. Er nimmt den Kopf von meiner Schulter und ich beuge mich vor und lege die Hände auf seine Knie.

»Alles in Ordnung?«, frage ich. Er nickt. Aber der Schmerz flackert noch immer in seinem Blick.

Haben wir Unrecht getan, Jack? Weil wir keine Hilfe für dich geholt haben?

Ich beobachte, wie Pate Smith ihm aus dem Zimmer hilft. Jack, der so eine ruhige Art hat und so viel Liebe verströmt.

»Danke, Natur«, flüstere ich. »Danke, dass du uns die beiden nicht genommen hast.« Doch meine Worte hängen leblos in der Luft und ich glaube nicht, dass jemand sie gehört hat.

SIEBZEHN

Ich blute wieder. Mein Segen ist zurückgekehrt. Aber diesmal sage ich es niemandem. Ich kann nicht riskieren, dass sie mich wieder in dieses Loch sperren. Vergib mir, Mutter Natur, aber ich kann nicht. Also nehme ich einen der Stoffstreifen aus Leinen, die Elizabeth für mich in die Kommode gelegt hat, und als er durchgeblutet ist, wasche ich ihn im Bad und lasse ihn hinter der Scheune in der Sonne trocknen. Elizabeth hat mir insgesamt fünf Streifen dagelassen. Der erste wird doch sicher trocken sein, bevor ich den letzten nehmen muss?

Bei der Morgenmahlzeit sitze ich neben Jack. Er hat offensichtlich Schmerzen. Elizabeth hat Nelken in sein Essen gestreut, doch sie scheinen nicht viel geholfen zu haben.

»Ich werde eine Weile nicht im See schwimmen können«, sagt er. »Und ich darf ein paar Tage nicht an den Motoren arbeiten.« An seiner Unterlippe klebt ein bisschen Haferbrei und ich wische ihn mit der Hand weg. Ich lächele ihn an, aber erwidert mein Lächeln nicht. Er wirkt eher ein bisschen wütend. Das ist sonst gar nicht seine Art.

»Tut es sehr weh?«, frage ich leise.

»Ja«, sagt er.

»Aber du kannst den anderen doch sicherlich bei der Arbeit an den Motoren zuschauen. Dann lernst du wenigstens etwas«, sagt Elizabeth und lächelt ihn sanft an. »Nicht mehr lange, und du bist geheilt.«

»Du kannst auch mit zum See kommen und nur bis zur Hüfte ins Wasser gehen«, sage ich. Aber Jack antwortet nicht, sondern löffelt einfach nur weiter Haferbrei in seinen Mund. »Kate hat gesagt, dass sie nach der Morgenmahlzeit aufsteht«, erzähle ich ihm. »Aber sie arbeitet heute auch nicht.«

»Wo ist Ellis?«, fragt Jack.

»Er hat ihr ein bisschen Haferbrei gebracht. Wahrscheinlich isst er mit ihr zusammen.« Ich schaue zum Fenster hoch, weil ich sicher bin, dass er uns beobachtet, aber da ist niemand. »Du könntest dich zu ihm setzen, während er an den Motoren arbeitet.«

»Ich glaube, ich verbringe den Tag mit Kate.«

»Lass sie aber nicht zu viel machen«, sagt Elizabeth.

»Ich sorge dafür, dass sie sich schont«, versichert Jack ihr. Er trinkt seinen Saft und setzt das Glas erst wieder ab, als es leer ist, ohne zwischendurch Luft zu holen. Ich beobachte, wie der Knubbel an seiner Kehle sich auf und ab bewegt. Jack verändert sich von Tag zu Tag mehr. Entfernt er sich von mir? Ich weiß es nicht. Ich weiß nur, dass es mir das Herz brechen wird, wenn die Entfernung zwischen uns zu groß wird.

⬡

Ellis und Kate liegen zusammen auf ihrem Bett. Kates Augen sind geschlossen, aber sie lacht leise. Aus irgendeinem Grund glaube ich nicht, dass die Paten das gerne sehen würden. Sobald er mich sieht, setzt Ellis sich auf.

»Fühlst du dich besser?«, frage ich, während ich zu ihnen hingehe.

Kate öffnet die Augen und lächelt. »Ein bisschen«, antwortet sie. Ihre Haut sieht allerdings immer noch blass aus und ihre Augen leuchten nicht so wie sonst. »Aber sag es niemandem. Solange sie glauben, dass ich fast gestorben wäre, werden sie mich nicht arbeiten lassen.«

»Das ist nicht lustig, Kate«, sage ich. »Du hast mir einen Riesenschrecken eingejagt.«

»Im Gegensatz zu denen«, murmelt Ellis.

»Wie meinst du das?«, fragt Kate ihn.

»Ach, nichts«, antwortet er nur.

Kate streckt mir ihre Arme entgegen und ich ziehe sie hoch. »Du bist noch bei uns.« Ich lächele und bin überglücklich.

»Es braucht mehr als ein paar Strohballen, um mich loszuwerden«, erwidert sie lachend.

Ellis steht auf und ich betrachte seine Arme, während er nach den beiden leeren Schüsseln greift. »Ich bringe die mal nach unten«, sagt er.

»Danke.« Kate lächelt ihn an, bevor er geht. Sofort ist wieder dieses Gefühl da und ich hasse mich dafür. Es wühlt sich tief in mich hinein und verdreht das, was gut ist. Kate lebt und ich sollte keine eifersüchtigen Gedanken haben.

»Jack möchte den Tag mit dir verbringen«, sage ich. »Aber er ist nicht glücklich darüber, dass er nicht arbeiten kann.«

Kate zieht die Augenbrauen hoch. »Dieser Junge«, sagt sie.

»Was ist?«, frage ich.

»Er ist wirklich nicht zu retten.«

»Wer? Was meinst du damit?«

Kate schaut mich an. Ich weiß nicht, was sie mir sagen will. Ich habe keine Ahnung, was in ihrem Kopf vorgeht.

»Nichts«, sagt sie, während sie sich langsam erhebt. »Gehst du bitte zu Jack und sagst ihm, dass ich den Tag sehr gern mit ihm verbringe?« Sie hebt die Arme über den Kopf. Ihre Haare sind schon so lang. Obwohl meine jetzt ja auch wachsen, beneide ich sie darum.

⬡

Sophie und Ruby stehen auf Stühlen und helfen mir beim Abwaschen, als Kate die Küche betritt. Sie trägt eine Hose. Die anderen scheinen es nicht zu bemerken, aber als Jack hereinkommt, sieht er es sofort. Er stellt den Stapel Teller ab und schaut erst auf ihre Beine und dann in ihr Gesicht.

Sophie und Ruby hören weder auf zu plaudern noch zu spülen; sie bekommen nichts von dem neuen Gefühl mit, das sich eingeschlichen hat und um unsere Köpfe kreist.

»Möchtest du dich setzen?«, fragt Jack.

»Mir geht's gut«, antwortet sie, aber so ganz sicher klingt sie nicht.

»Brauchst du ein Glas Wasser?« Bevor sie antworten kann, geht Jack ihr schon eines holen.

»Was macht deine Wunde?«, fragt Kate ihn. »Tut es weh?«

»Es geht schon besser.«

»Werd bloß nicht zu schnell gesund«, sagt sie. »Ich habe wunderbar faule Tage für uns geplant.«

»Sie wollen dich bestimmt bald wieder auf dem Feld haben.«

»Nicht, wenn ich es vermeiden kann.«

»Mit mir wirst du nicht viel Spaß haben. Ich kann nicht viel machen.«

»Ich bin sicher, wir finden was, womit wir uns die Zeit vertreiben können.« Kate lächelt ihn an und zieht ihre langen Haare über die Schulter nach vorn. Jack wirkt plötzlich verlegen und trägt ihr Glas zur Spüle.

»Wir könnten zum Beispiel Karten spielen«, sagt sie lachend, dann zieht sie sich auf die Arbeitsfläche hoch und schlägt die Beine übereinander. »Oder ich stelle uns ein kleines Picknick zusammen und wir gehen zum Obstgarten, oder in die Senke?«

»Das ist nicht fair«, sage ich und greife nach Sophies Schwamm, um einen Teller abzuwaschen, den sie nicht sauber bekommt.

Kate leckt ihre Fingerspitzen an und drückt sie auf die Krümel auf dem Brotschneidebrett. »Du könntest ja auch fast sterben, dann kannst du uns Gesellschaft leisten«, sagt sie.

»Bist du wirklich fast gestorben?«, fragt Ruby. Sophie nimmt die nassen Hände aus dem Spülwasser und starrt Kate an.

»Kann sein«, sagt Kate leichthin. Sie hat die Panik nicht gesehen, die Sophie und Bobby im Gesicht stand, als sie ohne Luft zum Atmen in diesem Tunnel saßen.

»Aber jetzt geht es allen wieder gut«, sage ich fröhlich und hebe Sophie in meine Arme. Dort bleibt sie aber nicht lange. Auch nach all der Zeit lässt sie sich nicht gern von anderen auf den Arm nehmen als von Ellis oder Linda. Ihrer Mutter. »Und wir werden einen schönen Tag haben, weil wir Gemüse für den Markt aussuchen.«

»Darf ich auch mitfahren?«, fragt Sophie.

»Wenn du ein bisschen älter bist«, sage ich. Ich frage mich, ob sie die Draußenwelt vermisst. Hatte sie Freunde, die sich wundern, wo sie geblieben ist? Ich habe so ein Glück, dass ich hier geboren bin und nur das kenne. Ich küsse meine Handfläche und recke sie dem Himmel hinter der Fensterscheibe entgegen. Aber niemand macht es mir nach.

Draußen im Gemüsebeet ist es zu heiß für eine Strickjacke, weshalb ich nur Kates gelbes Kleid trage. Es fühlt sich an, als würde ich Sonnenschein tragen, aber irgendwo in mir drin liegt ein schwerer Stein. Ich weiß nicht genau, wo oder warum, und versuche, ihn mit der Kraft meiner Gedanken wegzuschieben, aber er bleibt da und summt leise vor sich hin.

Ich pflücke die Bohnen mitsamt ihrer rauen Hülle, indem ich sie von der Pflanze abreiße, der sie entsprießen. Die Sonne, die Erde, der Wind und der Regen haben sie für uns wachsen lassen. Die Natur versorgt uns.

Meine Gedanken wandern zu Ellis, der gerade in der Scheune arbeitet. Ich gebe mir Mühe, meinen Kopf mit dem blauen Himmel und der sengenden Sonne zu füllen, damit ich nicht darüber nachdenke, wie es sich angefühlt hat, als ich auf dem Bett so dicht neben ihm saß. Aber er ist immer da und er nimmt so viele von meinen Gedanken in Anspruch. Mehr als jeder andere. Ich hoffe, dass Papa S nicht in meinen Kopf schauen kann.

Ich versuche, mich auf meine Aufgabe zu konzentrieren, und als der Morgen halb um ist, habe ich drei Körbe gefüllt. Also kann ich Kate und Jack ein paar davon für ihr Picknick bringen. Ich hänge die Körbe über meine Arme und gehe zurück zur Küche.

Ellis steht über die Spüle gebeugt da. Er hat sein Hemd ausgezogen und lässt Wasser über seine Haare laufen. Er weiß nicht, dass ich hier bin. Ich beobachte das Spiel der Muskeln auf seinem Rücken und das Bedürfnis, ihn anzufassen, ist so stark, dass ich die Luft anhalten muss.

Er wringt das Wasser aus seinen Haaren und richtet sich auf. Und ich stehe immer noch mit den Körben voller Bohnen im Arm da und betrachte ihn.

Er lächelt. »Willst du mir helfen?« Wasser tropft langsam von seinen Locken auf seine nackten Schultern. Ich sehe zu, wie die Rinnsale über seinen Bauch laufen und oben in seiner Hose verschwinden. Als ich wieder in sein Gesicht blicke, starrt er mich an.

»Ich bringe Jack und Kate ein paar Bohnen«, sage ich, gehe zum Tisch und stelle die drei Körbe darauf. Ich darf mich auf keinen Fall zu ihm umschauen.

»Kann ich mitkommen?«, fragt Ellis.

»Ich weiß nicht, wo sie sind.«

»Wo willst du sie denn suchen?«

Jetzt muss ich mich doch umdrehen und er lehnt sich lächelnd zurück, um seine Haarspitzen noch einmal über der Spüle auszudrücken.

»Im Obstgarten? Oder in der Senke vielleicht?«

»Dann komme ich mit.«

»Ich möchte ihnen ein bisschen Gesellschaft bei ihrem Picknick leisten. Also muss ich auch etwas zu essen mitnehmen.«

»Dann helfe ich dir dabei.«

»In Ordnung«, sage ich. Ich weiß nicht, warum meine Worte so harsch herauskommen. Gleich werde ich in dem gelben Kleid über die Felder laufen, mit Ellis an meiner Seite und mit etwas zu essen. Was ist daran schlecht? »Das wird schön«, füge ich hinzu und wende ihm erneut den Rücken zu, um Bohnen aus dem Korb zu nehmen. Ich werfe einen schnellen Blick aus dem Fenster. Es ist niemand da, der uns sehen könnte.

Ellis schneidet zwei Scheiben Brot von dem Laib, der heute Morgen frisch gebacken wurde. Ich nehme ein kleines Töpfchen Chutney aus dem Regal, während Ellis Käse und eine Handvoll kleiner Tomaten in die Tasche steckt, die er vom Haken genommen hat.

»Milch oder Saft?«, frage ich. Wir stehen nebeneinander vor dem Kühlschrank.

»Beides«, sagt er.

Als ich die Flaschen in die Tasche stelle, schaut er mich an. »Das Kleid steht dir gut«, sagt er, geht dann aber sofort zur Tür und nimmt mit der freien Hand sein Hemd vom Stuhl. Mir bleibt nichts anderes übrig, als ihm nachzugehen und dabei über seine Worte nachzudenken, über die weiche Haut auf seinem Rücken und über die Gefühle, die er in mir gesät hat. Ich darf sie nicht wachsen lassen.

»Wohin zuerst?«, fragt Ellis. Ich schaue nicht zum Haus zurück, obwohl ich sicher bin, dass uns jemand beobachtet. Ich habe Angst, dass es Papa S ist. Ich wünsche mir, so klein zu sein, dass er mich nicht sehen kann. Wenn wir schnell gehen, bin ich bald nur noch ein Punkt in der Ferne, eine wandelnde Sonnenblume.

»Zum Obstgarten?«

»Klingt gut.«

Wir gehen eine Weile schweigend nebeneinanderher. Ich habe meine Sandalen angezogen und es fühlt sich seltsam an, das trockene Gras nicht unter den Füßen zu spüren.

»Vermisst du dein Zuhause?«, frage ich, ohne nachzudenken.

»Ist das hier nicht mein Zuhause?«, fragt Ellis und setzt wieder dieses spöttische Grinsen auf.

»Natürlich. Ich meine dein altes.«

»Mein altes Leben?« Er wendet Blick von mir ab.

»Ja«, sage ich. Aber er antwortet nicht und wir gehen weiter. »Gefällt es dir hier jetzt besser?«

»Mum schon. Und Sophie gefällt es auch.«

»Und gefällt es dir auch besser?«

»Ich weiß es nicht.« Er hängt die Tasche über seine andere Schulter. »Wenn ich nicht hierhergekommen wäre, hätte ich dich nicht kennengelernt.« Seine Worte überrumpeln mich und ich weiß nicht, was ich sagen soll.

»Bist du denn gern hier?«, fragt Ellis schließlich.

»Natürlich.«

»Aber gefällt es dir wirklich? Zum Beispiel Papa S und all das?«

»Ich liebe Papa S«, sage ich. Ich spüre, wie sich wieder dieser scharfe Ton einschleicht.

»Dann ist ja gut« ist alles, was er sagt, während er wir auf den Rand des Obstgartens zulaufen.

Kate und Jack sitzen unter einem der Bäume, die am weitesten entfernt sind. Zuerst bemerken sie uns nicht. Jack liegt im Gras und Kate sitzt da und schaut auf ihn herunter. Als wir näher kommen, sehen wir, wie sie die Hand ausstreckt. Sie streicht mit dem Finger über Jacks Kopf, dann über Stirn, Nase und Mund, am Hals entlang, über seine Brust und immer weiter. Währenddessen schaut Jack sie die ganze Zeit an.

Als Kate uns bemerkt, zuckt ihre Hand zurück, als hätte sie etwas Heißes angefasst. Der Bann, unter dem sie beide standen, ist gebrochen.

»Wir bringen euch Bohnen«, sage ich und zeige auf die Tasche an Ellis' Schulter. Jack setzt sich verlegen auf. Ich glaube nicht, dass Kate uns hierhaben möchte. Plötzlich wünschte ich, wir wären nicht gekommen.

»Und? Was macht ihr so?«, fragt Ellis mit einem Lachen um die Augen.

»Wir unterhalten uns nur«, sagt Jack, aber er läuft ein bisschen rot an. Ellis setzt sich neben Kate.

Hier sind wir nun, und nichts ist richtig.

Ellis kippt unsere Tasche mit dem Essen aus. Das Brot landet im Gras und wir müssen die trockenen Halme davon abzupfen.

»Wir haben unsere Mittagsmahlzeit schon gegessen«, sagt Jack.

»Aber wir haben euch frische Bohnen mitgebracht«, sage ich. Ich habe das Gefühl, dass Jack gleich aufsteht und geht, aber ich möchte nicht, dass er das tut. Ich möchte, dass er wieder glücklich ist.

Ellis reicht mir ein Stück von dem Brot. »Wie geht es deiner Wunde?«, fragt er Jack.

»Schon besser.« Jack lächelt und mein kleiner Sorgenknoten löst sich wieder auf.

»Wie kommt es, dass sie dich nicht ins Krankenhaus gebracht haben, um die Wunde dort nähen zu lassen?«, fragt Ellis und steckt sich einen Löffel Chutney in den Mund.

»Das brauchten sie ja nicht«, antwortet Jack. Er greift nach der Milchflasche, die wir mitgebracht haben. »Linda hat es besser hingekriegt.«

»Nicht so, wie es gehört.«

»Doch, absolut perfekt. Und die Natur übernimmt den Rest«, sagt Jack. Er öffnet die Flasche und die weiße Flüssigkeit verschwindet in seinem Mund.

»Im Krankenhaus hättest du ordentliche Schmerzmittel bekommen. Dann hättest du nichts gespürt.«

»Warum sollte er das wollen?«, fragt Kate und hört auf, die Bohnen auf ihrem Schoß zu schälen. »Schmerz zu empfinden, heißt, sich lebendig zu fühlen. Das ist ein Geschenk.« Sie sieht Ellis streng an.

»Nein, das ist verrückt. Die Ärzte hätten ihm eine Spritze in den Arm gegeben und den Schmerz so betäubt.«

»Ich finde, *das* ist verrückt«, sagt Jack kopfschüttelnd. »Ärzte sind doch Teufel in Menschengestalt. Sie mischen sich mit dem, was sie tun, in die Natur ein.«

Aber ich habe es mir gewünscht. Ich habe mir gewünscht, dass ihn jemand von diesen Schmerzen befreit.

»Ist das euer Ernst?«, fragt Ellis mit großen Augen.

»Wir wissen, dass es wahr ist«, sagt Kate, steckt sich eine Bohne in den Mund und kaut kräftig darauf herum.

»Jack geht es gut. Das beweist, dass wir Recht haben«, sage ich. Ich wünschte, ich hätte diese schlechten Gedanken nie gehabt.

»Dann seid ihr alle verrückt«, sagt Ellis. Er nimmt eine Bohne aus ihrer Hülse und wirft sie in die Krone des Baums neben uns. Sie trifft einen Apfel, der dort hängt.

»Volltreffer!«, sagt er und grinst uns an. Ich denke darüber nach, wie er es schafft, mich erst wütend zu machen und im nächsten Moment wieder völlig für sich einzunehmen. Ist er deshalb gut oder böse? Ich glaube, ich möchte es gar nicht wissen.

ACHTZEHN

Kate wurde damit beauftragt, Nana Willow ihre Tropfen zu bringen. Meistens macht Heather das, aber da Kate sagt, dass sie noch nicht arbeiten kann, hat sie diese Aufgabe bekommen. Ich bin froh, dass ich es nicht machen muss. In letzter Zeit geistert Nana Willow manchmal durch meine Träume und selbst wenn ich ganz sicher bin, dass ich wach bin, höre ich manchmal ihren rasselnden Atem, während sie um mein Bett herumschleicht.

Elizabeth und ich schneiden in der Küche Tomaten. Sie steckt sich eine Scheibe in den Mund und lächelt mich an. Heute hat sie ihre Haare oben auf dem Kopf zu einem Knoten gebunden. Die Haut in ihrem Nacken ist ein bisschen verbrannt von der Sonne.

»Wie lange noch? Was meinst du?«, frage ich sie.

»Ein Monat? Vielleicht weniger, vielleicht mehr.« Sie reibt zärtlich über ihren Bauch. »Komm einfach raus, wenn du so weit bist.«

»Ist das Baby schwer?«, frage ich, während ich mir Tomatenkerne vom Finger wische.

»Nein, es geht«, sagt sie.

»Tut es denn weh?«

»Es ist zu schön, als dass es wehtun könnte.« Elizabeth legt die Tomaten in eine Schüssel.

Ich würde sie gern fragen, wie es sich angefühlt hat, als sie mich ausgetragen hat. Wenn sie mich ausgetragen hat.

»Eines Tages wirst du es wissen«, sagt sie und steht auf, um den Teller zur Seite zu stellen. Aber statt mich zu freuen, denke ich nur an die Würmer in diesem Erdloch.

Kate kommt herein. Sie sieht kein bisschen krank aus. Ihr Unfall ist noch nicht mal eine Woche her, und doch hat die Natur sie schon fast vollständig geheilt.

»Mm!«, macht sie und stibitzt sich ein Stück Tomate, bevor Elizabeth ihre Hand wegschlagen kann.

»Wie geht es Nana Willow?«, fragt Elizabeth.

»Sie ist gar nicht richtig wach«, sagt Kate und setzt sich neben mich. Sie nimmt das Messer, steckt die Spitze in das Holz und dreht es langsam herum.

»Hat sie dich Sylvie genannt?«, frage ich.

»Warum sollte sie?«, erwidert Kate lachend. Elizabeth erstarrt.

»Weil sie mich schon mal für jemanden namens Sylvie gehalten hat«, sage ich.

»Spiel nicht mit dem Messer, Kate«, sagt Elizabeth. Kate legt das Messer weg, aber Elizabeth sieht immer noch besorgt aus.

»Wer ist denn diese Sylvie?«, frage ich sie. Da ich sie direkt anschaue, entgeht mir der unsichere Ausdruck nicht, der über ihr Gesicht huscht. »Weißt du, wer sie ist?«

Elizabeth wendet sich von uns ab und wäscht sich die Hände in der Spüle.

»Wovon redest du?«, fragt Kate.

Ich beobachte Elizabeth, während sie ihre Finger unter Wasser aneinanderreibt. Dann nimmt sie die Hände heraus und trocknet sie vorsichtig an dem Tuch ab, das am Wasserhahn hängt. Sie atmet schwer. »Sylvie war Nana Willows Tochter«, sagt Elizabeth schließlich.

Ich verstehe nicht, was sie damit sagen will, und nach ihrer Miene zu urteilen, geht es Kate nicht anders.

»Und wo ist sie? Wie kommt es, dass wir nie von ihr gehört haben?«, fragt Kate.

»Sie ist gestorben«, sagt Elizabeth leise. Sie schaut zur Küchentür, aber die ist weiterhin geschlossen.

»Wann?«

»Vor langer Zeit.«

»Und wie?«, frage ich.

Elizabeth sieht so aus, als würde sie nicht antworten wollen, tut es dann aber doch. »Sie ist bei einer Geburt gestorben«, antwortet sie. Wie? Wie ist das möglich? Elizabeth muss die Panik sehen, in die mich ihre Worte stürzen. »Das ist aber sehr ungewöhnlich. Mir wird nichts passieren«, sagt sie.

Ich weiß, dass sie mich beruhigen will, aber der Gedanke hat sich in meinem Kopf festgesetzt und mir wird schlecht vor Angst. Ich wusste nicht, dass man sterben kann, wenn man ein Baby zur Welt bringt. »Was ist denn schiefgegangen?«, frage ich.

»Nichts ist schiefgegangen. Sylvies Zeit war einfach gekommen und die Natur wollte sie zurückhaben«, sagt Elizabeth. Ich betrachte ihren schwangeren Bauch und stelle mir das Kind vor, das sicher darin liegt.

»Ist das Baby gestorben?«, fragt Kate.

»Nein«, antwortet Elizabeth.

»Und wo ist es hin?«

»Es ist bei uns in Saat geblieben.«

»Wie meinst du das?«, frage ich. Was sie sagt, ergibt keinen

Sinn. Nana Willow hatte eine Tochter namens Sylvie. Und Sylvie hat ein Baby bekommen. Ich versuche, mir einen Reim auf all das zu machen.

»Also könnte es einer von uns sein?«, fragt Kate. Sie ist absolut still.

Und dann wird mir klar, was Kate da sagt. Dass es noch eine andere Mutter gegeben hat. Dass einer von uns ihr Baby war.

Kate starrt Elizabeth an. »War Sylvie meine Mutter?«, fragt sie.

»Wir sind alle deine Mutter. Und vor allem die Natur ist deine Mutter«, antwortet Elizabeth.

»Aber ich will wissen, ob sie meine richtige Mutter war«, sagt Kate, jetzt lauter.

Dann öffnet sich die Tür und Pate John kommt herein. Wie lange stand er schon hinter der Tür?

»Kate, du musst mir in meinem Zimmer bei etwas helfen«, sagt er.

Kate macht keine Anstalten aufzustehen. Sie sinkt allenfalls noch tiefer in ihren Stuhl. »Tut mir leid, aber mir geht es noch nicht gut genug«, sagt sie. Sie lächelt nicht.

»Doch, da bin ich mir sicher«, erwidert er. In seinem Blick flammt Wut auf.

»Nein, ich fürchte nicht.«

»Kate muss sich noch ausruhen«, sagt Elizabeth.

»Nun«, sagt Pate John. »Dann muss ich Pearl bitten.« Aber er schaut immer noch Kate an, mit einem eigenartigen Lächeln um den Mund.

»Pearl hilft mir bei der Zubereitung der Abendmahlzeit«, sagt Elizabeth und macht sich daran, einen Sack mit erdverkrusteten Kartoffeln zum Tisch zu ziehen. Ich nehme ihr den Sack aus der Hand und hieve ihn hoch. »Und wenn wir nicht bald anfangen, die Kartoffeln zu schälen, bekommt niemand irgendwas zu essen.« Sie klingt fröhlich, aber ihre Worte haben einen hauchfeinen scharfen Unterton.

»Dann kann Pearl mir sicher morgen helfen«, sagt er. »Nicht wahr, Pearl?«

Ich lächele. »Natürlich.«

»Es sei denn, dir geht es bis dahin besser.« Pate John schaut Kate an.

Ihr Selbstbewusstsein scheint dahingeschmolzen zu sein. »Ich bin sicher, dass es mir morgen besser geht«, sagt sie.

»Gut«, sagt Pate John und berührt sie leicht am Kopf, bevor er in den Garten hinausgeht.

»Ich kann ihm gern helfen, wenn dir noch nicht danach zu Mute ist«, biete ich Kate an. Aber sie sagt nichts und sie schaut mich auch nicht an. Sie steht einfach nur urplötzlich auf, stürmt zur Tür und schlägt sie fest hinter sich zu.

Als ich die Teller für die Abendmahlzeit hinaustrage – es ist noch warm genug, um draußen zu essen –, kommt Ellis zu mir.

»Ich habe Pate Smith überredet, mich morgen mit zum Markt zu nehmen. Er sagt, du kommst auch mit.« Ellis nimmt mir einen Teil der Teller ab. »Du und ich zusammen in der Welt da draußen.« Er lacht. »Vielleicht raube ich dich ja, dann können wir zusammen weglaufen.«

»Mich kriegst du nie aus Saat weg«, sage ich.

»Warte nur, bis du die Versuchungen da draußen gesehen hast.«

»Ich war schon oft auf dem Markt«, erwidere ich. »Die Draußenwelt hat nichts Verführerisches an sich.« Damit stelle ich die letzten Teller an ihren Platz und wende mich ab, um die Töpfe mit dem Essen holen zu gehen.

»Du warst auch noch nie mit mir zusammen da.« Er holt mich

ein. »Man kann ja nie wissen. Vielleicht bringe ich dich ja in Versuchung.« Er sagt das so dicht neben mir, dass seine Lippen beinahe mein Ohr berühren. Ein Stromschlag schießt durch meinen Körper, aber ich lasse mir nichts anmerken.

»Beeilung, Pearl«, ruft Elizabeth, die uns aus der Küche entgegenkommt.

Ellis läuft zu ihr, um ihr den schweren Topf abzunehmen. Ich beobachte ihn und weiß, dass er Recht hat. Weil ein winziges, tief in meinem Inneren verstecktes Fünkchen tatsächlich in Versuchung wäre.

NEUNZEHN

Alle anderen schlafen. Kein Wind, kein Geräusch ist zu hören, nur unsere Schritte auf dem Schotter, als wir zu dem Lieferwagen gehen, und die Gesänge der Vögel. Es wird langsam hell, aber die Luft ist kühl und die Kälte zwickt uns ins Gesicht. Ellis steigt vor mir ein und der Sitz quietscht ein bisschen, als ich mich neben ihn setze.

Pate Smith geht vorne um den Wagen herum. Dann steigt er ein, schließt die Tür und sperrt uns so von Saat aus. Ich mochte diesen Lieferwagen noch nie – wegen des Benzingeruchs, des lauten Motors und des Metalls, das mich einschließt. Und weil er mich von Saat und allem, was ich liebe, wegbringt, in die Draußenwelt, zu allem, was ich fürchte.

»Freust du dich?« Ellis schaut mich mit hochgezogenen Augenbrauen an.

»Nein«, antworte ich. Weil ich es nicht tue. Ich habe das hier schon häufig genug gemacht und weiß, dass die Draußenwelt voller giftiger Dinge ist und ich Tage brauchen werde, um sie wieder von mir abzuwaschen.

»Ich passe schon auf dich auf«, sagt er und schiebt mir eine Haarsträhne zurück unters Kopftuch. Pate Smith muss es gesehen haben. Auch wenn er gerade den Motor anlässt und seine Hände das Lenkrad umklammert halten, muss er es gesehen haben. Ich rücke von Ellis ab, aber viel Platz gibt es nicht. Er schaut mich schweigend an. Also starre ich ganz lange zu Pate Smith, damit Ellis begreift, dass er mich nicht anfassen darf.

Immer wenn wir aus Saat wegfahren zum Markt, begleitet mich dasselbe Gefühl. Es ist, als würde mich ein dünner blauer Faden mit meinem Zuhause verbinden. Er windet sich durch die Straßen, Hügel und Häuser, ein Faden, der niemals reißt und immer dafür sorgen wird, dass mir nichts passiert. Sollte ich mich verlaufen, finde ich durch ihn immer zurück zu Papa S. Und weil Papa S ebenfalls mit diesem Faden verbunden ist, kann auch er mich immer wiederfinden.

Pate Smith und Ellis unterhalten sich über Motoren und Wasser und Eichenbäume, bis wir schließlich die Stadt erreichen und zu der Straße kommen, in der wir unseren Marktstand aufbauen. Sobald wir die Wagentüren öffnen, strömt der Geruch der Draußenwelt herein. Es ist ein staubiger Metallgeruch, der in der Kehle kleben bleibt und sich in meine Kleider setzt.

Die einzigen Menschen um uns herum sind die anderen Marktverkäufer. Sie sehen alle sehr müde und sorgenvoll aus und bewegen sich hektisch, sind immer in Eile. Pate Smith spricht mit ihnen, aber ich nicke nur zur Begrüßung. Das ist sicherer.

Ich wünschte, ich hätte Handschuhe mitgebracht. Die Sonne hat die Luft noch nicht aufgewärmt und die Kisten schürfen mir die nackte Haut auf, als ich sie vom Wagen zu den Tischen schleppe, die Ellis aufstellt. Aber unser Obst und Gemüse sieht toll aus. Die Paprikaschoten sind in diesem Jahr so groß wie nie und die Farben leuchten um die Wette – Kürbisse und Tomaten neben Gurken und Körbchen mit roten Johannisbeeren. Pate Smith erwischt mich, als ich mir eine Himbeere in den Mund stecke, aber er lächelt nur. Sie schmeckt nach Morgen und wenn ich die Augen schließe, lösen die Gebäude, der Lärm und die menschengemachten Dünste sich in Luft auf. Dann bin ich wieder auf den Feldern von Saat – bis zu dem Moment, in dem ich die Süße hinunterschlucke und sie verschwindet.

Ellis nimmt einen Sack mit Kartoffeln auf die Schulter. Daran, wie konzentriert er aussieht, erkenne ich, dass der Sack schwer sein muss. Um Ellis' Arme nicht anzustarren, suche ich die Preisschilder und lege sie in die Kisten.

»Gut«, sagt Pate Smith und küsst mich auf den Kopf. »Ellis hat das hier perfekt im Griff. Ich bin gleich wieder da.« Er nimmt einen großen Pappkarton und verschwindet um die Ecke eines roten Backsteinhauses.

»Wo geht er denn hin?«, fragt Ellis.

»Er läuft gern herum, um unser Wissen über Reinheit zu verbreiten, über die Natur«, sage ich. Ich möchte nicht, dass Ellis weitere Fragen stellt, weil in dem Karton die Röcke sind, glaube ich, in deren Säume wir die Botschaften eingenäht haben.

Ellis holt den nächsten Sack mit Kartoffeln und lässt ihn unsanft auf den Boden fallen. »Du bist so still«, sagt er zu mir, während er den Sack öffnet und den Jutestoff ein Stück nach unten rollt. Eine Kartoffel fällt heraus und ich halte sie mit dem Fuß auf, bevor sie wegkullert. Ellis bückt sich, um sie aufzuheben. »Außerhalb von Saat sprichst du wohl nicht viel.« Er wischt den schmutzigen Daumen an seiner Jeans ab.

»Ich bin nicht hier, um zu reden. Ich bin hier, um Gemüse zu verkaufen, um andere an der Schönheit von Saat teilhaben zu lassen.«

»Na schön«, sagt er. Dann geht er zum Lieferwagen, um die letzte Kiste zu holen.

Der Verkauf geht sofort los. Da es Ellis' erstes Mal ist, stellt er sich ungeschickt mit der Waage an und macht Fehler beim Zusammenzählen. Aber es ist gut, ihn an meiner Seite zu haben. Ich beobachte ihn, während er das Obst in Papiertüten packt. Und als ich höre, wie locker er mit den Leuten spricht, bin ich auch ein bisschen stolz auf ihn. Er gehört nun zu uns. Er ist ein Teil von uns.

»Was ist eurer Geheimnis? Wie kriegt ihr es hin, dass die so groß sind?« Ein Mann spricht mich an. Warum muss er solche Fragen stellen? Warum kann er mir nicht einfach seinen Beutel reichen, wie die meisten anderen? Immer gibt es jemanden, der mich noch mehr in Verlegenheit stürzt als der Rest. Seinem Aussehen nach ist er ungefähr im selben Alter wie Pate John, aber er trägt keinen Bart. Ich versuche, nicht auf sein glattes Kinn zu starren, von dem ein Pickel aufragt wie ein Knopf. Ich lächele ihn an, weiß aber sofort, dass ihm das nicht reichen wird. »Hat es dir die Sprache verschlagen?«, fragt er. Ich weiß nicht, was er meint, und schaue Hilfe suchend zu Ellis.

»Es ist besser, wenn *du* dem Mann antwortest«, sagt Ellis zu mir. »Du weißt mehr über den Gemüseanbau als ich.«

Ich starre ihn an. Er muss doch wissen, dass ich das nicht möchte. Als ich mich wieder dem Mann zuwende, schaut der mich an und ich kann nicht sagen, ob er wütend ist oder freundlich. »Wir lassen sie einfach wachsen«, sage ich schließlich.

»Aber mit was?«

»Mit Dankbarkeit«, erwidere ich.

Der Mann sieht aus, als wollte er lachen, tut es aber nicht. »Aha, so ist das also.« Er nimmt eine Süßkartoffel. Seine Fingernägel sind ungepflegt. »Welche empfiehlst du mir denn? Diese hier oder die normalen Kartoffeln?«, fragt er mich.

»Sie sollten beide Sorten nehmen«, antworte ich. Ich richte mich zu meiner vollen Größe auf und schaue ihm in die Augen.

»Eine geborene Verkäuferin«, sagt der Mann lachend. Dann schaut er zu Ellis. »Sie ist gut«, sagt er.

Ellis lächelt mich an. »Ja, das ist sie«, sagt er.

»Dann nehme ich je einen Beutel von beiden Sorten.«

Als der Mann weg ist, drehe ich Ellis den Rücken zu. Er berührt mich sanft am Arm. Er weiß, dass ich ihn jetzt anschauen werde, und ich tue es auch. Er hält den Kopf schief, seine Miene ist ernst und amüsiert zugleich.

»Tut mir leid«, sagt er. Ich antworte nicht. »Ich dachte, das wäre gut für dich.«

»Du hast keine Ahnung, was gut für mich ist«, sage ich.

»Doch, ich glaube schon«, erwidert er und grinst mich auf seine typische Art an. Tief in mir drin flattert etwas. Ich möchte, dass das Gefühl aufhört, aber zugleich möchte ich es auch nicht.

»Es schadet dir nicht, mit ihnen zu reden«, sagt Ellis.

Aber er hat Unrecht. Ich weiß schließlich, was mir beigebracht wurde.

»Ich bin hier draußen aufgewachsen und es hat mir nicht geschadet.«

»Da wäre ich mir nicht so sicher«, sage ich laut genug, dass er es hört. Er lacht, aber ich weiß nicht, ob es als Witz gemeint war.

Als ein neuer Kunde kommt, bin ich froh über die Ablenkung. Ein jüngerer Kunde, nicht viel älter als wir. Er reicht mir eine volle Tüte mit Pilzen und ich lege sie auf die Waage.

»Wo ist Kate?«, fragt er. Ich blicke schnell hoch. Woher kennt er ihren Namen, wenn er doch von draußen ist? Hat Kate sich mit ihm unterhalten? Ich schaue Ellis an und der sieht den Jungen an, als wollte er etwas sagen.

»Ein Pfund fünfzig, bitte«, sage ich und reiche dem Jungen die Tüte.

Er greift in seine Jacke, holt Kleingeld daraus hervor und zählt es ab. *Wer bist du?* Seine Finger berühren meine Handfläche, als er mir das Geld gibt, und ich ziehe die Hand schnell zurück.

»Ist sie bei euch zu Hause?«, fragt der Junge.

Weiß er, wo wir wohnen? Er geht nicht weg. Er wird erst gehen, wenn ich mit ihm spreche.

»Ja«, antworte ich. Dann mache ich mich daran, die verbliebenen Karotten ordentlich aufzureihen.

Er steht immer noch da. »Wie geht es ihr?«

Meine Miene ist nicht freundlich und ich hoffe, dass er weggeht, wenn ich ihm geantwortet habe. »Es geht ihr gut«, sage ich.

Der Junge lächelt erleichtert und schiebt sich seine blonden Haare aus der Stirn. »Kommt sie nächste Woche wieder her?«, fragt er sanft. Und plötzlich begreife ich, warum Kate mit ihm gesprochen hat. Warum sie ihm gesagt hat, wie sie heißt. Weil er etwas an sich hat, das mir Vertrauen einflößt.

»Nein«, erwidere ich.

Der Junge sieht enttäuscht aus und aus irgendeinem Grund möchte ich, dass er wieder lächelt. »Sagst du ihr, dass Simon nach ihr gefragt hat?«, fragt er.

»Ja«, antworte ich schnell und wende ihm den Rücken zu. Tief im Innersten weiß ich, dass es falsch ist, ihm zu vertrauen. Simon muss weggegangen sein, denn als ich mich wieder umdrehe, ist er verschwunden.

Ellis hebt eine Reneklode auf, die herabgefallen ist, und legt sie in meine Hand.

»Wünschst du dir nie, frei zu sein?«, fragt er mich.

Die Frage ist so seltsam, dass ich lache. »Ich bin frei«, erinnere ich ihn.

»Aber wünschst du dir nicht, richtig frei zu sein? Saat hinter dir zu lassen und hier draußen zu leben?«

»Warum sollte ich das wollen?«

Sieht er nicht, was ich hier sehe? Was ist das schon, im Vergleich zu unserem Zuhause?

»Bist du denn glücklich?«, fragt er.

»Natürlich«, antworte ich. Wie könnte ich das nicht sein? Ich habe doch alles. »Du denn nicht?«, frage ich Ellis.

Er schaut mich an. »Vielleicht«, sagt er.

Pate Smith ist wieder da. Ich habe ihn nicht kommen hören, aber er steht neben dem Lieferwagen und beobachtet uns. Wie lange ist er schon da? Ich weiß nicht, ob er Simon gesehen hat und ob er Ellis gehört hat. Aber etwas an seinem Blick sagt mir, dass er nicht zufrieden mit mir ist. Ich habe etwas Unrechtes getan.

Das ist der Daumen, der schüttelt die Pflaumen, der trägt sie nach Haus, und der kleine frisst sie alle, alle auf. Und der frisst sie alle, alle auf. Und der frisst sie alle, alle auf.

ZWANZIG

Elizabeth ist krank. Sie atmet schwer und ihr Gesicht ist rot und verschwitzt.

»Du musst dich setzen«, sage ich zu ihr. »Ich kann den Haferbrei kochen.« Aber sie schüttelt den Kopf und rührt weiter mit dem großen Holzlöffel durch die Haferflocken und die Milch von unseren Kühen. Ihr Bauch ist wegen des Babys so stark vorgewölbt, dass er gegen den Herd drückt.

Linda nimmt Elizabeth sanft den Löffel aus der Hand. »Ich sage Papa S Bescheid. Er wird dafür sorgen, dass du dich ausruhst«, sagt sie. Ich kann zarte Anfänge einer Freundschaft sehen, wenn ich sie beobachte. Elizabeth versucht zwar zu lächeln, aber es ist offensichtlich, dass sie Schmerzen hat. Es ist schwer, sie so zu sehen, und ich wünschte, ich könnte etwas tun, damit es ihr besser geht.

»Mir geht's gut. Es ist nur alles ein bisschen beschwerlich, mehr nicht«, sagt sie. Aber sie hat Unrecht. Sie muss sich ausruhen.

Wir essen die Morgenmahlzeit drinnen, während der Regen gegen die Scheiben prasselt. Ich denke gerade darüber nach, wie die Tage sich verändern, als Elizabeth plötzlich bleich wird. Sie kneift die Augen fest zu und ihre Finger krallen sich um ihren Löffel.

Linda flüstert ihr etwas zu, aber Elizabeth schüttelt den Kopf. Am Tisch breitet sich Schweigen aus und erreicht schließlich auch Papa S, aber er schiebt sich den Löffel in den Mund und isst weiter. Hat er Elizabeth nicht bemerkt? Die Schmerzen, die ihr so zu schaffen machen? Ich möchte es ihm sagen, aber ich habe noch nie einfach so das Wort an Papa S gerichtet. Ich schaue zu Jack. Er hat aufgehört zu essen und ich weiß, dass er etwas tun möchte. Aber es ist Linda, die schließlich aufsteht.

»Ich bringe Elizabeth nach oben. Es geht ihr nicht gut«, sagt sie. Wir sehen alle, dass noch Essen in ihren Schüsseln ist. Sie dürfen es nicht einfach stehenlassen.

Papa S legt seinen Löffel hin. Er starrt Linda an, als wollte er etwas sagen. Aber sein Mund bleibt fest geschlossen. Die Kälte in seinen Augen lässt mich erstarren. Linda scheint sie nicht zu bemerken und hilft Elizabeth beim Aufstehen.

Kate eilt an ihre andere Seite. Sie legt sich Elizabeths Arm über die Schulter und hilft ihr aus dem Zimmer. Da sie die Tür nicht hinter sich schließen, können wir hören, wie sie langsam und unbeholfen durch die Diele gehen und über die Treppe nach oben verschwinden.

Auf dem Tisch stehen drei Schüsseln mit noch warmem Haferbrei darin.

Ich wage es nicht, Papa S anzusehen. Aber ich verstehe seinen Ärger nicht. Sie wollten ihr Essen ja nicht stehenlassen, aber Elizabeth ist nun mal krank.

Es macht mir Sorgen, wie bleich sie war. Ich möchte aus dem Zimmer laufen, um bei ihr zu sein, aber Papa S' Missfallen hat sich über den ganzen Tisch verbreitet und hält mich zurück.

Während der restlichen Morgenmahlzeit herrscht Schweigen. Papa S isst den letzten Löffel von seinem Haferbrei und trinkt sein

Wasser aus. Als er sich erhebt, weiß ich, dass sein Ärger nicht verflogen ist; er hängt noch in den Falten seines Gesichts.

Ich warte darauf, dass er das Wort ergreift. Dass er sagt, es sei kein Problem, dass sie nicht aufgegessen haben. Weil Elizabeth krank ist und wir alle helfen müssen, damit es ihr bald besser geht.

Doch stattdessen schaut er wütend auf uns herab. »Und wisset, die Verschwender sollen bestraft werden«, ruft er mit donnernder Stimme. Dann stürmt er aus dem Zimmer. Heather, die wieder seine Gefährtin ist, folgt ihm. In ihrem Gesicht, das sonst so glücklich wirkte, sehe ich Furcht.

⬡

»Halt ihr den Waschlappen an die Stirn«, sagt Linda zu mir. »Wenn er warm geworden ist, spül ihn im kalten Wasser wieder aus.«

Elizabeths Augen sind geschlossen, aber ich weiß, dass sie nicht schläft. Die Hitze, die sie verströmt, hat den Waschlappen innerhalb von nur einer Minute durchdrungen und wärmt meine Handfläche. Aber ich muss ruhig bleiben. Ich darf nicht zeigen, dass ich Angst habe.

Ich ziehe den Waschlappen durch das eiskalte Wasser in der Schüssel zu meinen Füßen, drücke ihn dann aus und lege ihn wieder auf Elizabeths Stirn. Sie bewegt sich ein wenig, was wohl ein gutes Zeichen ist. Linda holt eine kleine Schachtel aus ihrer Tasche. Darin befindet sich ein silberner Streifen mit kleinen weißen Kreisen darin. Sie drückt einen von ihnen heraus und lässt ihn auf ihre Hand fallen.

»Was ist das?«, frage ich.

»Ich muss dafür sorgen, dass ihr Fieber sinkt.« Sie wirft den weißen Kreis in ein kleines Glas Wasser und er fängt an zu schäumen und zu schrumpfen und verschwindet dann ganz. Ich nehme das Glas, bevor Linda es tun kann.

»Das darfst du nicht«, flüstere ich. Der Geruch aus dem Glas dringt an meine Zunge.

»Es ist alles gut, Pearl. Das wird Elizabeth helfen.«

»Nein, das wird es nicht. Es ist nicht aus der Erde. Du wirst sie zerstören.«

»Nein, Pearl. Ich habe das schon häufig genommen. Und Ellis und Sophie auch. Das ist gut. Es hilft gegen den Schmerz.«

»Schmerz ist etwas Gutes«, sage ich. »Elizabeth braucht ihren Schmerz.«

»Im Moment braucht Elizabeth vor allem etwas, das ihr Fieber senkt. Sie ist viel zu heiß. Wenn ihre Temperatur nicht sinkt, ist das gefährlich für sie und für das Baby.«

»Der Waschlappen kühlt sie doch. Du hast gesagt, dass er das tut.« Aber ich kann spüren, wie Elizabeths Krankheit durch den Stoff dringt.

»Das reicht nicht aus, Pearl.« Linda greift nach dem Glas, aber ich gebe es ihr nicht.

»Elizabeth möchte das nicht«, sage ich.

»Möchtest du, dass sie stirbt?«, fragt Linda. »Oder ihr Baby?«

Ihre Worte lassen mich innehalten. Glaubt sie wirklich, dass Elizabeth sterben könnte? Ist ihre Zeit gekommen? Sylvie ist gestorben, als ihr Baby kam. Sylvie ist gestorben, als sie einen von uns zur Welt gebracht hat.

»Wenn sie das trinkt, können wir ihr helfen«, sagt Linda ruhig.

Ich schaue zur Tür. Sie ist geschlossen, aber lauscht vielleicht jemand auf der anderen Seite? Das Risiko gehe ich ein. Ich reiche Linda das Glas mit der trüben Flüssigkeit. Sie nickt mir zu und wir heben Elizabeths Kopf an.

»Trink das«, flüstert Linda ihr ins Ohr. Ich bin hin und her gerissen; ich möchte das Glas wegstoßen, aber ich will sie auch trinken lassen. Ich beobachte, wie Elizabeths Lippen sich öffnen und die Flüssigkeit aus dem Glas in ihrem Körper verschwindet. Ich habe keine Ahnung, was ich da zugelassen habe, aber ich weiß, dass es jetzt zu spät ist, daran noch etwas zu ändern.

Kate ist verschwunden. Sie hat nach der Morgenmahlzeit geholfen, die Küche aufzuräumen, aber dann hat sie nicht auf den Feldern gearbeitet und ich kann sie im Haus nicht finden. Ich dachte, dass sie vielleicht Pate Smith hilft, aber Jack sagt, dass er die Scheune nicht verlassen hat.

Sie ist weder bei der Mittelmahlzeit noch bei der Abendmahlzeit gewesen. Rachel weiß auch nicht, wo sie steckt. Jack und ich haben in der Scheune nachgesehen, im Wald und im Bienenschuppen. Vielleicht ist sie bei Papa S? Aber Heather ist ja seine Gefährtin.

»Was hat er bloß mit ihr gemacht?«, fragt Ellis. Wir sind gerade dabei, die Hühner für die Nacht in Sicherheit zu bringen.

»Wie meinst du das?« Ich versuche zu lachen, aber ich mache mir Sorgen.

»Papa S hat gesagt, sie würde bestraft, und jetzt ist sie verschwunden.«

»Er meinte, von der Natur bestraft.«

»Sie hat ein paar Löffel Haferbrei stehenlassen, um Elizabeth zu helfen!«, ruft er wütend und knallt die leere Metallschüssel auf den Boden. »Sie hat keine Strafe verdient.«

»Du irrst dich. Papa S hat nichts Unrechtes getan. Er ist immer nur gut zu uns.«

Aber er hat Elizabeth nicht geholfen. Sie war zu krank, um etwas zu essen, und obwohl er sie liebt, hat er die Natur aufgefordert, sie zu bestrafen.

»Sie ist verschwunden, Pearl.« Ellis ist direkt neben mir.

»Sie könnte überall sein. Vielleicht hilft sie den Paten oder so etwas.«

Aber ich weiß, dass ich überall nachgeschaut habe. Und Jack auch.

»Dann frag nach, wo sie ist.«

»Nein.«

»Warum nicht?«, fragt er.

»Weil ich weiß, dass es ihr gut geht.«

»Und was, wenn nicht?« Ellis zieht unsanft den Maschendrahtzaun zu und verschließt das Gatter.

»Du musst ihnen vertrauen, Ellis.« Ich weiß, dass ich nur versuche, mich selbst zu beruhigen; Ellis nimmt meine Worte nicht an; sie perlen einfach an ihm ab. Er dreht sich um und geht zurück zum Haus.

In der Nacht schrecke ich aus dem Schlaf hoch. Mein Herz pocht so laut, dass ich nichts anderes hören kann. Verwirrt setze ich mich auf; ich bin nicht sicher, wo ich in meinem Traum gewesen bin.

Dann fällt mir Kate wieder ein. Ich schlüpfte aus dem Bett und taste mich durch die schwarze Nacht, bis ich ihr Bett gefunden habe. Es ist leer.

Die Dunkelheit bringt mich auf eine Idee. Ich weiß, wo sie sein muss. Es wird noch andere Stadien des Frau-Seins geben und sie ist wieder in dem Loch. Sie wird schreckliche Angst haben und ich weiß, was ich zu tun habe. Und ich muss es tun, bevor ich richtig wach werde und anfange nachzudenken.

Ich finde meinen Pullover in der Dunkelheit. Die Geräusche, die ich mache, kommen mir laut vor, aber es wacht niemand auf. Die Kinder atmen ruhig im Schlaf.

Ich verlasse das Zimmer und gehe durch den stillen Flur. Als ich auf die oberste Stufe der Treppe trete und sie laut quietscht, erstarre ich. Aber es kommt niemand. Meine Füße tragen mich nach unten und durch die Diele in die Küche. Ich schließe leise die Tür auf und trete hinaus. Die Kälte schlägt gegen meine nackten Beine und macht mich wacher. Aber ich werde nicht umkehren.

Es ist so dunkel, so still. Das Gras der Wiese streift meine Beine, während ich mit ausgestreckten Armen darüberstakse.

Ich komme, Kate. Ich lasse dich nicht da unten. Ich stoße mit der Hand gegen den Tisch und taste mich darum herum. *Geh einfach weiter.* Durch das Gras bis zur Hecke. Da ist sie und knistert unter meiner Berührung. *Finde die Stelle, an der man durchgehen kann, Pearl. Fahre mit den Händen an der Hecke entlang, bis du die Lücke erreichst.*

Da. Ich trete hindurch. Hier spüre ich kein Gras; das Feld ist abgeerntet.

Glaub nicht, du wärst allein. Die Nacht ist eine Decke, die schützend auf dir liegt. Die verborgenen Tiere sind deine Freunde. Schau nicht zum Haus zurück.

Beobachtet mich jemand? *Geh weiter. Wach nicht auf.*

Die Luft verändert sich; ich nähere mich den Bäumen. Ich spüre ihre Größe. Ich bin hier und betaste die raue Rinde ihrer Stämme, während ich zwischen ihnen hindurchgehe. Sie zeigen mir den Weg, bis ich auf der Lichtung stehe.

Ich gehe langsam weiter.

»Kate?«, flüstere ich. Aber ich weiß, dass sie mich nicht hören kann, wenn sie in der Erde eingeschlossen ist.

Ich ertaste Papa S' Anbetungsstuhl. Als ich ihn berühre, erwache ich noch ein bisschen mehr und plötzlich stehe ich allein im dunklen Wald. Ich möchte weglaufen, aber ich darf nicht.

»Vergib mir«, sage ich und höre das schabende Geräusch, als ich den Stuhl wegziehe. *Schnell, Pearl.* Ich knie mich hin und schiebe das nasse Laub weg, bis ich den Metallring spüre. *Zieh daran, zieh!*

Die Klappe öffnet sich.

»Kate?«, flüstere ich. Aber sie antwortet nicht. »Kate?«, sage ich noch mal. Ich möchte nicht hinuntergehen. Ich kann nicht da hinuntergehen. Aber was, wenn sie verletzt ist? Was, wenn sie mir nicht antwortet, weil sie es nicht kann?

Ich setze meinen Fuß auf die oberste Stufe. Dann auf die nächste und die übernächste. Ich steige in das Erdloch hinunter.

»Kate?« Nun bin ich unten und knie mich auf den Boden, streiche mit den Händen darüber.

Sie ist nicht hier. Kate ist nicht hier. Ich taste die Wände ab und jede Erdspalte, aber ich muss hier raus, bevor ich nicht mehr atmen kann, und Kate ist nicht bei mir und ich bin allein im Wald. Ich suche mir den Weg über die Stufen nach oben, schnell, um wieder an die Luft zu kommen. Dann schließe ich die Klappe und schiebe das Laub darüber. Habe ich alles gut zugedeckt?

Schließlich ziehe ich den Anbetungsstuhl, den ich gar nicht berühren darf, wieder in die alte Position. Wird Papa S es erfahren? Wird er spüren, dass meine Hände darauf gelegen haben?

Ich ertaste mir den Weg zurück durch den Wald und über die grobe Erde auf dem abgeernteten Feld. Aber ich kann das Loch in der Hecke nicht finden. Irgendetwas greift nach meiner Hand, ratscht meine Haut auf und dann bin ich frei, auf der Wiese.

Ich laufe zu dem dunkel daliegenden Haus. Alle Lichter sind aus. Aber ich werde beobachtet. Ich weiß, dass mich jemand beobachtet.

Ich drücke die Küchentür auf und verschließe sie leise hinter mir. Während ich noch an der Spüle stehe und versuche, wieder zu Atem zu kommen, höre ich ein Geräusch und das Licht geht an. Pate John und Kate stehen vor mir. Sie erschrecken sich, als sie mich sehen. Auf den Wangen von Pate John erscheinen flammend rote Flecken.

»Was machst du hier, Pearl?«, fragt er.

Ich schaue Kate an. Sie hat geweint. »Ich hole mir nur ein Glas Wasser«, lüge ich. »Wo bist du gewesen?«, platze ich heraus.

»Kate holt sich auch ein Glas Wasser«, sagt Pate John. Er geht zum Schrank, während sie an der Tür stehen bleibt. Sie hat Male an den Armen. Ich schaue sie an, aber ich frage nicht, woher sie sie hat. Pate John nimmt ein Glas heraus und geht zur Spüle. Der Wasserhahn ächzt, als er ihn aufdreht.

Dann geht er zurück zu Kate und hebt das Glas an ihre Lippen. Sie versucht, es ihm abzunehmen, aber hält ihre Hand weg.

»Ich helfe dir«, sagt er freundlich. Er hat sie gerettet. Wo auch immer sie war, er hat sie gerettet. Oder?

Als sie das Wasser ausgetrunken hat, küsst er sie auf die Stirn.

»Geh mit Pearl. Du brauchst Schlaf«, sagt er. Sein Tonfall vertreibt auch die letzten Reste meiner Angst.

Ich nehme Kates Hand, aber sie schaut mich nicht an, während ich sie nach oben in unser Zimmer führe, in die Sicherheit unserer Betten.

Dornröschen, nimm dich ja in Acht,
ja in Acht, ja in Acht,
Dornröschen, nimm dich ja in Acht, ja in Acht.

EINUNDZWANZIG

»Aber wo ist sie denn nun gewesen?«

Ellis und ich sitzen im Obstgarten in einem Apfelbaum. Vom Haus aus kann man uns dort nicht sehen.

»Es ging ihr gut.«

»Aber wo hat sie gesteckt?«

Als ich Kate dieselbe Frage gestellt habe, ist sie wütend geworden und hat gesagt, dass ich sie das nicht noch mal fragen soll. Sie hat sich am Morgen ganz schnell angezogen und ihre Arme vor mir versteckt, und jetzt weiß ich nicht, ob ich mir die blauen Flecken vielleicht nur eingebildet habe. Aber dass sie einen ganzen Tag lang verschwunden war, habe ich mir nicht eingebildet, und dass Pate John gewusst haben muss, wo sie war, auch nicht.

»Mum musste in irgendeinen Raum, weil sie ihren Haferbrei nicht aufgegessen hat, als sie Elizabeth geholfen hat«, sagt Ellis. »Mehr will sie mir nicht erzählen.« Ich tue so, als würde ich nicht bemerken, dass er ein Blatt von seinem Ast abreißt und in der Hand zerdrückt. »Sie hat gesagt, dass sie es richtig findet und dass es ihr nichts ausmacht. Aber ich glaube ihr nicht.«

»Papa S hat ihr vergeben«, versichere ich ihm. Aber brauchte sie wirklich Vergebung? Ellis lässt das Blatt auf die Erde fallen.

Der Apfel, den ich aussuche, ist halb rot und halb grün. Ich pflücke ihn und reiche ihn Ellis. »Elizabeth sagt, dass deine Musik ihre Schmerzen vertreibt«, sage ich zu ihm.

Er schaut mich an, während er in den Apfel beißt. »Geht es ihr besser?«

»Noch nicht«, sage ich. »Aber bald.« Weil es so sein wird. Die Natur wird sie uns nicht wegnehmen.

Die Hügel in der Ferne liegen ganz still da. Ich atme die Luft von Saat ein und versuche, mich von ihr beruhigen zu lassen.

»Wie kann man in der Draußenwelt leben wollen, wenn man das hier haben kann?«, sage ich.

»Da draußen gibt es auch Schönheit, Pearl«, sagt Ellis und streicht mit dem Finger über die schorfige Rinde.

»Nein, da gibt es Mord und Unehrlichkeit und Faulheit und lauter Lügner.« Ich schaue ihn direkt an, weil ich weiß, dass er das nicht leugnen kann. Er war ja dort. Ich weiß, dass er all das gesehen hat.

»Ja, aber nicht nur. Es gibt auch ganz viel anderes.«

»Du weißt doch, dass sie das Wasser vergiften, oder?«, frage ich. Ich möchte ihm keine Angst machen, aber wenn er das nicht weiß, muss ich ihn warnen. »Papa S war bei Treffen, an denen Leute von der Regierung teilgenommen haben. Sie geben Viren ins Wasser, um die Leute krank zu machen.«

»Warum sollten sie?« Ellis lacht, aber es klingt nicht glücklich.

»Das sind böse Menschen, Ellis. Die, die das Land regieren. Sie glauben, sie können der Natur ins Handwerk pfuschen.«

»Aha«, sagt Ellis. »Und an den schwarzen Mann glaubst du wohl auch?«

»Wer ist das?« Warum ist er so? Ich versuche doch nur, ihm zu helfen.

»Das spielt jetzt keine Rolle«, sagt er. »Aber du solltest nicht alles glauben, was sie dir erzählen.«

»Und was ist mit den Überschwemmungen?«, sage ich.

»Welche Überschwemmungen?«, fragt Ellis

»Die Überschwemmungen, die viele Morgen Land vernichten. Sie sind die Rache der Natur.«

»Für was?«

»Für alles. Die Natur wird alles zerstören, nur Saat nicht.«

Ellis lächelt mich an. Ist er glücklich, dass er in Sicherheit ist, oder macht er sich über mich lustig? »Hat Papa S dir das alles erzählt?«

»Er weiß alles.«

»Dann hab ich ja ganz schön Glück, dass ich hier bin«, sagt Ellis.

»Ja«, sage ich und lächele ihn an. Jetzt lacht er nicht mehr über mich. Jetzt hat er verstanden.

»Wirst du mich irgendwann küssen, Pearl?«, fragt er.

Die Frage verschlägt mir den Atem.

»Nein«, sage ich. Aber ich weiß, dass es nicht wirklich das ist, was ich sagen möchte. Ich blicke zum Haus, das hinter den Bäumen des Obstgartens liegt.

»Niemals?«, fragt Ellis. Er schaut mich so intensiv an, dass ich Angst habe, vom Baum zu fallen.

»Nein«, sage ich. Aber durch meinen Bauch schießt ein Gefühl, das so intensiv ist, dass ich mich lieber nicht rühre für den Fall, dass es nie wiederkommt.

»Doch, das wirst du«, sagt er. Dann greift er nach einem Ast, hangelt sich daran nach unten und landet im Gras.

Im Weggehen schaut er zu mir zurück, nur ein Mal.

Und ich? Ich sitze im Apfelbaum und lasse mich von seinen

Worten und meinen Gedanken an einen Ort führen, vom dem ich weiß, dass ich ihn besser nicht aufsuchen sollte. Aber ich tue es trotzdem. Schritt für Schritt, mit geschlossenen Augen und brennenden Füßen gehe ich dorthin.

ZWEIUNDZWANZIG

Ich bin im Gewächshaus, ganz hinten in der Ecke. Hier findet Jack mich bestimmt nicht. Ich rieche die eingesperrte Luft, in der noch der Geruch von Tomatenblättern hängt. Momentan wachsen hier vor allem Gurken und ich kauere mich zwischen die Pflanzen. Ich höre Jack in der Ferne nicht mehr zählen. Da wir uns weit über das Gelände verteilt haben, wird Jack Ewigkeiten brauchen, um uns zu finden.

Allmählich tun mir die Beine weh, darum setze ich mich hin und strecke sie aus. Der Boden ist zwar schmutzig, aber trocken; ich kann meinen Rock also nachher einfach abklopfen.

Ich spähe durch die Scheibe, aber es ist niemand zu sehen. Ich könnte hier eindösen, meine Augen schließen und bis zur Abendmahlzeit schlafen. Die warme, abgestandene Luft vermischt sich mit meinen Gedanken, aber das hilft mir auch nicht, sie zu verstehen. Zu verstehen, was ich fühle, wenn Ellis in der Nähe ist. Oder warum ich seine Denkweise aus der Draußenwelt und all die Fragen, die er mitgebracht hat, so hasse. Oder warum Papa S dauernd so wütend ist. Oder warum Kate mit Pate John in der Küche war.

Eine Fliege umschwirrt mich. Sie ist hier drinnen gefangen und schlägt mit den Flügeln, um hinauszukommen. Ich stehe ganz langsam auf und öffne leise die Tür, aber die Fliege scheint den Weg ins Freie nicht zu sehen. Behutsam lege ich meine Hand neben sie an die Scheibe. Die Fliege beruhigt sich, zögert und läuft dann darauf. Ich rücke Zentimeter um Zentimeter näher an die Tür heran, hebe dann die Hand und lasse sie frei.

»Hab dich«, sagt Jack plötzlich. Er legt die Arme um meine Taille und wirbelt mich im Kreis herum.

»Das ist nicht fair«, sage ich lachend.

»Das ist sogar sehr fair«, erwidert er und lässt mich herunter. »Jetzt musst du mir suchen helfen.«

Er nimmt meine Hand und wir laufen zur Brombeerhecke, die rund um das Feld wächst. Wir ducken uns und ich muss meinen Rock bis zu den Knien hochziehen, damit ich nicht ins Stolpern gerate und wir uns unentdeckt weiter anschleichen können. Als ich lachen muss, hält Jack den Finger an die Lippen.

»Wenn wir uns im Wald aufteilen, finden wir dort bestimmt den einen oder anderen«, flüstert er.

Also trennen wir uns am Waldrand und entfernen uns still und leise voneinander, um die anderen von zwei Seiten zu jagen.

Ich finde niemanden. Weder am See noch in der Nähe des Anbetungskreises. Schließlich höre ich hinter einer Esche ein Geräusch und schleiche mich leise an. In gebückter Haltung greife ich um den Stamm herum und ertaste etwas. Als ich nachschauen will, was da ist, spüre ich einen Schmerz an der Hand. Dann ist etwas in meinem Gesicht, auf meinem Arm. Es sind Bienen, die sich um einen wilden Bienenstock drängen. Ich blinzele und sie schwärmen auf mich zu.

Plötzlich sind sie in meinen Haaren, auf meinem Rücken, meinen Lippen. Sie sind in meinen Kleidern und stechen mich immer wieder in die Haut, in die Augenlider und in meine nackten Beine.

Schreiend renne ich zurück und versuche sie loszuwerden, aber sie lassen nicht von mir ab. Es fühlt sich an, als wären es Hunderte. Irgendwo begegne ich Jack. Er streicht sie von mir herunter, aber zu viele von ihnen sind unter meinen Kleidern und stechen mich. Ich ziehe mir mein Oberteil über den Kopf.

Rachel kommt aus dem Haus gerannt und zerrt mich in die Küche. Überall in meinen Haaren haben sich Bienen verfangen. Jack zupft sie heraus und schüttelt sie dann von seinen Fingern ab.

»Lass ihr ein Bad einlaufen«, sagt Rachel zu ihm.

Wir stehen an der Spüle und sie hält meine Arme unter kaltes Wasser. Die Bienen haben mir wehgetan. Sie fährt mit einem nassen Lappen über mein Gesicht und meine Augen.

Kate und Ellis kommen angelaufen.

»Holt mir Brennnesseln«, ruft Rachel ihnen zu. »Und bringt sie hoch ins Badezimmer. Beeilt euch.«

Sie führt mich nach oben. Ich zittere am ganzen Körper. Pate Smith gesellt sich zu uns, aber Rachel schiebt ihn weg.

Aus der Badewanne steigt Dampf auf. Jack verlässt das Zimmer. Rachel zieht mir Rock und Unterwäsche aus, während ich die Arme ausgestreckt von mir weghalte.

»Steig in die Wanne«, höre ich sie sagen. Das Wasser ist heiß. Da sind die Stiche. Ich setze mich, spüre die Hitze auf der Haut. Aber ich kann nicht aufhören zu zittern. Meine geliebten Bienen haben mir das angetan.

Kate kommt herein und drückt die Brennnesseln unter Wasser. Sie treiben als kleine grüne Klumpen an die Oberfläche, während Kate meine Hand hält und Rachel mir vorsichtig den Waschlappen an den Hals drückt.

Das Brennen der Stiche verwandelt sich in leises Pochen, überall am ganzen Körper. Winzig kleine Kniffe in mein Blut.

»Schsch«, macht Kate, während sie mir zärtlich die Haare aus dem Gesicht streicht.

Als die Tür erneut aufgeht, erstarrt Kates Hand in der Bewegung. Ich öffne die Augen. Da steht Papa S. Ich sitze nackt in der Badewanne und er schaut mich an. Ich bedecke meine Blöße mit den Händen.

Kate greift nach einem Handtuch, aber Papa S bremst sie. »Lasst uns allein.«

Kate rührt sich nicht. »Ich muss bei Pearl bleiben«, sagt sie. »Sie steht unter Schock.«

»Kate«, sagt Rachel. Sie löst Kates Hand von meiner und zieht sie hoch. Papa S küsst seine Handfläche und legt sie auf Rachels Stirn. Sie strahlt ihn an.

»Ich warte draußen«, sagt Kate, als Rachel sie aus dem Zimmer führt.

Papa S tritt dicht an die Wanne heran und schaut auf mich herab. Ich bewege meine Arme nicht. Ich möchte, dass er etwas sagt, dass seine Worte mich trösten.

»Die Bienen haben dich nicht ohne Grund gestochen«, sagt er schließlich. »Sie haben versucht, den faulen Kern zu treffen, der in dir wächst.«

Den faulen Kern? Die Bienen glauben, dass ich im Innern faul bin? Mir treten Tränen in die Augen, meine Kehle brennt. Ich möchte ihn fragen, was ich getan habe, aber es kommen keine Worte heraus. Vielleicht weiß ich es bereits.

»Mutter Natur hatte mir schon gesagt, dass sie das tun würden«, fährt Papa S fort. »Sie hat dich beobachtet. Sie haben dich beobachtet.«

Ich bekomme Gänsehaut in dem heißen Wasser.

»Das ist eine Warnung. Beim nächstem Mal wird es schlimmer

sein.« Papa S dreht sich um. Ich glaube schon, dass er geht, aber dann kehrt er um und kniet sich neben die Wanne. »Wir alle lieben dich, Pearl«, sagt er. Er küsst seine Handfläche und reckt sie mir entgegen. Dann drückt er sie unter Wasser, bis sie auf meinem nackten Bauch liegt. Seine Haut auf meiner Haut. Er hält sie dort und ich rühre mich nicht.

Er hält sie dort und zwingt mich, ihm in die Augen zu sehen.

»Wir lieben dich, Pearl«, wiederholt er. Dann steht er auf. Seine Finger sind tropfnass. Ich schaue ihm nicht nach. Aber ich höre das Klicken der Tür, als er sie hinter sich schließt.

DREIUNDZWANZIG

Ich grabe Kartoffeln aus der Erde aus, aber ich arbeite langsamer als sonst. Der Spatenstiel scheuert über die Bienenstiche in meiner Handfläche, und die unter meinen Kleidern jucken noch immer. Sie erinnern mich daran, dass es beim nächsten Mal schlimmer sein wird.

Als ich ihn die Einfahrt hochkommen sehe, versuche ich meine Gedanken zwischen den Bäumen zu verstecken. Er ist allein und geht langsam auf das Haus zu.

Sogar von hier aus erkenne ich ihn. Ich weiß, dass das Simon ist, der Junge, der mich letzte Woche auf dem Markt angesprochen hat. Der Junge, der nach Kate gefragt hat. Sie hat ihn noch nicht bemerkt und ich sehe, wie er langsam näher kommt. Ich blicke mich um. Es sind keine Paten da, die ihn erspähen könnten. Aber er sollte nicht hier sein. Ich muss dafür sorgen, dass er wieder geht.

Eigentlich soll ich Kartoffeln ernten, aber jetzt lege ich den Spaten weg und gehe zu Kate. Ich trete so dicht an sie heran, dass niemand sonst es hören kann.

»Kate?«, flüstere ich. Sie schaut zu mir hoch. Sie hat sich die Haare zurückgebunden und Erde im Gesicht, weil sie sich mit ihren schmutzigen Händen an die Nase gefasst hat. »Als ich auf dem Markt war, hat jemand nach dir gefragt.«

»Wer?«

»Simon«, sage ich und ihre Miene sagt mir, dass sie weiß, wen ich meine.

»Warum hast du mir das nicht schon eher gesagt?«, fragt sie.

»Keine Ahnung. Ich habe es vergessen.« Habe ich das?

Sie schirmt ihre Augen vor der Sonne ab. »Was hat er gesagt?«

»Er hat nach dir gefragt. Und ich glaube, er ist jetzt hier, Kate.« Ich schaue rasch zur Einfahrt und Kate folgt meinem Blick.

In diesen wenigen Sekunden passiert sehr, sehr viel auf ihrem Gesicht. Sie ist glücklich. Und sie hat große Angst.

Sie schaut sich um. Beobachtet Papa S uns vom Haus aus?

»Hat ihn sonst noch jemand gesehen?«, fragt sie.

»Ich weiß es nicht«, sage ich. Er ist immer noch weit weg. Und alle sind mit ihrer Arbeit beschäftigt. »Du musst dafür sorgen, dass er geht, Kate.«

Aber Kate hört mir gar nicht zu. »Ich muss mit ihm sprechen«, sagt sie. »Falls irgendwer fragt, sag ihnen nicht, wo ich hingegangen bin.« Sie lässt ihren Spaten fallen und läuft die Einfahrt hinunter, auf die sich nähernde Gestalt zu. Sie löst ihr Haarband und ihre Locken fallen ihr über die Schulter. Ich möchte ihr zurufen, dass sie zurückkommen soll, aber ich lasse es und sie kehrt nicht um.

Sie kommt bei ihm an und die beiden gehen schnell seitlich weg und verschwinden im Wald.

Der Wind flüstert mir etwas zu, während ich den Spaten in die Erde steche. Aber ihr Gespräch trägt er nicht zu mir. Wie kann sie sich so viel Zeit lassen? Ich ziehe an einer Kartoffel und die Erde schiebt sich unter meine Nägel. Mit einem dumpfen Aufprall landet die Kartoffel in meinem Korb, dann bohrt sich der Spaten knirschend wieder in den Boden.

Als ich aufblicke, steht Papa S im Hauseingang. Er sieht mich, küsst seine Handfläche und hält sie mir entgegen. Ich sollte glücklich sein, dass er hier ist, aber mein Bauch fühlt sich an, als würde er sich mit der Erde füllen, die zu meinen Füßen liegt. Papa S blickt in Richtung Wald, genau dahin, wo Kate und Simon sind.

Ich schaue weg und reibe die Schale einer Kartoffel sauber. Papa S setzt sich in Bewegung. Er geht die Einfahrt hinunter.

Ich kann sie nicht warnen. Es gibt nichts, was ich tun könnte. Was, wenn er es gar nicht weiß und ich zu ihr hinlaufe und sie laut rufe? Er kommt ihnen immer näher, sein Haar flattert im Wind.

Komm raus, Kate. Komm.

Versteck dich, Simon.

In dem Moment, in dem ich den Blick hebe, ist Kate plötzlich da. Sie ist allein zwischen den Bäumen hervorgekommen. Sie geht auf Papa S zu und zeigt lachend in den Himmel hoch. Papa S steht mit dem Rücken zu mir reglos da, während Kate lebhaft gestikuliert.

Papa S muss etwas gesagt haben, denn plötzlich verändert sich alles. Kate erstarrt und ihr Selbstvertrauen schwindet dahin.

Als Nächstes macht Papa S einen Schritt vor und nimmt ihre Hand. Da draußen in der Einfahrt nimmt Papa S Kate an die Hand. Sie war noch nie seine Gefährtin. Ist jetzt ihre Zeit gekommen?

Ich versuche, nicht eifersüchtig zu sein und mich für sie zu freuen. Aber wie kann es sein, dass ich meine Sache so schlecht mache und Kate ihre so gut? Sie gehen jetzt auf das Haus zu, mit Blickrichtung zu mir. Also nehme ich meinen Spaten und treibe ihn auf der Suche nach weiteren Kartoffeln in die Erde.

Mir ist klar, dass sie nicht weit von mir vorbeigehen, aber ich schaue nicht hoch. Ich scharre mit dem Spaten in der Erde herum und werde den Blick erst heben, wenn ich weiß, dass sie weg sind.

Als ich es tue, sehe ich Simon in der Ferne. Er hält sich dicht in der Nähe der Bäume und rennt. Er rennt weg von uns, weg von Kate. Ich beobachte ihn, den Jungen aus der Draußenwelt, bis er um eine Kurve in der Einfahrt biegt und verschwunden ist.

⬡

Die Abendmahlzeit nehmen wir drinnen ein. Die Nächte brechen jetzt früher an und es ist zu kalt, um draußen zu essen. Wir sind alle bereit und warten. Es ist laut, weil gelacht und geredet wird und wegen der Kinder. Ruby und Bobby balancieren Löffel auf ihren Nasen. Ellis sitzt neben mir, aber er lächelt nicht.

»Wo ist Kate?«, fragt er.

»Bei Papa S«, sage ich, weil es so ist. Ich bin stolz auf sie und begegne seiner zweifelnden Miene mit einem herausfordernden Blick.

»Und warum?«, fragt er in dem Moment, als die Tür aufgeht und Papa S mit Kate erscheint. Sie kommen Hand in Hand herein und mit ihrer anderen Hand hält Kate eine Blume an ihre Lippen. Sie sieht schön aus. Ich würde gern zu ihr hinlaufen, weil sie so viele Jahre auf diesen Moment gewartet hat. So lange, wie ich zurückdenken kann, haben wir uns gewünscht, seine Gefährtin zu werden. Und jetzt ist ihre Zeit gekommen.

Sie gehen Seite an Seite zu ihren Plätzen. Papa S trägt einen dunkelgrünen Umhang und ich höre Kates Rock rascheln. Als sie am Tisch ankommen, erheben wir uns alle und das Schrammen der Stuhlbeine über den Boden zerreißt die Stille. Papa S küsst seine Handfläche und reckt sie himmelwärts. Wir tun es ihm nach, aber trotzdem schaue ich Kate unverwandt an. Ich möchte, dass sie zu mir hinsieht, damit wir uns anlächeln können in dem Wissen, dass sie es geschafft hat. Aber sie blickt nicht in meine Richtung und als sie sich setzt und die Blume herunternimmt, bin ich schockiert von ihrem Gesichtsausdruck. Einen solchen Trotz habe ich an ihr noch nie gesehen.

»Beginnt mit eurem Dank«, sagt Papa S und wir senken die Köpfe. Aber während ich mit geschlossenen Augen der Natur zu danken versuche, sehe ich die ganze Zeit Kates Miene vor mir, an dem Tag, der doch der glücklichste ihres Lebens sein sollte.

»Fangt an zu essen«, sagt Papa S. Und sofort wird es wieder laut. Das Besteck klappert auf den Tellern und es wird geredet und gelacht.

»Wann ist das denn passiert?«, fragt Ellis mich leise. Er greift über mich und taucht sein Messer direkt in die Butter. Das Brot ist noch warm und die Butter schmilzt, als er sie darauf verstreicht.

»Heute«, antworte ich leise. »Ich habe gesehen, wie er in der Einfahrt ihre Hand genommen hat.«

»Das sollte verboten werden«, sagt Ellis, schlägt die Zähne in sein Brot und beißt ein Stück davon ab.

Was meint er? Kate möchte das doch. Aber warum kommen mir Zweifel, als ich sie anschaue und sehe, wie sie dasitzt und in ihrem Essen herumstochert?

»Er sollte sich eine ältere Frau suchen«, sagt Ellis. Das ist es also. Er möchte, dass seine Mutter Papa S' Gefährtin wird.

»Er wird Linda bestimmt auch bald auswählen«, sage ich, aber Ellis zerquetscht nur sein Brot in der Hand und starrt mich an.

»Er soll meiner Mutter bloß nicht zu nahe kommen.«

Ich wende schockiert den Blick ab. Meine Hand zittert leicht, als ich nach meinem Glas greife, um einen Schluck Wasser zu trinken. Hat es jemand gehört? Neben ihm lacht Jack gerade mit Heather und die Stimmen rund um den Tisch sind laut und fröhlich. Außer die von Ellis. Ich glaube, Papa S hat es gemerkt, und Pate Smith auch, da sie ihn beide anschauen.

»Wie geht denn die Arbeit an dem Motor voran?«, frage ich, um seine letzten Worte wegzuwischen.

»Wie hältst du das aus, Pearl?«, fragt er. Ich antworte nicht. Die Butter von unseren Kühen schmeckt sämig auf meinem weichen Brot. »Ich weiß nämlich nicht, wie lange ich das noch aushalte«, sagt er. Er schaut mich nicht an und zerdrückt mit dem Daumen die Krümel auf seinem Teller. Die Wut ist in seinen Augen, seinen Händen, in seinem ganzen Körper und er kann sie vor niemandem verbergen.

»Wollen wir nach der Abendmahlzeit ein bisschen spazieren gehen?«, frage ich ihn. Draußen an der Luft wird die Natur ihn heilen und die merkwürdigen Gefühle vertreiben, die sich in ihm breitmachen. Er schaut mich an und wirkt schon etwas ruhiger.

»Ja«, sagt er nur, dann ist es an der Zeit, dass wir die leeren Brotschneidebretter abräumen, um Platz für den Eintopf zu machen, den Heather und ich gekocht haben.

Als wir fertig mit Spülen und Aufräumen sind, ist der Mond schon aufgegangen und es ist nicht zu dunkel. Jack bringt Elizabeth etwas zu essen. Ich mache mir Sorgen, weil sie immer noch nicht genügend isst. Das Fieber will anscheinend gar nicht mehr weggehen. Aber Linda weicht ihr kaum von der Seite, und obwohl es ihr noch nicht besser geht, glaube ich nicht, dass es schlimmer wird.

Ellis und ich haben Jacken angezogen und jetzt, wo meine Füße nicht mehr so wehtun von den Stichen, kann ich auch wieder Socken und Schuhe tragen. Wir gehen zusammen über die Wiese, durch das Loch in der Hecke und über die Felder.

»Du hast mir gar nicht erzählt, wie es mit den Motoren vorangeht«, sage ich. Ich weiß, dass er stolz auf das ist, was er schon gelernt hat.

»Gut«, sagt er. Seine Hand streift meine im Gehen.

»Nur gut?« Ich schaue ihn lächelnd an. »Jack sagt, dass du dich schon jetzt geschickter anstellst als er.« Aber Ellis zuckt nur die Achseln.

Wir laufen schweigend weiter bis zum Obstgarten. Aus der Nähe sieht man, dass nicht mehr viele Früchte an den Bäumen hängen. Die Kinder haben tagelang herabgefallene Äpfel aufgesammelt und viele Körbe damit gefüllt, die jetzt in der Diele stehen.

Wir gehen zu dem hintersten Baum des Obstgartens und Ellis macht sich an den Aufstieg. Also klettere ich ebenfalls hoch. Es ist ein starker Baum, der uns leicht aushält. Seine Äste bilden eine Sitzbank für uns, aber wir müssen dicht beieinandersitzen.

»Möchtest du wirklich von hier weggehen?«, frage ich. Dabei wollte ich es gar nicht. Eigentlich wollte ich Ellis nur die Schönheit zeigen, die uns umgibt. Ihn daran erinnern, wie großartig Saat ist, damit er es wieder von neuem lieb gewinnt. Aber jetzt habe ich es ausgesprochen und kann meine Worte nicht mehr zurücknehmen.

»Ja«, sagt er und schaut auf seine Hände. »Mich zieht es von Tag zu Tag mehr von hier weg.«

Mir stockt der Atem bei diesen Worten. Ich kann nicht verstehen, dass er all das hier zurücklassen möchte.

»Aber Mum will nicht. Sie sagt, dass sie jetzt wieder einen

Grund zum Leben hat.« Er lacht bitter. »Und ich würde Sophie niemals alleinelassen.«

»Aber wie kannst du nur gehen wollen?«

Er lässt seinen Blick über die schwarzen Felder zu den Lichtern unseres Zuhauses schweifen. »Hier ist einiges faul«, sagt er.

Mir bleibt das Herz stehen, als ich ihn das sagen höre.

»Dann solltest du gehen«, erwidere ich. Die Worte sprudeln aus mir heraus, ich kann nicht dagegen an: »Du hast nämlich gar kein Recht, hier zu sein, und nach allem, was wir dir gegeben haben …« Ich will nicht weinen. Also steige ich vom Baum, um wegzugehen, weg von ihm. Meine Haare bleiben an einem Ast hängen, aber ich reiße sie los und falle das letzte Stück mehr, als dass ich springe. Dann renne ich los.

»Pearl«, ruft Ellis mir hinterher. Aber ich bleibe nicht stehen. »Pearl!«

Ich laufe durch den Obstgarten und die Bäume beschützen mich. Ich höre, wie Ellis angerannt kommt, und er ist schnell, zu schnell für mich. Er erwischt meinen Arm und zieht an mir.

»Nein!«, schreie ich ihn an. So habe ich mich noch nie gehört. Auch die Luft nicht und der Himmel.

»Bleib stehen, Pearl«, sagt Ellis. Seine Stimme ist ruhig, aber er hält meinen Arm fest umklammert.

Also bleibe ich stehen und drehe mich um. Es tut mir schon weh, ihn nur anzuschauen. Ich reiße meinen Arm los. »Wenn hier irgendetwas faul ist, dann du!«, schreie ich. »Das kommt davon, wenn man in der Draußenwelt aufwächst. Du solltest dahin zurückgehen. Lass uns in Ruhe«, sage ich und gehe weiter.

Ellis ist nur wenige Schritte hinter mir. Mehr werde ich nicht sagen. Und mehr kann ich nicht sagen. »Pearl«, sagt er und ich möchte weinen, als ich seine Stimme höre, weil er mein Freund ist. Er ist ein Teil unserer Familie, aber er will weg von uns und ich will, dass er verschwindet, aber wenn er geht, bricht mir das Herz. »Es tut mir leid«, sagt er. Er holt mich ein und legt seine Hand sanft auf meinen Arm.

»Begreifst du nicht, dass es die Draußenwelt ist, die dich so hat werden lassen?«, sage ich. »Gib dich uns mit ganzem Herzen hin, Ellis, dann wirst du glücklich.«

Ellis atmet tief ein und fährt sich mit beiden Händen durch die Haare, aber seine Locken fallen gleich wieder über die Augen. »Siehst du es denn nicht, Pearl?«

»Was denn?«, frage ich. Ich starre ihn an, weil ich will, dass er mir in die Augen sieht, dass er mein Glück annimmt. Ich würde es ihm schenken.

Er schaut mich an. Dann greift er nach meiner Hand und ich überlasse sie ihm. »Nichts«, sagt er leise. »Nichts.« Er lässt den Blick sinken und streicht mit seinem Daumen zärtlich über meinen. Ich spüre seine Haut auf meiner.

»Gehst du wirklich weg?«, frage ich. Ich möchte seine Antwort nicht hören.

»Nein«, erwidert er. Er schaut mir in die Augen. »Ich lasse dich nicht zurück, Pearl. Ich kann auch Mum und Sophie nicht allein hierlassen.«

»Sie würden nicht gehen wollen. Sie sind glücklich hier. Und du bist auch glücklich hier, du hast es nur vergessen, das ist alles«, sage ich. Ellis streicht mir übers Haar. Ein Zittern läuft durch mich hindurch und ich schließe die Augen.

Irgendwo in der Dunkelheit knackt ein Zweig. Ich öffne die Augen wieder und wir schauen beide in die Richtung, aus der das Geräusch kam. Er lässt seine Hand sinken und ich höre, wie jemand weggeht. Wegrennt.

Es war jemand hier. Wir wissen es beide.

»Wer war das?«, flüstere ich.

»Ich weiß es nicht«, erwidert Ellis. »Aber wir haben nichts Unrechtes getan, Pearl.«

Wirklich nicht? Er klingt ängstlich.

»Ich möchte zurück ins Haus«, sage ich.

Die Nacht fühlt sich jetzt anders an. Die Luft legt sich kalt auf mein Gesicht. Wenn wir wieder im Haus sind, wird alles besser sein. In der Wärme unserer Familie wird alles einen Sinn ergeben.

Ich versuche, nicht mehr an die Gestalt in der Dunkelheit zu denken, denn wenn ich es tue, beschleicht mich eine seltsame Angst. Und Saat ist kein Ort, an dem man sich fürchten muss.

Letzte Nacht habe ich sie über die Felder zurückkommen sehen. Zwei Gestalten in der Dunkelheit, Seite an Seite. Sie war ganz unverkennbar, mit dem Mondlicht auf ihren Haaren.

Und heute stelle ich mir vor, dass dieses blonde Mädchen mein Kind ist. Ich beobachte sie durch die Scheibe, während sie Salat erntet. Sie arbeitet langsam, sorgfältig. Hin und wieder macht sie eins der äußeren Blätter ab und isst es. Und manchmal reckt sie die Arme gen Himmel.

Die Tür zu meinem Gefängnis öffnet sich und da steht er. Es bleibt mir keine Zeit mehr, zurückzutreten und so zu tun, als hätte ich nicht hinausgeschaut.

»Hast du aus dem Fenster gesehen?«, fragt er ganz dicht bei mir. Ich schüttele den Kopf, aber er weiß, dass ich nicht die Wahrheit sage.

Er schlägt mir so fest ins Gesicht, dass ich umfalle. Ich stürze zu Boden und halte schützend die Arme über den Kopf, aber diesmal lässt er es dabei bewenden.

»Tut mir leid«, flüstert er mir ins Ohr. »Aber du weißt, dass du etwas Unrechtes getan hast.«

Etwas Unrechtes?

Er löffelt mir den Eintopf in den Mund, als wäre ich ein Baby. Mein Baby. Mein Baby. Ich schlucke. Das Essen ist fast kalt, doch etwas anderes bekomme ich nicht. Und darin ist die Dunkelheit.

Aber Schlaf dauert nicht lang genug. Führt nicht weit genug weg.

Bald. Bald werde ich stark genug sein, um zu gehen.

VIERUNDZWANZIG

Nana Willows Augen sind weit offen, als ich in ihr Zimmer komme. Sie sitzt aufrecht da und beobachtet mich, während ich zu ihr hingehe. Ich konzentriere mich auf das kleine Tablett in meiner Hand und versuche zu verhindern, dass das Glas gegen den Teller schlägt. Ich habe Nana Willow noch nie gefüttert, das haben immer die anderen gemacht. Der süße Geruch der Suppe steigt mir in die Nase, aber ich möchte auch nicht durch den Mund atmen und Nana Willows Atem schlucken.

Sie beobachtet mich weiter. Vorsichtig stelle ich das Tablett auf den kleinen Tisch neben ihrem Bett. Ich muss zu ihr hochschauen. Die Haut an ihrem Hals verdreht sich, als sie mir ihr Gesicht zuwendet. Ich versuche zu lächeln, aber sie erwidert mein Lächeln nicht. Ihre Lippen sind jetzt genauso bleich wie ihre Haut, mit kleinen roten Linien an den Stellen, an denen sie aufgesprungen sind.

»Ich habe dein Essen gebracht, Nana Willow«, sage ich. Sie antwortet nicht und sieht mich einfach nur mit ihren alten Augen an, die tausend Dinge wissen. Glaubt sie, dass ich Sylvie bin? Traue ich mich, sie zu fragen?

Neben dem Tisch steht ein Stuhl und ich ziehe ihn mir heran. Im Sitzen berühren meine Knie ihr Bett.

»Liegst du bequem?«, frage ich sie. Sie hat Kissen im Rücken und ihre Decke ist fast bis zum Kinn hochgezogen. Sie nickt.

Ich greife nach dem Teller. Er ist zu voll und ich habe Angst, etwas zu verschütten, weil ich zittere. Aber ich tauche den Löffel ein, puste leicht auf die Suppe und führe sie dann an Nana Willows Lippen. Sie klappt den Mund auf wie ein Kind. Während ich die Suppe vorsichtig in ihren Mund laufen lasse, streckt sie leicht ihre alte Zunge heraus. Und die ganze Zeit beobachtet sie mich.

Wieder stecke ich ihr den Löffel in den Mund. Und wieder schluckt Nana Willow. Und noch einmal. Man hört nur das Anstoßen des Löffels, das katzenartige Atmen von Nana Willow und das Geräusch des Schluckens.

Sie hat die Suppe noch nicht mal halb aufgegessen, als sie den Kopf abwendet. Ihre Lippen sind geschlossen und sie verweigert den Löffel.

»War das genug?«, frage ich sie. Sie nickt. Der Löffel sinkt zurück in die Suppe und ich stelle den Teller wieder aufs Tablett.

Über Nana Willows Wangen laufen Tränen.

»Nana Willow?«, sage ich leise. Aber sie schaut mich nicht mehr an. »Tut dir irgendwas weh?«, frage ich sie. Sie schüttelt den Kopf.

Plötzlich schließen sich ihre Finger um mein Handgelenk. Sie quetscht meine Haut ein.

»Sie ist nicht gestorben«, sagt sie mit krächzender Stimme. »Sylvie, sie ist nicht gestorben, als sie das Baby bekommen hat.« Dann wendet sie den Blick panisch zum Fenster. Die Vorhänge sind aufgezogen und die schwarze Nacht schaut herein. Sie lässt mein Handgelenk los und zieht die Decke bis zum Hals hoch.

»Aber Elizabeth hat gesagt, sie wäre gestorben«, sage ich. Nana Willow schüttelt heftig den Kopf. »Aber wo ist sie denn dann? Wo ist Sylvie hingegangen?«

Nana Willow rührt sich nicht. Irgendetwas hat ihr Angst eingejagt. Ich stehe auf, gehe zum Fenster und greife nach dem Vorhang. Da ist jemand. Draußen steht jemand und schaut herein, beobachtet uns. Ein Mann. Ist es Papa S? Ich reiße die Vorhänge zu und halte den schweren Stoff weiter fest, während ich versuche, meine Atmung zu beruhigen.

Mit zitternden Armen wende ich mich wieder zu Nana Willow um. Ihre Augen sind geschlossen. Als ich näher komme, sehe ich getrocknete Tränenspuren auf ihren Wangen.

FÜNFUNDZWANZIG

Wir folgen Papa S und Kate über die Wiese. Obwohl immer nur wenige von uns zugleich durch die Lücke in der Hecke passen, gleiten wir wie Wasser hindurch und gehen auf den Wald zu. Die Kinder verfolgen sich gegenseitig mit Stöcken. Pate Smith packt Ruby, als sie an ihm vorbeirennt, und schwingt sie hoch in die Luft. Ich höre Linda neben ihm lachen. Das Gesicht von Papa S kann ich nicht sehen, aber ich weiß, dass er lächelt.

Als wir den Waldrand erreichen, werden wir stiller. Die Bäume bilden eine Gasse für uns und wir schweigen, um dem Wispern der Blätter zu lauschen. Sogar die Kinder werden langsamer, während wir durch das diffuse Licht gehen.

»Ich wünschte, Elizabeth wäre bei uns«, flüstert Jack mir zu. Ich drücke seine Hand, weil ich weiß, wie sehr er sie vermisst. Aber sie ist allein im Haus, nur sie und Nana Willow sind zurückgeblieben.

Sylvie ist nicht gestorben. Ich kann diese Worte nicht vergessen. Ich spüre auch noch immer Nana Willows Finger um mein Handgelenk, aber als wir die Lichtung erreichen, verblasst die Erinnerung. In der Mitte steht Papa S' Anbetungsstuhl. Daran, was darunter liegt, tief in der Erde, will ich jetzt nicht denken. Stattdessen schaue ich mir an, wie er glänzt, weil jemand die Armlehnen und Beine poliert hat.

Wir stellen uns schweigend im Kreis darum auf, während Papa S in die Mitte geht und sich auf den Stuhl setzt. Die Sonne scheint auf ihn herab und sein ganzer Körper ist in Licht getaucht.

Wir fassen uns an den Händen und bilden unseren Kreis, unsere Familie. Ohne Anfang und ohne Ende. Glücksgefühle durchströmen mich und breiten sich zwischen uns aus.

Papa S legt langsam den Kopf zurück, so dass sein Gesicht zum Himmel zeigt, und wir tun es ihm nach. Über uns erstreckt sich leuchtendes Blau. Nicht eine weiße Wolke ist zu sehen. Wir blicken nach oben und warten auf das Zeichen. Zuerst passiert nichts, aber dann kommt ein Vogel in Sicht. Mit ausgebreiteten Flügeln gleitet er durch den Himmel.

»Wir huldigen dir!«, ruft Papa S. Und wir sprechen seine Worte nach. Ellis, Kate, wir alle.

»Wir huldigen dir«, sagen wir im Chor. »Wir huldigen dir.« Immer wieder und immer lauter. »Wir huldigen dir!« Bis die Worte sich in meinem Kopf drehen und ich das Gefühl habe, über dem Boden zu schweben. Die Huldigung sickert durch meine Haut, zieht in meine Knochen ein und verwandelt sie zu Staub. Meine Stimme ist das Einzige, was noch von mir übrig ist.

Allmählich werden wir leiser. Allmählich verhallen unsere Worte in der Luft und wir stehen schweigend unter dem Himmelszelt.

»Wir sind fertig«, sagt Papa S. Ich lasse meinen Blick durch die Runde schweifen und weiß, dass alle mit mir an diesem Ort waren. Linda lehnt sich zu Pate Smith hin und flüstert ihm etwas zu, was ich nicht hören kann. Sie ist das erste Mal im Anbetungskreis und strahlt vor Glück.

Wir beobachten Papa S. Er reibt sich die Arme und nickt. »Die Natur hat mir gesagt, dass unsere Augen gierig geworden sind«, sagt er plötzlich. »Und unsere Münder auch. Wir haben unsere Hände vernachlässigt, das Geschenk der Berührung.« Wir lauschen und warten. »Wir gehen jetzt zurück zu unserem Haus. Die Natur hat mir befohlen, euch die Augen zu nehmen.«

Bobby schnappt laut nach Luft. Aber Papa S lacht.

»Eure Augen sind ein Geschenk von ihr«, sagt er lächelnd. »Ich werde sie euch nicht für immer nehmen. Mir wurde gesagt, dass ich sie verhüllen soll. Einen ganzen Tag lang werdet ihr nur mit den Händen sehen.«

Mehr sagt er nicht und mehr muss er auch nicht sagen. Seine Worte bereiten mir Unbehagen, aber als ich Papa S' freundliche Miene sehe, weiß ich, dass ich ihm vertrauen muss. Wir folgen ihm von der Lichtung und durch die zuschauenden Bäume zurück zum Haus.

Ich warte vor Papa S' Zimmer. Jack geht vor mir hinein und als er wieder herauskommt, sind seine Augen verbunden. Er setzt ängstlich einen Fuß vor den anderen und fuchtelt mit den Amen durch die Luft.

»Bist du da, Pearl?«, fragt er. Ich tippe ihm auf die Schulter, ohne etwas zu sagen. »Pearl?« Ich tippe auf seine andere Schulter. Er wirbelt herum. »Wer ist da?«, fragt er.

»Ich bin's«, sage ich lachend.

»Wo bist du?« Er lächelt.

»Hier«, sage ich.

»Jetzt bist du an der Reihe. Ich warte auf dich«, sagt er.

Ich drücke, ohne zu zögern, die Tür auf und da steht Papa S und lächelt mich an. Er hält ein schwarzes Tuch in der Hand.

»Komm näher, Pearl«, sagt er und ich gehe zu ihm. »Dreh dich um«, sagt er. Und ich tue es. Ich schaue auf die geschlossene Tür und höre, wie er hinter mich tritt. Er ist mir selten so nah. Sein Arm streift meine Schulter und dann legt er mir die Augenbinde an und ich sehe nichts mehr.

Aber ich höre plötzlich mehr. Sein leises Atmen. Das Ticken einer Uhr. Das Geräusch von Stoff, der über Stoff gleitet, während er das Tuch an meinem Hinterkopf verknotet. Anschließend legt er seine Hände auf meine Augen, auf die Binde. Durch den dünnen schwarzen Streifen hindurch spüre ich seine Wärme, sein ganzes Wesen und fühle mich so stark wie nie zuvor. Wenn es nicht verboten wäre, würde ich jetzt vielleicht weinen.

Dann tritt Papa S von mir weg. Seine Hände lösen sich von mir und plötzlich wird mir kalt.

»Du bist fertig«, sagt er und führt mich am Ellenbogen zur Tür. Ich höre, wie sie sich öffnet und hinter mir wieder schließt.

»Jack?«, frage ich.

»Ich bin hier«, sagt er irgendwo neben mir. Ich strecke den Arm aus und er tut es wohl auch, denn plötzlich berühren wir uns und fassen uns an den Händen.

Papa S hat Recht. Mir fällt so viel mehr auf. Die kleinsten Geräusche. Die Weichheit meines Rocks, die raue Oberfläche des Esstischs. Die sanfte Brise, die mir ins Gesicht weht. Ich bin aufmerksamer, wenn jemand etwas sagt. Ich möchte jedes Wort der anderen hören.

Aber in dieser Dunkelheit ist auch alles schwieriger. Selbst das Gehen. Wir prallen gegeneinander. Wir sind ungeschickt, als wir das Essen auftun. Ich spüre das Messer in der Nähe meiner Finger, während ich das Brot schneide.

Ruby klammert sich fast den ganzen Tag an mich, weil sie Angst hat, sich allein zu verirren. Ich wünschte, sie könnte das alles so genießen, wie ich es tue. Denn irgendwie fühle ich mich so viel lebendiger. Aber sie ist noch zu klein und deshalb halte ich ihre Hand, während wir zum Maisfeld laufen, auf dem wir heute Nachmittag arbeiten.

»Wo ist Bobby?«, fragt sie.

»Er wird irgendwo in der Nähe sein.«

»Bobby?«, ruft Ruby, aber sie bekommt keine Antwort.

Langsam tasten wir uns vor. Meine Finger gleiten durch die Luft, bis sie die Brombeerhecke ertasten. Wir folgen ihr und schlüpfen durch die Lücke. Ich halte die Arme ausgestreckt vor mich.

Lange bevor ich den Mais berühren kann, höre ich das Maisfeld rascheln. Meine Hände gleiten über die Pflanzen und ich ertaste ihre dicken Blätter, die Kolben, die jetzt geerntet werden können. Viele Reihen davon liegen vor uns.

»Kann ich dir den Korb jetzt geben?«, fragt Ruby. Ich strecke die Hand aus, bis ich den grob geflochtenen Korb spüre.

Mit verbundenen Augen ist es schwer zu sagen, ob der Mais reif ist, denn ich kann nicht nachschauen, ob milchiger Saft aus den Maiskörnern austritt, wenn ich sie in der Hand zerquetsche. Ich muss einfach raten und hoffen, dass ich mich nicht irre.

»Ruby!«, hören wir Bobby rufen. Ruby kichert und ich höre, wie sie weggeht, wie ihr Körper die Blätter streift, als sie, seiner Stimme folgend, durch das Feld stakst. Dann nichts mehr. Ich bleibe stehen und lausche, aber jetzt höre ich nur noch den Mais, der im Wind raschelt. Ich greife nach oben, um einen Maiskolben abzupflücken.

Doch meine Hand stößt gegen etwas. Jemanden.

»Ruby?«, frage ich. Ich will ihr Gesicht abtasten, werde aber sanft an den Handgelenken festgehalten. Ich weiß, dass das nicht Ruby ist. Diese andere Person ist zu groß. Und sie atmet zu leise.

»Ellis?«, flüstere ich. Ich spüre, wie seine Hände durch meine Haare fahren. »Bist du das?«

Die Finger sind auf meinem Gesicht. Meinem Hals. Die Hand streicht über meine Brust, meine Taille. Es fühlt sich unrecht an. Ich will meine Augenbinde abnehmen, traue mich aber nicht.

»Ellis?«, frage ich wieder. Die Hand ist auf meinem Rock und ich schiebe sie weg. Ich höre seinen Atem. Ich greife in sein Gesicht. Spüre kratzige Haare, einen Bart. Er drückt mir seine Hand auf den Mund, damit ich nicht schreien kann, und hält mich fest. Aber ich drehe den Kopf, um die Hand abzuschütteln.

»Ruby!«, rufe ich und er lässt mich los.

Ich renne blind von ihm weg. Die Maisblätter schlagen mir ins Gesicht und ich finde meinen Weg durch das Feld nicht.

»Kate!«, rufe ich, aber sie antwortet nicht. Ich greife in die Luft, während ich durch die endlosen Pflanzenreihen stolpere.

»Pearl.« Das ist Rachels Stimme. Ich gehe ihr nach. Da ist sie. Ich berühre ihr Gesicht und die Haut ist glatt und weich. »Hast du dich verlaufen?« In ihrer Stimme liegt ein Lächeln.

Ich darf nicht weinen. Es gibt keinen Grund zum Weinen. Rachel ist hier und ich bin in Sicherheit.

⬡

An Ende des Tages nehmen wir unsere Augenbinden ab. Alle anderen blinzeln lachend in die Abendsonne. Ich bin zwar von dem Tuch über meinen Augen befreit, aber ich spüre noch immer diese Hände auf mir und sein Atem ist in mir. Ich versuche, diese Gedanken wegzuschieben, als Jack angelaufen kommt.

»Schön, dich wieder sehen zu können«, sagt er lachend. »Man kommt ganz schön ins Grübeln, wenn man nichts sieht, was?«

»Ja«, sage ich.

Es fühlt sich an, als läge die Augenbinde jetzt fest um meinen Mund. Die Wahrheit sickert in den Stoff ein und bleibt darin hängen.

SECHSUNDZWANZIG

Ich sammele gerade Eier ein, als ich den Schrei höre. Er kommt aus der Arbeitsscheune. Das muss Jack sein, oder Ellis.

Bevor ich an der Scheune ankomme, bringen sie Ellis hinaus. Blut, überall ist Blut. Pate Smith und Jack sind bei ihm; halb tragen sie ihn, halb schleifen sie ihn auf den Weg. Pate John geht hinter ihnen. Sie haben versucht, ein Laken um Ellis zu schlagen, aber ich sehe es trotzdem. Seine Hand ist nicht da. Da ist keine Hand, sie ist weg und das weiße Laken ist voller Blut.

»Ellis!« Das ist Linda. Sie rennt aus dem Haus, einen Lappen aus der Küche in der Hand, kniet sich neben ihn und betastet sein Gesicht. Er ist vollkommen reglos. Ellis' Blut ist auf ihren Fingern. »Was ist passiert?« Niemand antwortet. »Ihr müsst euch beeilen.« Aber niemand rührt sich. »Ihr müsst ihn ins Krankenhaus bringen!« Linda schreit uns an.

»Das können wir nicht«, sagt Pate John. Ich sehe seinen Bart und ersticke den Gedanken, den dieser Anblick mit sich bringt.

Linda drückt das Laken auf Ellis' Arm. »Aber ich kann die Blutung nicht stoppen.«

Das kann nicht Ellis sein. Er ist stark. Aber dieser Mensch bewegt sich gar nicht. Und seine Augen sind nach hinten verdreht.

»Mach was!«, schreit Linda Pate Smith an. Er guckt sie einen Moment lang sprachlos an, dreht sich dann aber zu Pate John um.

»Er muss ins Krankenhaus«, sagt er entschieden. Pate John wirkt so, als wollte er etwas sagen. »Wir haben keine Zeit.« Pate Smith schiebt ihn aus dem Weg und gerät ins Taumeln, als er Ellis hochhebt.

»Bringst du ihn ins Krankenhaus?«, frage ich. Ich fühle mich wie betäubt. Jack hilft Pate Smith, Ellis auf den Beifahrersitz des Lieferwagens zu legen.

Linda will sich neben ihren Sohn setzen.

»Du musst hier bleiben«, erklärt Pate Smith ihr. In seinen Augen steht Panik.

»Nein!«, schreit sie.

»Ich fahre Ellis hin«, sagt Pate John. Und bevor irgendjemand Zweifel anmelden kann, läuft er zum Fahrersitz und lässt den Motor an. Pate Smith zerrt Linda von der Autotür weg und drückt sie eng an sich, damit sie nicht sehen kann, wie der Wagen hinter dem Haus verschwindet. Er wird die Einfahrt hinunterfahren, zu dem Krankenhaus in der Draußenwelt.

Jack steht neben mir. Er ist über und über mit Ellis' Blut bedeckt. Sogar auf der Wange hat er einen Blutspritzer. Ich berühre ihn. Er ist noch feucht.

»Was ist passiert?«, frage ich, obwohl die Worte nur schwer herauskommen. Jack sieht zu dem Haus, hinter dem der Wagen verschwunden ist. »Jack?«, sage ich. Er schaut mich an und klappt den Mund auf, aber er scheint nicht sprechen zu können.

»Es war ein Unfall«, sagt Pate Smith. Er streicht Linda übers Haar und führt sie zurück zum Haus.

»Aber was ist passiert?«, frage ich. Ich sehe, wie Sophie übers Feld angerannt kommt.

»Ich weiß es nicht«, sagt Jack schließlich. »Pate John war bei ihm.«

Sophie stürmt auf uns zu. Sie ringt nach Luft, aber ich weiß, was sie fragen will. Ich beuge mich zu ihr herunter. An meinem Rock klebt Blut, als ich sie auf meinen Schoß ziehe.

»Ellis ist verletzt«, sage ich. Aber ich habe Angst, es zu sagen. Ich möchte ihr nicht erzählen, dass sie ihn ins Krankenhaus gebracht haben.

»Kann ich zu ihm?«, fragt sie. Sie starrt auf das Blut an Jacks Hemd und ihre Unterlippe beginnt zu zittern.

»Sie haben ihn an einen Ort gebracht, wo es ihm bald besser geht«, sage ich. Bobby kommt und fängt an zu weinen. »Schsch«, mache ich, um ihn zu beruhigen. Als ich zum Haus schaue, kann ich Papa S nirgends sehen, aber Bobby weint. »Kommt mit mir. Ich brauche Hilfe beim Eiersuchen in der Scheune.« Ich nehme Sophie und Bobby an die Hand und wir gehen zusammen weg. Weg von Ellis' Blut.

Das Ei ist glatt und warm. Ich nehme es aus dem Stroh, wo es gut versteckt war, und lege es behutsam in den Korb. Ich blicke durch das Scheunentor, das einen Rahmen um den Tag bildet, aber da ist niemand. Ich habe nur Ellis' Blut vor Augen. Rot wie Beeren.

Pate John hat ihn weggebracht. Er wird sich doch um ihn kümmern, oder? Das Rascheln des Maisfeldes hallt laut durch meinen Kopf.

Sophie ist eine Zeit lang bei mir geblieben, aber jetzt tollen sie und Bobby auf der Suche nach weiteren goldbraunen Geschenken der Hühner im Stroh herum. Wenn ich ein Kind wäre, könnte ich Ellis auch einfach aus meinen Gedanken ausblenden. Vergessen, wie merkwürdig nach hinten gekippt sein Kopf war. Sein schönes Gesicht. Denn ich weiß jetzt, dass sogar jemand aus der Draußenwelt schön sein kann. Der Gedanke, dass er in einem Krankenhaus ist, verursacht mir so große Übelkeit, dass ich durchatmen und in den Himmel hochschauen muss.

Ich muss mit Kate sprechen, aber sie ist immer noch Papa S' Gefährtin. Wer wird ihr das mit Ellis erzählen? Ich möchte es tun, damit ich ihre Hand halten kann und wir uns gegenseitig vergewissern können, dass die Ärzte ihm nichts tun und er bald nach Hause kommt.

Ich kann nicht länger hier drinnenbleiben; ich muss zu Jack. Ich sehe meinen Händen dabei zu, wie sie den Korb auf den trockenen Lehmboden stellen, und höre, wie ich aus der Scheune gehe, damit ich wieder Luft bekomme.

Jack zu finden ist nicht schwer. Er sitzt an dem Tisch auf der Wiese, allein. Sein Kopf ist vornübergebeugt, seine Hände umfassen das Glas, das vor ihm steht. Er hört mich nicht, als ich zu ihm trete.

»Jack?«, sage ich leise. Er zuckt ein wenig zusammen, versucht zu lächeln, aber seine Miene ist angespannt. Ich setze mich neben ihn und lege meinen Kopf auf seinen Arm. Ellis' Blut auf seinem Hemd ist getrocknet. Ich strecke die Hand aus, um es zu berühren. Es ist kalt und hart. Aber es ist ein Teil von Ellis. Ich möchte zu ihm, um es wieder in ihn hineinzupressen.

»Was ist passiert?«, frage ich.

»Ich weiß es nicht.« Jack schüttelt den Kopf, als wollte er versuchen, seine Gedanken zu befreien.

»Warst du bei ihm?«

»Nein. Er hat mit Pate John gearbeitet. Seine Hand ... ich weiß es nicht. Ich weiß nicht, was passiert ist.« Er schaut zu mir hoch und in mich hinein. Wir haben den gleichen Gedanken. Dass Ellis' Seele in seinen Händen liegt. Seine Hände sind seine Musik. Ich höre seine Klavierklänge in der Brise und sie winden sich bis tief in meinen Bauch hinein.

»Können sie sie wieder annähen?«, frage ich.

»Ich glaube nicht«, flüstert Jack und schaut auf seine eigenen Finger, die sich bewegen können, mit ihrem Blut und ihrer Haut und ihren Knochen.

»Warum haben sie ihn dann ins Krankenhaus gebracht?«, frage ich. »Wir hätten ihm doch auch hier helfen können.«

»Du hast das Blut doch gesehen, Pearl.«

»Wir hätten die Blutung doch stoppen können. Wir haben alles hier, was zu seiner Heilung wichtig ist. Aber jetzt ist er dort und wer weiß, was sie ihm antun.« Ich zittere, obwohl mir nicht kalt ist. Ich denke an die Ärzte mit ihren Messern und ihren Experimenten.

Jack schaut zu mir hoch. Seine Augen sehen jetzt anders aus. »Nicht alle Ärzte sind schlecht«, sagt er. »Ich glaube, Krankenhäuser sind manchmal auch gute Orte.«

»Wie kannst du so etwas sagen?«, frage ich ihn. »Du wolltest auch nicht dahin, als du die Schnittwunde in der Brust hattest.«

»Das war etwas anderes. Ich war nicht so schlimm verletzt.« Er starrt in sein Glas, in dem das Wasser steht und wartet. »Außerdem habe ich mich seitdem mit Ellis unterhalten. Sie haben dort Medikamente, die heilen.« Jack sagt das ganz leise.

Ich bin völlig durcheinander. Widerspricht das nicht allem, was wir wissen?

»Papa S sagt, dass wir dem Pfad der Natur folgen müssen, Jack. Das ist der einzige Weg.«

»Wenn Ellis nicht ins Krankenhaus gekommen wäre, wäre er vielleicht gestorben. Ist das der richtige Weg?«, fragt Jack. »Wärst du damit glücklich gewesen?«

Ich kenne meine Antwort. Ich weiß, dass ich niemals Ellis' Kopf auf meinem Schoß hätte halten und akzeptieren können, dass seine Zeit gekommen ist.

»Vielleicht ist er schon tot, Pearl.« Der Schmerz, der in Jacks Worten mitschwingt, zeichnet sich in jeder Partie seines sanften Gesichts ab.

»Nein«, sage ich. Weil das nicht stimmen kann. Nicht stimmen darf.

»Vielleicht sind sie zu spät gekommen.«

Ich kann mir das nicht länger anhören. Ich stehe von der Bank auf, raffe meinen langen Rock bis über die Knie hoch und renne los. Über die Wiese, über das Feld. Wohin, weiß ich nicht, einfach nur weg. Ich möchte einfach immer weiterlaufen, bis meine Lunge so wehtut, dass ich diesen anderen Schmerz darüber vergesse.

Während ich laufe, kreist ein Bussard über mir.

SIEBENUNDZWANZIG

Ich möchte nicht zurück, denn ich sitze mit dem Geist von Ellis in einem Apfelbaum. Meine Hände ruhen in seinen. Wir schauen der Sonne dabei zu, wie sie aus dem Himmel herabsinkt und das Grau zu Schwarz wird.

Erst als die Kälte bis in meine Adern gesickert ist, gehe ich zurück ins Haus.

Pate John sitzt mit Pate Smith am Küchentisch.

»Ellis geht es gut«, sagt Pate Smith zu mir und steht auf, damit er mich in seine großen, sicheren Arme schließen kann. Ich darf nicht weinen, jetzt nicht. Also lache ich stattdessen, küsse meine Handfläche und recke sie dem Himmel hinter der Fensterscheibe entgegen.

Aber es war nicht die Natur, die Ellis gerettet hat.

»Wo ist er?«, frage ich.

»Er ist noch im Krankenhaus«, sagt Pate Smith.

»Warum?«, frage ich und schaue Pate John an.

»Sie kümmern sich um ihn«, sagt er, doch er sieht angespannt aus. Ich sollte ihn trösten, aber ich will nicht.

»Aber Papa S sagt doch, dass Krankenhäuser schlechte Orte sind«, protestiere ich. »Und jetzt hast du Ellis da allein gelassen.«

»Die Ärzte werden ihm helfen«, sagt Pate Smith. Doch das widerspricht allem, was mir beigebracht wurde. Ich weiß nicht mehr, an welche Wahrheit ich mich halten soll.

Die Tür geht auf und Heather kommt herein. Sie sieht müde aus. Sie trägt ihre Haare, die sonst immer offen sind, in einem Knoten.

»Pearl, du musst eine Schüssel mit kaltem Wasser zu Elizabeth bringen«, sagt sie. Sie greift nach ihrer Schürze und bindet sie sich um. Warum tun alle so, als wenn nichts wäre? Wissen sie denn nicht mehr, was Ärzte machen? Ist es denn nicht wahr, dass sie Experimente durchführen?

»Ich weiß, dass das seltsam klingt, Pearl. Aber Ellis geht es gut und er wird bald zu uns zurückkommen«, versichert Pate Smith mir.

»Los, Pearl«, sagt Heather.

Ich bin froh, dass ich den Raum verlassen, dass ich von ihnen allen wegkommen kann.

Elizabeth geht es schlechter als gestern. Ihr Gesicht ist ganz blass und sie kneift die Augen zusammen vor Schmerzen. Als sie mich sieht, versucht sie zu lächeln. Ich setze mich zu ihr und streiche die schweißnassen Haare zurück, die ihr im Gesicht kleben.

Dann tauche ich den Waschlappen in das frische kalte Wasser, drücke ihn aus und lege ihn ihr auf die Stirn.

»Danke«, sagt sie und ihr Körper sinkt wieder tiefer ins Bett zurück.

»Hast du schon gegessen?«, frage ich und sie nickt.

»Jack hat mir etwas gebracht.« Dann verzieht sie das Gesicht und atmet schnell.

»Was ist los?«

»Nichts. Es tut nur weh.«

»Kommt das Baby?«, frage ich.

»Nein.« Sie lacht leise. »Noch ist es nicht so weit. Ich habe nur Schmerzen unter den Rippen.«

»Was kann ich tun, damit es besser wird?«, frage ich. Ich ertrage es kaum, sie so zu sehen.

»Erzähl mir von deinem Tag. Bring mich auf andere Gedanken.« Sie nimmt meine Hand. Ihre Arme sind geschwollen. Die Haut an ihren Fingern ist gespannt.

Also lüge ich sie an. Ich lüge Elizabeth an. Ich berichte ihr, dass ich in der Scheune Eier gesammelt habe, mit Jack auf der Wiese war und im Obstgarten auf einem Baum gesessen habe. Aber die Worte, die mir auf den Lippen brennen, spreche ich nicht aus. Ich bringe es nicht fertig, ihr von Ellis' Blut zu erzählen, von seiner Hand. Stattdessen fülle ich die Tage mit kleinen Lügen und erzähle ihr, was ich hätte tun *können.* Zum Beispiel, dass ich Rachel beim Kochen geholfen habe, indem ich Karotten geraspelt und mit Mohnsamen bestreut habe.

Ich lege meine Hand auf Elizabeths Bauch, der unter dem Laken wie ein Hügel aufragt. »Bewegt es sich?«, frage ich.

»Ein bisschen. Aber es ist weniger geworden.« Elizabeth streicht lächelnd über ihren Bauch. »Jetzt ist nicht mehr viel Platz«, sagt sie.

»Wie lange dauert es denn noch, bis das Baby kommt?« Der Waschlappen ist inzwischen warm geworden, also ziehe ich ihn wieder durchs kalte Wasser und wringe ihn aus.

»Drei Wochen vielleicht.« Ich beuge mich vor und drücke einen Kuss auf das gewölbte Laken, unter dem unser Baby schläft. *Wir werden zusammen in die Schatten der Bäume laufen und ich werde dir erzählen, wer deine Mutter ist.* Unser Baby antwortet mir, indem es gegen meine Hand drückt.

»Wird es ein Junge oder ein Mädchen? Was glaubst du?«

»Das entscheidet die Natur«, antwortet Elizabeth lächelnd. Aber dann zuckt sie erneut zusammen und reckt den Kopf nach hinten.

»Sag mir, was ich tun kann«, flehe ich.

Elizabeth schüttelt den Kopf. Dann drückt sie fest meine Hand und gibt so ein bisschen von ihrem Schmerz an mich weiter. »Meine Füße tun weh«, sagt sie schließlich. Sie atmet nun wieder etwas gleichmäßiger, aber ich sehe Angst in ihrem Blick.

Also trete ich ans Fußende, hebe das dünne Laken an und versuche, mir nicht anmerken zu lassen, wie sehr ich mich erschrecke. Elizabeths schmale, elegante Füße sind so geschwollen, dass ich sie nicht mehr wiedererkenne. Sie sehen aus, als wären sie mit Wasser vollgepumpt, und die Haut glänzt. Am liebsten würde ich sie gar nicht anfassen. Aber das ist Elizabeth, meine Mutter. Als ich in ihr herangewachsen bin, muss sie auch diese Schmerzen gehabt haben.

Ich nehme den Waschlappen, lege ihn über einen ihrer Füße und massiere ihn sanft, massiere ihre geschwollenen Zehen. Dabei versuche ich mir vorzustellen, wie sie mit Blumen im Haar durchs Gras läuft und ihr Lachen Flügel bekommt und zwischen den Bäumen verschwindet. Oder wie das Baby auf der Wiese liegt und den Vögeln dabei zusieht, wie sie zu den Wolken hinauffliegen.

Elizabeth ist eingeschlafen. Sie atmet ruhig und ich glaube, im Moment kann sie den Schmerz nicht spüren.

Ich lege meinen Kopf auf ihr Bett, schließe die Augen und lasse Ellis ins Zimmer. Sie haben sein Blut weggewischt und er setzt sich zu mir. Er lächelt. Aber da, wo seine Hand war, ist nur Luft.

Genug. Ich werde nicht mehr essen. Und ich werde nicht mehr trinken. Er hat mir alles genommen, aber dieses Letzte kann er mir nicht nehmen. Es ist meine Entscheidung. Weiterzuleben oder nicht weiterzuleben.

Er liebt mich, er liebt mich nicht. Er liebt mich, er liebt mich nicht. Er kontrolliert mich, er kontrolliert mich nicht.

Damit ist jetzt Schluss.

Papa S ist hier. Er kommt mit dem Essen. Ich presse den Mund fest zu und versiegele ihn mit all den Jahren, die er mich eingesperrt hat. Er wirft den Löffel hin und zerrt an meinen Lippen herum. Er versucht, sie mit Gewalt zu öffnen, doch ich presse die Kiefer fest aufeinander. Weil ich nicht essen werde und nicht trinken. Ich werde nicht länger seine Marionette sein.

Ich trete nach dem Teller und er fällt herunter. Ich schlage um mich und stoße dabei sein kostbares Wasser um.

Jetzt flammt Wut in seinen Augen auf. Seine Arme zittern und er hält mir Mund und Nase zu.

Ich kann nicht atmen. Es ist das, was ich will, aber ich kann nicht atmen und bin noch nicht bereit. Noch nicht. Nicht so. Ich wehre mich, aber gegen ihn bin ich nichts.

Plötzlich lässt er mich los und die abgestandene Luft strömt in meine Lunge.

Bevor er geht, boxt er mir fest in den Bauch.

Er schließt die Tür leise hinter sich.

ACHTUNDZWANZIG

Kate kommt Hand in Hand mit Papa S zur Morgenmahlzeit. Sie hält sich eine Blume an die Lippen, aber diesmal schaut sie mich an. Ihre Augen sind voll Feuer. Papa S lächelt nicht.

Wir vollziehen das Ritual wie immer, aber heute erscheint es künstlich. Es sind zu viele freie Plätze am Tisch und durch meinen Kopf kreisen zu viele Gedanken. Die vier Tage, die Ellis jetzt weg ist, sind zu lang.

»Fangt an zu essen«, sagt Papa S. Und wir tun es. Aber der Haferbrei schmeckt falsch. Alles fühlt sich falsch an.

Heute ist unser freier Tag, aber Kate wird bei Papa S bleiben müssen und Ellis ist nicht da. Ich darf gar nicht an ihn denken und daran, was sie ihm antun. Pate Smith sitzt neben Papa S, aber sie sprechen nicht miteinander. Normalerweise würden sie die Köpfe zusammenstecken und sich anlächeln und zusammen lachen. Aber Papa S schiebt mit starrer Miene den Löffel in seinen Mund. Pate John schweigt ebenfalls und ihr Unbehagen verbreitet sich über den ganzen Tisch, bis hin zu den Kindern.

Linda bewegt sich kaum während des Essens. Die trockenen Stellen auf ihrer Haut sind zurück und sie hat sie aufgekratzt. Glücklicherweise hat Papa S ihr verboten, zum Krankenhaus zu fahren, aber seit Ellis weg ist, hat sich wieder die dünne graue Wolke um sie gelegt.

Wir essen den Haferbrei. Bobby tippt Jack an.

»Wir bauen im Wald eine Höhle«, sagt er leise.

Jack lächelt ihn an. »Ich helfe euch«, sagt er.

Sonst sagt niemand ein Wort.

Am Himmel sammeln sich Wolken, aber es sieht nicht so aus, als würde es regnen. Dazu sind die Wolken zu hell und zu weit entfernt. Und das Blau des Himmels will nicht verschwinden.

Ich habe einen Korb mit Essen dabei, bei dessen Zubereitung Bobby mir geholfen hat, und er trägt einen Armvoll Bambusstöcke. Sein Blick ist starr auf den Wald vor uns gerichtet. Sophie und Ruby laufen mit einer ausgebreiteten Decke zwischen sich vor uns über das Feld. Ihr Gelächter wärmt die Luft. Ich hätte gern ein bisschen von ihrer Fröhlichkeit, aber ohne Ellis ist einfach nichts gut.

Ich stelle mir vor, er wäre hier. Vielleicht würde er die Bambusstöcke tragen. Vielleicht würde er Sophie fangen, sie in die Decke einrollen und in die Luft werfen. Aber dann sehe ich wieder vor mir, wie er in das blutrote Laken gewickelt ist.

»Alles in Ordnung?«, fragt Jack. Er trägt ein dickes Seil über der Schulter.

»Ja«, sage ich, aber Jack kennt mich zu gut, um mir zu glauben.

»Er wird wieder gesund«, sagt er. »Pate Smith sagt, dass er in ein paar Tagen wiederkommt.«

Aber er wird nicht wieder gesund, oder?, möchte ich sagen. *Er wird nie wieder ganz gesund.*

»Hat Pate John dir denn erzählt, wie es passiert ist?«

Jack rückt das Seil auf seiner Schulter zurecht. »Er sagt, dass die Maschine abgerutscht ist.«

»Und glaubst du ihm?« Ziehe ich das, was Pate John gesagt hat, tatsächlich in Zweifel?

»Ich muss ihm glauben«, sagt Jack schließlich. Er geht schneller und ich weiß, dass er nicht mehr darüber sprechen will.

Wir laufen in den Wald. Die Luft ist grün und ich sauge ihre Schönheit in mich auf. Bobby bekommt die Führung übertragen. Wir folgen der kleinen Gestalt, die die sperrigen Bambusstöcke umklammert, und schlängeln uns zwischen den hohen Bäumen hindurch, bis er sich für eine Stelle entscheidet. Ich weiß nicht, warum er gerade diese ausgesucht hat, aber so ist es nun mal.

»Sollen wir zuerst Zweige sammeln gehen?«, fragt Jack.

»Nein«, sagt Bobby. »Als Erstes sammeln wir Laub.« Also tun wir es. Wir legen die Decke hin und füllen sie mit Laub, das wir mit den Händen vom Waldboden schaufeln. Jack und ich unterhalten uns dabei schweigend mit Blicken.

Wir sind gerade dabei, das Laub zu verteilen, das den Boden der Höhle auskleiden soll, als ich in der Nähe ein Geräusch höre. Ich schaue hoch, aber da ist niemand. Dann sehe ich jemanden um einen der Stämme herumfassen. Auch wenn sein Gesicht nur ganz kurz dahinter zum Vorschein kommt, ich weiß sofort, wer es ist.

Simon.

Ich sollte mich zwar von ihm fernhalten, tue es aber nicht. Während Jack eifrig Zweige sammelt, gehe ich zu dem Jungen aus der Draußenwelt. Ich schaue hinter dem Baum nach und da steht er. Seine Miene ist weich, besorgt. Wir stehen dicht beieinander und bleiben auch so, damit man uns nicht sieht.

»Warum bist du hier?« Seine Nähe zu ertragen kostet mich einige Überwindung.

»Wo ist Kate?« Mir dreht sich der Magen um, als er ihren Namen ausspricht, und ich weiß nicht, was ich tun soll.

»Sie ist nicht hier.«

»Ich muss sie sehen.« Sein Atem ist so nah, dass er sich mit meinem vermischt. Meine Arme kribbeln, aber ich zwinge mich, so stehen zu bleiben.

»Warum?«, frage ich. »Warum musst du sie sehen?«

»Sie hat gesagt, sie würde sich hier mit mir treffen.«

»Das würde sie niemals sagen. Sie kennt dich doch kaum.«

Simon schaut mir in die Augen. »Ich kenne sie seit Monaten.«

»Seit Monaten?« Lügt er?

»Wo ist sie?«

»Sie ist nicht hier«, wiederhole ich. Ich weiß, dass ich weggehen sollte.

Simon berührt mich am Arm. »Ich warte hier. Holst du sie für mich her?« Seine Augen sind anders als die von Ellis. Sie sind leuchtend blau und seine Wimpern sind hell. »Machst du das?«, fragt er.

»Sie kann nicht herkommen«, sage ich und mache meinen Arm los.

Jetzt wirkt er nicht mehr so ruhig. »Warum nicht? Wo ist sie? Ist sie bei ihm?«

»Bei wem?«, frage ich.

»Bei dem alten Mann«, sagt er.

Jetzt weiß ich, dass er gehen muss. »Du bist hier nicht willkommen«, sage ich zu ihm. Eigentlich will ich mich umdrehen und ihn einfach dort stehenlassen. Aber irgendetwas hält mich zurück und ich schaue ihn an. Betrachte seine Haut aus der Draußenwelt, seine Stirn, seine Augen. Er ist keiner von uns, aber er ist wie wir und irgendetwas sagt mir, dass er nicht böse ist.

Schließlich ist Simon derjenige, der sich umdreht und geht. »Sag ihr, dass ich wiederkomme«, bittet er.

Dann ist er weg.

Ich bleibe dort stehen, weil ich nicht weiß, was ich tun soll. Früher war alles so klar, so eindeutig. Aber jetzt sind meine Gedanken wie verschlungene Wurzeln. Ich kann nicht sagen, wo sie anfangen, und ihr Ende liegt unauffindbar im Dunkeln, ganz egal, wie sehr ich mich bemühe.

Jack knotet das Seil an einen Baum. Seine Bewegungen wirken entschlossen und er reißt so heftig an dem Seil, dass es ihm fast in die Haut schneidet.

»Wer war das?«, fragt er leise, weil die Kinder in der Nähe sind; sie schichten die Zweige, die sie gefunden haben, aufeinander. Und ich habe geglaubt, er hätte uns nicht gesehen. Ich möchte nicht antworten, aber ich werde Jack nicht belügen.

»Simon«, sage ich.

»Simon?« Jack zieht das Seil stramm und wickelt das Ende um den nächsten Baum. Die Kinder kommen angerannt und legen Zweige an das gespannte Seil; sie sollen die Wände ihrer Höhle bilden. Bobby leitet sie an.

»Ja«, sage ich. Reicht das nicht?

Wir winden Efeu um die Zweige, um sie stabiler zu machen. Dabei spüre ich die ganze Zeit Jacks Blicke auf mir. Dann ziehen Ruby und Sophie die Decke ins Innere und Bobby geht mit dem Korb hinterher.

Jack und ich stehen allein vor der Höhle aus Zweigen.

»Was wollte er?«, fragt Jack.

»Zu Kate.«

»Zu Kate?« Als ich ihn anschaue, wirkt er verletzt, nicht wütend.

»Sie haben sich auf dem Markt kennengelernt«, flüstere ich. Mehr werde ich ihm nicht sagen. »Ich weiß nicht, was ich jetzt machen soll.«

»Wir müssen es den Paten erzählen«, sagt er.

»Nein.« Ich weiß, dass es falsch ist, aber ich möchte nicht, dass sie es herausfinden.

»Warum nicht?«, fragt Jack verwirrt. Aber wie soll ich es ihm erklären? Es ist, als wäre das Puzzle meines Lebens auseinandergenommen und falsch wieder zusammengesetzt worden. Ich brauche jemanden, der die einzelnen Teile wieder an die richtige Stelle legt, eines nach dem anderen.

»Ich weiß nicht, Jack. Ich habe Angst, dass Kate Schwierigkeiten bekommt.«

Jack zieht seine Hosenträger wieder über die Schultern und blickt sich um. Sucht er Simon? Oder glaubt er, dass die Bäume ihm Antworten geben?

»In Ordnung«, sagt er, klingt aber unsicher. »Wir erzählen es den Paten nicht. Aber wenn wir ihn noch einmal sehen, sage ich es ihnen.«

Ruby kommt aus der Höhle gestürmt. »Wir sind fertig«, ruft sie und ihr Lächeln passt so gar nicht zu meinen Gedanken. Sie zieht uns in die Höhle. Die Kinder haben aus unserem Proviant ein richtiges Festessen zusammengestellt: Es gibt kirschrote Tomaten, Gurkenstücke und geschälte, hart gekochte Eier.

Kate sitzt allein am Küchentisch, als wir zurückkommen. Den Kindern ist kalt; sie haben sich unter der Decke aneinandergeschmiegt und flitzen gleich nach oben in ihre Betten. Meine Knöchel sind eiskalt. Jack und ich haben viel zu lange die Füße im See baumeln lassen. Dabei haben wir versucht, die Sache mit Ellis zu verstehen, und uns gefragt, wann er wohl nach Hause kommt.

»Wo seid ihr gewesen?«, fragt Kate. Sie klingt müde.

»Im Wald«, sage ich. »Ich dachte, du wärst bei Papa S.«

»War ich auch. Aber jetzt nicht mehr.«

Jack sieht betreten aus. Bestimmt denkt er an Simon. Er geht aus der Küche und wir hören ihn durch die Diele weggehen.

»Was ist los, Kate?«, frage ich und greife nach ihrer Hand. »Bist du denn noch seine Gefährtin?«

Kate antwortet nicht, schüttelt nur den Kopf. Plötzlich weint sie. Sie versucht, die Tränen zurückzuhalten, um zu verhindern, dass ihr Lebensgeist ihren Körper verlässt, aber es geht nicht. So habe ich sie noch nie gesehen. Ich rücke mit dem Stuhl zu ihr hin und lege meine Arme um sie.

»Was ist denn?«, frage ich. »Es wird alles wieder gut.« Aber Kates Tränen fließen weiter. Ihr Körper bebt unter meinen Armen.

Die Tür geht auf und Heather stürmt herein. »Ich konnte euch schon auf der Treppe hören«, sagt sie. »Psst! Still jetzt!« Sie streicht Kate die Haare aus den Augen und als die beiden sich anschauen, fühle ich mich wieder wie ein Kind. Sie teilen etwas, von dem ich nichts weiß.

Kate schnappt laut nach Luft. Heather füllt ein Glas mit Wasser und reicht es ihr. Ich muss an Simon denken, der sich zwischen den Bäumen versteckt hat. Ist er vielleicht nur bis zum Waldrand gelaufen? Verbirgt er sich jetzt noch dort? Im Schutz der nahenden Dunkelheit?

Ich betrachte Kate. Ihre Augen sind rot vom Weinen. *Sag es ihr*, hat er mich gebeten. *Sag ihr, dass ich wiederkomme.*

Aber ich sage kein Wort.

»Kate«, flüstere ich von meinem Bett aus. Wahrscheinlich schläft sie. Ich liege schon eine Ewigkeit wach, lausche darauf, wie Ruby und Sophie atmen, und betrachte durch den Spalt im Vorhang den trüben Nachthimmel.

»Ja«, antwortet Kate. Sie klingt hellwach.

Den Weg zu ihrem Bett zu finden ist nicht schwer. Ich setze mich ans Fußende und schlage die Arme um meine Knie. »Er war wieder hier«, flüstere ich. Jetzt ist es heraus. »Simon.«

Kate setzt sich sofort auf. Ihr Gesicht ist so dicht vor meinem, dass ich es sehen kann, aber seinen Ausdruck kann ich nicht erkennen. »Wo?«

»Im Wald. Er hat nach dir gefragt.«

Sie lächelt und ihr Gesicht strahlt.

»Er ist aus der Draußenwelt, Kate. Er darf nicht mehr herkommen.« Ich möchte ihr sagen, dass ich Bescheid weiß. Dass ich ihr Geheimnis kenne.

»Hat ihn sonst noch jemand gesehen?«

Ich schaue auf meine Arme, die verschränkt um meine Beine liegen. »Jack.«

»Jack hat Simon gesehen?«

»Ja.«

»Was hat er gesagt?«

»Er hat gesagt, beim nächsten Mal erzählt er es den Paten.« Sophie dreht sich in ihrem Bett um, aber sie schläft tief und fest. »Du musst dafür sorgen, dass er nicht mehr herkommt, Kate.« Aber sie schüttelt den Kopf. Ich bekomme Panik. »Du musst! Er ist aus der Draußenwelt. Er wird dich vergiften.«

»Unsinn. Ellis ist auch aus der Draußenwelt. Und Sophie und Linda auch.«

»Das ist etwas anderes.«

»Und warum?« Kate starrt mich an und ich weiß keine Antwort. »Ich mag ihn«, sagt sie ganz leise.

»Aber es ist unrecht, Kate.« Ich muss an Jack denken. Daran, wie verletzt er aussah, nachdem er Simon zwischen den Bäumen gesehen hatte.

»Nein. An diesen Gefühlen ist nichts Unrechtes.« Sie ballt die Fäuste und legt sie auf ihr Herz.

Und ich verstehe sie. Weil ich dasselbe für Ellis empfinde, seit ich ihn zum ersten Mal gesehen habe.

»Was willst du jetzt tun?«

Kate sieht mich mit großen Augen an. »Ich weiß es nicht«, sagt sie.

Aus dem Flur dringt ein Geräusch zu uns. Das Haus knarrt, wie immer, wenn wir schlafen.

»Ich weiß es nicht«, flüstert Kate noch einmal.

Nein. Ich stoße ihn weg. Meine Arme sind schwach, aber ich kann nach ihm schlagen. Und ich werfe den Kopf hin und her, damit er mir den Löffel nicht zwischen die Zähne schieben kann.

Nein.

Mein Leben, nicht deins. Meine Entscheidung, nicht deine.

Er boxt mich fest auf den Arm, bevor er geht. Der Schmerz vermischt sich mit dem in meinem Bauch und dem in meinem Kopf. In meinem Blut schwimmen kleine Schlangen und quetschen sich an meinen Knochen vorbei.

Ich bin bei meiner Tochter. Heute ist es das blonde Mädchen und wir laufen Hand in Hand über die Wiese. Ich pflücke Blumen und flechte sie ihr ins Haar. Sie lässt ihre Haare jetzt wachsen und sie sind wie meine. Vielleicht ist sie mein Kind.

Ich bin zu müde, um aufzustehen und hinauszuschauen. Also liege ich hier und bin bei ihr und halte ihre Hand.

Halte meine Hand, meine Tochter.

Ich gehe.

Halte meine Hand.

NEUNUNDZWANZIG

Das Licht geht an. Wir werden aus dem Schlaf gerissen. Rachel steht in der Tür und ich kann sehen, dass die Sonne draußen noch nicht aufgegangen ist. Aber tiefdunkel ist es auch nicht mehr. Der Morgen ist nah.

»Papa S möchte, dass wir alle in den Adlerraum kommen«, sagt sie.

Sophie rekelt sich in ihrem Bett. Sie hat wieder mit Ruby in einem Bett geschlafen. Das machen die beiden schon seit fünf Nächten, seit Ellis weggebracht wurde.

Wir gehen schweigend die Treppe hinunter, nachdem wir uns verschlafen angezogen haben. Es ist kalt. Der Herbst ist definitiv nicht mehr weit. Im Adlerraum stellen wir uns im Kreis auf. Ich muss lächeln, als ich in einer Ecke die Truhe mit den in Rocksäume eingenähten Botschaften erspähe. Das Zimmer entfaltet seinen Zauber wie immer, und während wir dastehen und uns an den Händen halten, weiß ich, dass alle anderen dasselbe empfinden wie ich. Ein Glücksgefühl, das um die geschlossenen Vorhänge herumwirbelt und bis an die rot gestrichenen Wände heranreicht. Es ist das erste Mal, dass ich glücklich bin, seit Ellis weg ist. Ich hoffe, dass Linda es auch fühlt. Hier kann uns nichts etwas anhaben.

Als Papa S hereinkommt, küssen wir unsere Handflächen und halten sie ihm entgegen. Er lächelt und nimmt seinen Platz in unserer Mitte ein. Ich schaue Kate nicht an, drücke aber ihre Hand.

»Meine Familie«, sagt Papa S und seine Stimme weht zu mir her. Er dreht sich um sich selbst, um jeden Einzelnen von uns anschauen zu können. Als unsere Blicke sich treffen, lächele ich ihn an. »Die Natur hat uns gemacht. Die Natur kennt uns. Die Natur sieht jede Bewegung und jeden Gedanken.« Ich spüre ein Kribbeln der Angst im Nacken. Ich muss mich auf Papa S konzentrieren, auf sein weises, wunderbares Gesicht, das ihm hilft, uns anzuleiten.

»Wir können nicht alle perfekt sein«, sagt er, »aber wir können unsere Fehler korrigieren. Den Schmutz abwaschen. Uns reinigen …« Er macht eine Pause. Und dreht sich dabei langsam weiter. »Ich habe eine Kiste gebaut. Aus dem Holz, das die Natur uns schenkt. Sie ist groß genug für all die Gedanken, die euch niederdrücken. Sie wird eure Schuld aufnehmen und wir werden sie darin einschließen. Danach übergeben wir sie dem Feuer, damit ihr gereinigt werdet.« Seine Stimme wird lauter und er führt die Hände über den Kopf.

Ich erhasche einen Blick auf Jack, der zu Papa S aufschaut. Er sieht wieder wie unser richtiger Jack aus, der Jack, der nie unglücklich ist. Das gibt mir Hoffnung. In jeder Beziehung. Simon wird verschwinden. Kate wird glücklich werden. Ellis wird nach Hause kommen und meine Gedanken werden rein sein.

Papa S verlässt den Raum. Bobby schaut schläfrig zu mir hoch.

»Das ist gut«, sage ich leise zu ihm. »Wir können alle unsere schlechten Gedanken in die Kiste legen.« Er sieht mich verwirrt an. »Schau einfach zu«, sage ich und zeige auf Pate John, der Rachel als Erste hinausführt. Niemand sagt ein Wort. Ich blicke zu Kate, aber sie starrt auf die Vorhänge und ich weiß nicht, was sie gerade denkt. Heather ist auch hier und einen Moment lang bekomme ich Angst um Elizabeth, die oben allein ist. Aber Heather lächelt mich an und nickt, und meine Sorgen verschwinden.

Pate John führt uns einzeln nacheinander hinaus. Als ich an der Reihe bin, streckt er mir seine Hand entgegen und ich nehme sie. Das Gefühl von seiner Haut auf meiner lässt tief in meinem Innern eine Erinnerung wach werden. Wir verlassen den Raum, gehen durch den Flur und klopfen an Papa S' Tür.

»Herein«, sagt Papa S. Pate John geht wieder und schließt die Tür hinter sich.

Auf dem Boden steht eine längliche Holzkiste. Sie sieht aus wie der Sarg, den Pate John einmal gebaut hat, um das Reh zu beerdigen, das wir auf der Wiese gefunden hatten. Aber dieser ist größer. Ich hätte liegend darin Platz.

Papa S muss mir mein Erstaunen ansehen. »Ich weiß«, sagt er. »Aber die Natur hat mir gesagt, dass sie so groß sein soll. Es gibt so viele unreine Gedanken.« Er schaut mich an und direkt in mich hinein. Ich spüre, wie seine Hand tief in mich hineingreift und Simons Knochen herauszieht. »Leg diese Gedanken in die Kiste«, sagt er. »Spuck sie aus. Befreie dich von ihnen.«

Also spucke ich alles in den Sarg. Das Simon-Geheimnis. Die unreinen Gedanken an Ellis. Ich spucke sie aus und fühle mich frei. Diese Gedanken sind tot.

»Danke«, sage ich, laufe zu Papa S und küsse ihn auf die Wange. Ich möchte mich an ihm festhalten, an allem, was gut ist. Er wirkt überrascht. Aber erfreut. Er legt seine Arme um mich und ich spüre, wie seine Güte in die Hohlräume sickert, die meine schlechten Gedanken hinterlassen haben. Er küsst mich auf den Kopf.

»Das hast du gut gemacht«, sagt er, dann zeigt er zur Tür. Ich laufe an dem Sarg vorbei aus seinem Zimmer.

Pate John sagt mir, dass ich hinausgehen und mit den anderen in der Einfahrt warten soll. Das Licht ist verblüffend. Es ist grau und die Sonne ist schwach, aber die Nacht ist so gut wie vorbei. Alle, die vor mir dran waren, stehen um einen riesigen Haufen aus Zweigen und Holzscheiten. Ein Freudenfeuer, das darauf wartet, entzündet zu werden.

Feuer. Das ist das Feuer. Papa S wird den Sarg verbrennen. Die Flammen werden uns für immer von unseren schlechten Gedanken befreien.

Ruby springt mir in die Arme und strahlt mich an. »Gleich gibt's ein Feuer.«

Bislang habe ich erst ein einziges Freudenfeuer erlebt und das ist schon Jahre her; da war Ruby noch nicht einmal geboren. Das Einzige, woran ich mich erinnere, sind die Hitze und die Intensität der Flammen.

Ich winke Bobby zu mir und er nimmt meine Hand. Zusammen schauen wir Pate Smith zu, der herumflattert wie eine Motte und einzelne Holzscheite tiefer in den Haufen steckt. Wir warten. Nach und nach kommen alle Mitglieder unserer Familie zum Freudenfeuer hinaus. Ich betrachte ihre Gesichter. Jack sieht sehr glücklich aus. Er lächelt befreit. Sogar Kates Augen leuchten auf, als sie das hoch aufgeschichtete Holz sieht.

Ich wünschte, Elizabeth könnte es auch sehen. Ich werde mir das Prasseln einprägen und ihr von der Hitze auf meiner Haut erzählen.

Wir warten.

Dann kommen sie, Papa S und Pate John. Sie tragen den Sarg zwischen sich, den unsere schlechten Gedanken offenbar sehr schwer gemacht haben. Er lastet auf ihren Schultern und ich möchte ihnen tragen helfen, aber sie winken ab, als Pate Smith und Jack einen Schritt vortreten. Der Sarg wird behutsam auf das Holz gelegt. Dann schichten sie weitere Zweige oben auf die Kiste. Jetzt dürfen wir mitmachen.

Der Holzhaufen wächst und wächst, bis der Sarg vollständig bedeckt ist.

Dann küsst Papa S seine Handflächen und reckt sie gen Himmel. Wir tun es ihm nach.

»Ihr seid frei!«, ruft er. Und ich fühle mich frei. Der Sarg mit meiner Schlechtigkeit ist unter den Holzscheiten verborgen und ich möchte tanzen vor Glück.

Papa S knüllt Papier zusammen und steckt es zwischen das Holz. Dann zündet er ein Streichholz an, hält es an das Papier und es fängt an zu brennen. Die winzige Flamme wird rasch größer. Papa S geht um den Haufen herum und zündet weitere kleine Feuer an. Die Zweige knacken und zischen, während die Flammen auf sie übergreifen und immer höher und höher schlagen.

Wir müssen ein Stück zurücktreten. Ruby springt aus meinem Arm und sie und Sophie klatschen lachend in die Hände. Bobby hält sich weiter an mir fest; das Feuer spiegelt sich in seinen Augen. Gelbe, rote, grüne Flammen, die immer größer und heißer werden, während sie das Holz verschlingen. Ich erhasche einen Blick auf den Sarg, als das Feuer auf sein Holz überspringt, und beobachte die glühend heißen Scheite. Das Holz des Sarges verbrennt.

Da ist eine Hand. Im Freudenfeuer ist eine Hand. Und in dem Sarg sind Haare. Sie verbrennen zischend und sind verschwunden.

Dann sehe ich ein Gesicht. Ich schreie und zeige darauf, aber das Feuer ist so laut.

»Jack!«, kreische ich und er schaut auf die Stelle, auf die ich zeige, aber die Flammen schlagen hoch und er kann nichts erkennen.

Jetzt sehe ich sie auch nicht mehr. Aber sie waren da. Ein Gesicht und eine Hand. Ich weiß es genau. Ich muss wohl immer noch schreien, denn Pate John hat seine Arme um mich gelegt. Ich deute schreiend auf das Feuer, aber Pate John drückt meine Hände nach unten. Dann dreht er meinen Kopf zu sich, aber ich möchte hinsehen. Ich möchte sicher sein. Ich mache mich von ihm los und die Hitze der Flammen schlägt mir ins Gesicht, als ich näher herangehe.

»Elizabeth!«, kreische ich. Ist sie das?

Sie schieben uns zurück zum Haus und ich renne los, zur Tür hinein und durch die Diele. Die Treppe hat zu viele Stufen. Dann bin ich oben. Meine Schritte hallen durch den Flur und ich stürze in Elizabeths Zimmer.

Sie liegt in ihrem Bett. Sie ist hier. Sie ist nicht in den Flammen. Ich darf sie nicht wecken. Ich laufe zu ihr, berühre ihr Gesicht. Sie ist echt. Und sie lebt.

»Pearl?«

Ich renne aus ihrem Zimmer zu Nana Willow. Als ich hineinstürme, sehe ich, dass ihre zarten Knochen sich unter der Decke abzeichnen. Und dass ihre Brust sich beim Atmen gleichmäßig hebt und senkt.

Wer war das, wenn es nicht dein Gesicht war, das in dem Sarg verbrannt ist, Nana Willow?, möchte ich schreien.

Ich knie auf dem kalten Fußboden des Badezimmers. Mir ist übel, aber es kommt nichts hoch. Ich hole tief Luft und atme langsam ein und aus.

Habe ich mir das eingebildet? Es ging alles so schnell.

Meine Haare kleben mir schweißnass am Hals, als ich an die Hitze des Feuers zurückdenke. Und an die Hand, an die schmelzenden Finger.

Es klopft jemand an die Tür. »Pearl?« Das ist Heather. »Ich muss die Morgenmahlzeit zubereiten. Setzt du dich solange zu Elizabeth?«

Mit zitternden Beinen stehe ich auf. Ich streiche meinen Rock glatt, gehe zum Waschbecken, drehe den Hahn auf und spritze mir kaltes Wasser ins Gesicht.

»Pearl?« Wieder Heather.

»Ich komme«, sage ich.

Dann öffne ich die Tür und gehe in Elizabeths Zimmer.

Ihr Zustand hat sich verschlechtert. Ihre Lippen sind sehr blass und sie verzieht das Gesicht vor Schmerz.

»Brauchst du etwas zu trinken?«, frage ich sie. Immer noch zitternd setze ich mich auf ihr Bett. Mein Magen beruhigt sich langsam, während mein Kopf weiter nach einem Sinn sucht. Elizabeth schüttelt den Kopf. Sie holt tief Luft, aber ihr Atem klingt rasselnd. Ihre geschwollenen roten Finger umklammern das Laken.

Sie schlägt die Augen auf und sieht mich an. »Ich habe Angst, Pearl«, sagt sie.

»Das brauchst du nicht«, sage ich, nehme ihre Hand und küsse sie. Da war eine Hand in dem Feuer. Ich möchte es Elizabeth erzählen, aber ich kann es nicht. »Du hast schon mal ein Baby bekommen.« Ich versuche zu lächeln. »Du wirst es schaffen.«

»Aber das war anders als jetzt«, sagt Elizabeth schwer atmend.

»Soll ich deinen Bauch ein bisschen mit Beerenöl einreiben?«

»Das hilft nicht«, sagt sie und ihre Worte gehen in schmerzvolles Keuchen über.

Ich habe auch Angst. Aber ich zeige es ihr nicht. Stattdessen küsse ich wieder ihre Hand. »Alles wird gut«, sage ich.

Elizabeth schließt die Augen.

DREISSIG

Während ich auf dem Bett sitze und mir die Haare bürste, habe ich permanent dieses Feuer im Ohr. Das Prasseln, als die Haare mit dem Knochen verschmolzen sind. Ich kneife die Augen zu, aber das Feuer ist immer noch da.

Als Heather ins Zimmer kommt, verschwindet es. »Papa S hat nach dir gefragt«, sagt sie. »Er möchte, dass du in sein Schlafgemach kommst.«

»Warum?«, frage ich und stehe auf. Aber ich weiß es. Das kann nur eines bedeuten. Dass ich seine neue Gefährtin werden soll.

»Er möchte, dass du in sein Schlafgemach kommst.«

»Jetzt?«, frage ich. Heather nickt nur. Hat sie verbotene Eifersuchtsgefühle? Ich sollte glücklich sein, aber Furcht drückt auf meinen Magen. »Was soll ich anziehen?«

Heather sieht mich an. Ich stehe im Nachthemd vor ihr. »Du kannst so bleiben«, sagt sie, dann geht sie aus dem Zimmer.

Ich schaue zu Kate, aber sie steckt gerade ihr Bettlaken fest. Sie steht mit dem Rücken zu mir und dreht sich nicht um. Ruby kommt angerannt und hopst auf meiner Matratze herum.

»Du wirst eine Gefährtin«, sagt sie und es klingt beinahe wie ein Gesang.

»Das wissen wir noch nicht«, sage ich zu ihr. Ich würde ihre Freude gern teilen und weiß nicht, warum ich es nicht kann.

»Doch, bestimmt!«, sagt sie und reckt ihre Arme zur Decke.

Papa S' Gefährtin zu werden. Das ist das, wovon wir alle träumen.

Ich ziehe meinen Bademantel über und schlüpfe in meine Pantoffeln. Es kommt mir unrecht vor, nur mit einem Nachthemd bekleidet in Papa S' Schlafzimmer zu gehen. Viel lieber würde ich einen von meinen Röcken tragen. Den seidenen oder den roten, den Rachel mir geschenkt hat.

Ich schaue erneut zu Kate, die sich gerade ihr Nachthemd über den Kopf zieht. »Wo muss ich denn hin?«, frage ich. »Kate?«

»Geh durch die Tür am Ende des Flurs«, antwortet sie, aber sie weicht meinem Blick aus.

»Wirklich?« Ich möchte, dass sie mir sagt, dass alles gut wird.

»Von da aus findest du den Weg.« Sie schaut nur ganz kurz zu mir, bevor sie zum Waschbecken in der Ecke geht und ihre Zahnbürste nimmt. Also verlasse ich ohne ein weiteres Wort das Zimmer.

Als ich den Flur hinuntergehe, kommt Jack die Treppe hoch. Er überspringt die letzten beiden Stufen, um mich einzuholen.

»Wo gehst du hin?«, fragt er.

Plötzlich werde ich verlegen. »Zu Papa S«, sage ich.

»Was, jetzt?«, fragt Jack verwundert.

»Ja.« Ich betrachte sein Gesicht und sehe, dass er langsam begreift.

»Oh«, sagt er. Ich nicke ihm zu und gehe dann weiter, weil ich weiß, wie bedeutungsvoll der Moment ist, in dem ich zum ersten Mal eine Gefährtin werde, und nicht möchte, dass Jack meine Unsicherheit bemerkt.

Im Flur ist niemand. Die leisen Geräusche aus den anderen Zimmern verlieren sich. Ich taste mich an der holzvertäfelten Wand entlang, spüre, wie glatt sie ist, und schließe kurz die Augen, damit da nichts anderes mehr ist, nur noch ich und ihre alten Geheimnisse. Ich atme die Luft ein, die Papa S auch einatmet, wenn er jeden Tag hier entlanggeht.

Als ich die Augen wieder aufschlage, bin ich schon fast an der Tür. Der Tür, durch die ich noch nie gegangen bin. Sie ist aus sehr dunklem, fast schwarzem Holz. Ihr Knauf hat die Form einer Lotosblume und ist glänzend lackiert. Ich lege meine Hand darauf, drehe ihn und drücke die Tür langsam auf.

Die Tür gibt keinen Laut von sich; es kann also niemand wissen, dass ich hindurchgegangen bin. Ich schließe sie hinter mir.

Nun stehe ich in einem weiteren, kurzen Flur. Da ist ein kleines rundes Fenster, von dem aus man bestimmt über die Felder schauen kann, aber ich sehe nur schwarze Dunkelheit. Mir ist kalt und ich ziehe den Bademantel fester um mich, während ich auf die Tür am anderen Ende zugehe.

Dort bleibe ich stehen und warte. Was soll ich ihm sagen? Wie soll ich sein? Wie werde ich zu seiner Gefährtin? Plötzlich bekomme ich riesige Angst und meine Füße bewegen sich nach hinten, aber die Tür schwingt auf. Und da steht Papa S.

»Pearl«, sagt er mit dieser Stimme, die ich liebe. Und jetzt verstehe ich gar nicht mehr, was mit mir los ist, denn es ist doch Papa S und damit alles, was zählt, oder nicht? Ich gehe auf ihn zu und will mich sicher fühlen, als er seine Arme um mich legt. »Lass dich anschauen«, sagt er und macht einen Schritt zurück. In diesem Licht sieht seine Haut älter aus an den Stellen, wo die Sonne sie berührt und faltig gemacht hat.

Er trägt einen langen Umhang aus schimmerndem Gold, der

bis zum Boden reicht. Ich muss mich zusammennehmen, um den Stoff nicht anzufassen. Seine langen grauen Haare, die über seine Schultern fließen, erinnern mich an einen Wasserfall im Mondschein.

»Komm herein«, sagt er und nimmt meine Hand. Ich halte die Hand von Papa S. Bin ich jetzt seine Gefährtin? Und davor hatte ich Angst? Ich würde am liebsten lachen vor Erleichterung.

Als wir in seinem Zimmer sind, bleibe ich stehen, weil ich so etwas noch nie gesehen habe. Ringsum hängen Wandteppiche mit Sonnenuntergängen und Vögeln und Blumen. Ich erinnere mich an die langen Winterstunden, die ich damit verbracht habe, den anderen Frauen bei ihrer Arbeit mit den bunten Fäden zuzusehen. Ich habe im Schneidersitz mit meiner eigenen Stickarbeit danebengesessen, die Nadel durch die Löcher gesteckt und mir damit immer wieder in den Finger gestochen, aber nie so schlimm, dass Blut kam.

»Hier«, sagt Papa S. Er hält immer noch meine Hand und führt mich in eine Ecke des Zimmers. Ich erkenne ihn sofort. Das ist der kleine Wandteppich mit einem Rotkehlchen, den ich vor ein paar Jahren gemacht habe. Ich muss kichern, als mir wieder einfällt, wie frustriert ich war, weil es so schwer war, den Schnabel richtig hinzubekommen. Und wie groß meine Sorge war, nicht mehr genug Rot für das Brustgefieder zu haben. Ganz unten ist mit schwarzem Faden mein Name eingestickt.

Papa S lächelt. »Er ist sehr gut.«

Hier ist der Fußboden mit Teppich ausgelegt. Aber er ist nicht wie der Teppich im Wohnzimmer, der schon sehr verschlissen ist, sondern tief und weich. Papa S sieht, dass ich ihn betrachte.

»Er hat die Farbe von Perlen«, sagt er. »Warum ziehst du nicht deine Pantoffeln aus? Dann kannst du ihn an den Füßen spüren.«

Ich blicke zu ihm hoch und er nickt. Also tue ich es. Es fühlt sich an, wie auf Wolken zu gehen.

Ich betrachte die schweren Vorhänge, die bis auf den Boden reichen und zugezogen sind. Und in der Mitte des Zimmers steht das größte Bett, das ich je gesehen habe. An allen vier Ecken ragen Stangen auf und rundherum fallen von oben Stoffbahnen herab.

»Es ist sehr friedlich hier, nicht wahr?«, sagt Papa S.

»Ja«, sage ich und klinge wie ein Kind.

»Legen wir uns hin«, sagt er. Und ich folge ihm, weiterhin an seiner Hand, zu dem Bett.

Wir kriechen nicht unter die Decke, sondern liegen Seite an Seite da und halten uns an den Händen. Mein Herz klopft so laut, dass ich mich frage, ob Papa S es hören kann. Endlich bin ich in seinem Schlafgemach. Endlich sehe ich, wie es aussieht. Ich bin allein mit Papa S. Und es kann sein, dass ich sogar seine Gefährtin bin.

Ich spüre, wie Papa S meine Hand drückt. Seine Hand fühlt sich anders an als Elizabeths oder Jacks oder Kates. Sie ist größer und knochiger. Ich höre seinen Atem neben mir. Da ich es nicht wage, ihn anzusehen, schaue ich den roten Samt über meinem Kopf an. Aber warum bin ich nicht glücklich? Warum fühlt sich das alles irgendwie nicht richtig an? Die leisen Zweifel, die mich schon die ganze Zeit begleiten, machen sich nun lauter bemerkbar.

»Gefällt es dir?«, fragt Papa S schließlich. Seine Stimme hilft mir, mich daran zu erinnern, was ich für ihn empfinde. Und daran, dass ich im Schlafgemach des wichtigsten Menschen meiner Welt bin.

»Ja, sehr«, sage ich und schaue ihn an, und er lächelt. Ich freue mich, dass ich das Richtige gesagt habe, dass er mit mir zufrieden ist.

»Mein Umhang ist aus Satin«, sagt er.

»Er sieht aus wie goldenes Wasser«, erwidere ich.

»Möchtest du ihn anfassen?« Seine Augen versenken sich in meine. Aber aus irgendeinem Grund möchte ich das nicht. »Komm«, sagt Papa S und zieht meine Hand sanft auf seinen Umhang. Er bewegt meine Finger so, dass sie über den Stoff streichen. Er hat Recht. Ich habe noch nie so etwas Weiches berührt. Aber darunter spüre ich sein Bein und ich möchte es nicht anfassen.

Ich schaffe es, meine Hand wegzuziehen. Er sieht mich an und ich habe Angst, dass ich ihn beleidigt habe.

»Noch nie habe ich so etwas Schönes gefühlt«, sage ich lächelnd und er lächelt zurück.

Ich bin in Papa S' Bett. Was würde Kate sagen, wenn sie mich jetzt sehen könnte? Sie muss ebenfalls hier gewesen sein. Hat sie das auch verunsichert? Wollte sie auch weglaufen? Ich atme ein und versuche, ihren Duft in den Luftschichten des Zimmers zu erhaschen, aber da ist nichts.

»Lass mich dir etwas erzählen, Pearl«, sagt Papa S leise. »Die Natur ist sehr mächtig und manchmal tut sie Dinge, die wir einfach nicht verstehen. Aber sie beherrscht uns alle. Unsere Tage, unsere Nächte, das Essen, das wir zu uns nehmen, das Wasser, das wir trinken.« Er macht eine Pause und leckt sich über die Lippen, als wären sie trocken. »Wir müssen auf das hören, was die Natur uns sagt. Und manchmal müssen wir Dinge tun, die uns sehr verunsichern. Aber sie sind immer das, was die Natur will, und sie sind immer gut.« Er schaut mich an und irgendetwas in seinem Blick sagt mir, dass ich ihn verärgert habe. »Verstehst du, Pearl?«

Ich nicke, obwohl ich nicht weiß, was er meint.

»Gut.« Dann lässt er meine Hand los, wendet sich von mir ab und schaltet das Licht aus.

Wir sind von Dunkelheit umgeben. Totaler Finsternis.

Ich liege da, aber Papa S sagt nichts mehr. Soll ich so schlafen?

In meiner Erinnerung taucht der aufbrechende Sarg auf und die Flammen, die durch ihn hindurchkriechen. Sie winden sich um das Gesicht und schmelzen die Haut.

Ich spüre, wie die Wände näher rücken. Die Dunkelheit erstickt mich. Ich möchte weglaufen, aber ich kann mich weder bewegen noch atmen.

Papa S berührt meinen Arm.

Und ich finde es grässlich.

»Wer war in dem Sarg?«, frage ich. Meine Stimme klingt fremd in diesem Zimmer. Er zieht seine Hand zurück. »Wer war das in dem Feuer?«

Ich setze mich auf und suche in der Dunkelheit nach seinem Gesicht. Aber ich kann ihn nicht sehen. Nur hören. Ein leises, tierähnliches Knurren.

»Pearl?«, sagt er und seine Stimme klingt heiser. »Das Gift hat dich erreicht. Ich muss dich reinigen.«

Er bewegt sich auf mich zu. Die Matratze quietscht, sein Umhang raschelt.

Ich springe vom Bett und renne blindlings auf die Stelle zu, wo ich die Tür vermute.

»Pearl!« Seine Stimme ist streng und versucht, mich zurückzuziehen, aber ich werde nicht zurückgehen. Ich halte meine Arme ausgestreckt vor mich. Ich spüre die Wand, den groben Stoff der Wandteppiche. Ich taste mich daran entlang, bis ich Holz unter meinen Fingern spüre. Das muss die Tür sein. Meine Finger ertasten den Knauf. Seine Lotosform liegt gezackt in meiner Hand.

Ich höre, wie Papa S auf mich zukommt. Seine Hand ist auf meiner Schulter. Seine Finger bohren sich tief in meine Haut. »Du wirst bestraft werden«, flüstert er.

Ich drehe den Knauf. Und gehe.

Ich bin draußen vor seinem Schlafgemach. Ich bin frei. Der Boden ist kalt und hart unter meinen Füßen, als ich weglaufe. Meine Pantoffeln sind noch in seinem Zimmer, neben dem Bett von Papa S. Aber ich kann nicht dorthin zurückgehen. Ich werde nie wieder dorthin zurückgehen.

Jetzt habe ich auch die zweite Tür hinter mir gelassen. Ich habe Angst vor etwas, das ich nicht verstehe. Im Flur ist es still. Alle Lichter sind aus und es ist still, also müssen alle schlafen. Meine nackten Füße klingen klebrig auf dem Fußboden.

An meiner Zimmertür steht jemand. Ich gehe auf die Gestalt zu und als ich näher komme, erkenne ich Heather.

»Alles in Ordnung, Pearl?«, fragt sie.

Ich nicke. Ich möchte nicht, dass sie mehr Fragen stellt. Heather nimmt mich in den Arm. Ich dachte, sie wäre vielleicht eifersüchtig, weil ich bei Papa S war, aber sie hat so etwas Seltsames an sich, etwas Trauriges.

»Geh jetzt schlafen«, sagt sie. »Morgen ist ein neuer Tag.« Sie wendet sich von mir ab und geht zurück zu ihrem Zimmer. Ich mache die wenigen Schritte bis zu meinem und drücke vorsichtig die Tür auf. Ich höre Schlafgeräusche, taste mich bis zu meinem Bett vor und schlüpfe unter die Decke. Die Kälte wirkt wie ein Schock. Ich hoffe, sie betäubt meine Gedanken.

EINUNDDREISSIG

Ellis steht in der Küche. Zehn Tage war er weg, aber jetzt ist er wieder da. Ich sollte mich zurückhalten, doch ich tue es nicht – ich laufe zu ihm und er legt einen Arm um mich. Den anderen, dick verbundenen, lässt er an seiner Seite hängen.

»Wir haben dich vermisst«, sage ich. Ich löse mich von ihm und wir lächeln uns an. Jetzt kann ich alles andere vergessen. Ellis ist hier. Er ist nach Hause gekommen.

»Ich habe euch auch vermisst«, sagt er.

Kate kommt herein. Sie bleibt in der Tür stehen und schaut ihn an. »Hallo du«, sagt sie mit einem Lächeln in den Augen. In mir regt sich Eifersucht, doch ich vertreibe sie. Sie geht zu ihm und ich schaue zu, während sie ihn auf die Wange küsst.

Ich möchte dazwischengehen und sie daran erinnern, dass ich auch hier bin.

»Das Krankenhaus hat dich also geheilt«, sagt Kate.

»Natürlich«, antwortet Ellis. Und es ist wahr. Er ist hier, lebendig. Ihm scheint dort nichts Schlimmes widerfahren zu sein.

»Ich muss Elizabeth etwas zu trinken bringen«, sagt Kate. Sie wendet sich ab, öffnet den Kühlschrank und holt eine Flasche Milch heraus.

»Wie geht es ihr?«, fragt Ellis.

»Nicht so gut«, sagt Kate leise.

»Haben sie dir etwas angetan?«, frage ich.

Ellis lacht fast. »Nein. Aber das Essen war wirklich schlecht.«

»Und deine Hand?«, frage ich. Kate erstarrt, dann höre ich, wie sie die Milch in ein Glas schüttet. Ellis zuckt die Achseln, aber seine Bewegung wirkt steif und er presst die Kiefer zusammen.

»Tut mir leid«, sage ich.

»Schon gut«, erwidert er.

»Wie ist das passiert?«, frage ich. »Bist du zu nah an die Maschine herangegangen?« Er schüttelt den Kopf, aber dann öffnet sich plötzlich die Tür und Linda kommt herein. Sie trocknet sich die Hände an ihrer Schürze ab.

»Ich wollte dich besuchen kommen«, sagt sie fast wie zu sich selbst. Dann drückt sie ihn fest an sich.

»Mir geht's gut, Mum«, sagt Ellis verlegen. Er lächelt nicht einmal.

Sie legt zärtlich die Hand an seine Wange. »Du bist zurückgekommen«, flüstert sie. Ellis sagt nichts. »Du gehörst hierher.« Und zum ersten Mal seit Tagen sehe ich Linda lächeln. Dann lacht sie, aber als sie Ellis erneut an sich drückt, erwidert er die Umarmung nicht.

Mit dem Eintreten von Pate John verändert sich etwas in der Luft. Er geht zu Ellis und legt ihm die Hand auf die Schulter. »Wie geht es dir?«, fragt er.

Ellis rückt von ihm ab. »Ging nie besser«, antwortet er und starrt Pate John lange an.

»Du hast geholfen, ihn zu retten«, sagt Linda. Sie geht auf Pate John zu, küsst ihre Handfläche und legt sie auf seinen Oberkörper. Auf seinen Wangen erscheinen zartrosa Flecken; er legt die Arme um sie und sie drückt ihren Kopf an seine Brust wie ein Kind. Sie sieht geborgen aus, als könnte nichts auf der Welt ihr etwas anhaben.

»Ich möchte, dass er nie wieder auch nur in die Nähe dieses Krankenhauses kommt«, sagt Linda.

»Sie haben mir da das Leben gerettet«, sagt Ellis.

»Wenn du nicht so viel Blut verloren hättest, hätte ich das niemals erlaubt«, sagt Linda.

»Jetzt ist er ja wieder da.« Pate John lächelt sie an. »Das ist das Einzige, was zählt.«

Ellis verlässt das Zimmer. Ich gebe dem Drang nach, ihm zu folgen. Draußen in der Diele strecke ich den Arm nach ihm aus und meine Hand landet auf seinem Verband. Ich bekomme Gänsehaut, lasse es mir aber nicht anmerken.

Während er im Krankenhaus war, habe ich die ganze Zeit gehofft, dass sich alle irren. Dass Ellis irgendwann zurückkommt und wieder mit Ruby auf dem Schoß Klavier spielt.

Der Verband fühlt sich grob an unter meinen Fingern.

Ellis zieht seinen Arm weg. »Was arbeitest du denn heute?«, fragt er.

Als ich ihm in die Augen sehe, erkenne ich, dass er verändert ist. Vielleicht haben sie ihm ja doch etwas angetan. »Ich bin im Obstgarten. Mit Kate und den Kindern.«

»Dann komme ich mit«, sagt Ellis. In dem Moment tritt Pate John aus der Küche.

»Schon wieder bereit für die Arbeit, Ellis?«, fragt er. Hat er gelauscht?

»Ich helfe Pearl im Obstgarten«, erwidert Ellis. Aus der Küche dringt Abwaschlärm zu uns. Das Geklapper der sauberen Teller auf dem Abtropfgitter.

»Ich bin nicht sicher, ob das so eine gute Idee ist«, sagt Pate John. Er ist größer als Ellis und steht dicht vor ihm.

»Mit einer Hand kann ich schlecht an den Motoren arbeiten«, sagt Ellis. Dann dreht er Pate John den Rücken zu und geht weg. Ich halte den Atem an. In der Küche lässt jemand Wasser laufen.

Pate John schaut mich an. Er rührt sich nicht vom Fleck und sieht verloren aus. Ich sollte ihn trösten, tue es aber nicht.

»Sei vorsichtig«, sagt er zu mir. Als ich seine Worte höre, laufe ich hinaus.

Die Kinder warten schon draußen bei den Körben. Sophie und Ruby tanzen um Ellis herum und er streckt den Arm nach ihren Köpfen aus, während sie sich ducken und ihm ausweichen. Ich höre nur ihr Gelächter. Jetzt wird alles wieder besser. Der Herbst wird kürzere Tage bringen und wir werden uns alle aneinanderschmiegen und den Geschichten lauschen, die die Paten uns erzählen. Es gibt so vieles, worauf wir uns freuen können.

»Gut, wer möchte diesen hier?«, frage ich und halte den kleinsten Korb hoch. Bobby blickt von dem Stockhäufchen auf, das er aufgeschichtet hat.

»Wird das ein Ameisenhaus?«, frage ich ihn.

»Nein, ein Freudenfeuer«, sagt er.

Die Haut ist geschmolzen.

»Wir haben ein Freudenfeuer gemacht«, erklärt Sophie Ellis. Sie zieht an seiner Hand und hüpft von einem Bein auf das andere.

Die Erinnerung bringt auch die Übelkeit zurück. Nachts hält das verbrennende Gesicht mich wach. Es schleicht sich bis in mein Bett. Die Hand hält mir den Mund zu, damit ich nicht schreien kann.

Ich atme die frische Luft ein. »Hier«, sage ich und lege den Korb in Sophies Arme, damit sie aufhört, von den Flammen zu erzählen.

Kate kommt gerade in dem Moment heraus, als wir über die Wiese gehen. Sie rennt, um uns einzuholen, und zieht ihren Rock dabei so hoch, dass man ihre nackten Oberschenkel sehen kann. »Wie hast du es geschafft, nicht in der Scheune arbeiten zu müssen?«, fragt sie, als sie bei uns ankommt.

»Ich habe Pate John gesagt, dass ich mit euch gehe«, antwortet Ellis.

Kate schaut ihn an. »Wer zuerst da ist«, ruft sie lachend und sprintet mit ihrem Korb in der Hand los. Ellis läuft ihr nach und überholt sie spielend. Ich renne ebenfalls, sehe dabei aber immer nur den Verband an Ellis' Arm. Mit dieser Hand kann er keinen Korb festhalten. Er wird die Äpfel nicht mit beiden Händen pflücken können. Ich möchte schreien. Ich möchte, dass die Zeit zurückläuft. Zurück zu den sonnigen Stunden am See, als Ellis noch mit beiden Händen das Wasser durchpflügt hat. Zurück zu den glücklichen Tagen.

Der Obstgarten hängt voller Früchte. Ich küsse meine Handfläche und lege sie an den großzügigen Stamm eines Baums. Wenn ich die Augen schließe, höre ich das Herz darin. Ich muss mich daran erinnern, dass Saat gut ist. Dass die Natur uns beschützt. Dass wir hier sicher sind und frei.

»Dieser hier?«, bricht Ellis den Zauber. Er steht mit Kate unter den Ästen. Sie steckt ihren Rock in ihre Unterhose und macht sich daran, den Baum zu erklimmen.

»Wirf deinen Korb hoch«, sagt sie zu ihm, als sie einen guten Platz gefunden hat und ihren eigenen Korb an einen stabilen Zweig gehängt hat.

»Nein, das schaffe ich schon«, sagt er und klettert hinterher. Er ist langsam, unbeholfen und drückt da, wo er eigentlich mit der Hand hingreifen müsste, seinen Arm an die Rinde. Ich möchte den

Blick abwenden. Und ich möchte ihm helfen. Doch ich tue weder das eine noch das andere. Als er oben angekommen ist, lacht Kate ihn an.

»Na, das hat ja gedauert«, sagt sie, dann setzt sie sich rittlings auf ihren Ast, legt sich flach auf den Bauch und zieht sich daran entlang.

»Du solltest mich lieber festhalten. Ich möchte nicht runterfallen«, sagt sie und schaut über die Schulter zurück zu Ellis.

Er legt seine Hand auf ihr nacktes Bein. Sie verharrt in dieser Position und reckt den Arm, um an einen Apfel heranzureichen.

»Bist du bereit, Pearl?«, fragt sie und ich laufe genau in dem Moment unter sie, als sie den ersten Apfel abpflückt und vom Baum fallen lässt. »Gut gefangen«, sagt sie lachend, als ich ihn in den Korb lege. Dann fällt der nächste herab und noch einer. Und die ganze Zeit liegt Ellis' Hand auf ihrem Bein.

Wir pflücken Äpfel, bis die Körbe fast zu schwer zum Tragen sind. Die Kinder sind bereits zum Haus vorgerannt, so dass wir langsam gehen können, nur wir drei.

Der Himmel ist weiß. Vielleicht gibt es Regen.

»Pearl hat jemanden in dem Feuer gesehen«, sagt Kate. Ich schaue sie an. Sie hat mich gefragt, warum ich geschrien habe, und ich habe es ihr beim Eiersuchen im Flüsterton erzählt. Allerdings hatte ich nicht erwartet, dass sie es weitererzählt.

»Wie meinst du das?«, fragt Ellis. Aber er lacht mich nicht aus, so wie Kate es getan hat.

»Sie hat Körperteile in den Flammen gesehen«, sagt sie. Ich nehme meinen Korb in die andere Hand und starre geradeaus auf das Haus, dem wir uns nähern.

»Was für Körperteile?«, fragt Ellis.

»Eine Hand und ein Gesicht«, antwortet Kate. Ihre Stimme wispert wie der Wind.

»Ich habe es wirklich gesehen, Kate«, sage ich und die Hitze kriecht mir den Hals hoch. »Bobby glaubt mir. Er hat es auch gesehen.«

Ellis schaut mich an, als wollte er etwas sagen, aber er bremst sich, als Ruby aus der Küche gerannt kommt.

»Pearl«, ruft sie. »Linda sagt, du sollst kalte Waschlappen zu Elizabeth bringen.« Ich stelle den Korb im Gras ab und laufe ins Haus.

In Elizabeths Zimmer riecht es unangenehm süß. Sie windet sich in ihrem Bett, während Linda versucht, ein Tuch auf ihre geschwollenen Arme zu halten.

»Kommt das Baby?«, frage ich. Aus der Schüssel, die ich hereintrage, schwappt kaltes Wasser auf den Holzfußboden.

»Ich weiß es nicht«, antwortet Linda. Sie schaut mich an und ich weiß, dass sie Angst hat. Elizabeths blonde Haare sind in feuchten Strähnen über das Kissen verteilt. Sie knirscht mit den Zähnen und wirft ihren Kopf hin und her. Ich stelle die Schüssel auf den Tisch neben die Blumen, die Jack heute Morgen gepflückt hat. Dann wringe ich den Waschlappen aus und drücke ihn auf ihre Stirn.

»Ich bin hier, Elizabeth«, flüstere ich ihr ins Ohr.

»Pearl?«, sagt sie, schlägt die Augen aber nicht auf.

»Ja«, sage ich. »Ich bin hier.« Der kalte Waschlappen scheint sie zu beruhigen. Also lasse ich ihn dort liegen.

»Hilf mir«, presst Elizabeth zwischen den Zähnen hervor. Sie öffnet die Augen und greift nach mir.

»Was können wir tun?«, frage ich Linda, während sie ihr Tuch ausspült.

»Das hier hilft, ihr Fieber zu senken. Und wir müssen versuchen, sie dazu zu bringen, etwas zu essen. Sie braucht Kraft, um ihr Baby zur Welt zu bringen.«

Elizabeth stöhnt. Sie windet sich wieder und dreht sich auf die Seite. Ihre Hände krallen sich in das Kissen.

Plötzlich werde ich wütend. Weil dieses Baby ihr das antut. Ich will, dass das Baby verschwindet; es soll zusammenschrumpfen, bis nichts mehr davon übrig ist. Es soll aufhören, Elizabeths Haut so aufzuschwemmen, und sie mit uns herumlaufen, kochen und essen lassen.

Elizabeths geschwollene Finger umklammern das Kissen. Ihre Haare winden sich wie weißer Efeu um ihren Hals. Sie flüstert etwas, immer wieder und wieder.

»Schnell«, sagt sie. Nur das. »Schnell.«

ZWEIUNDDREISSIG

An diesem düsteren Tag, an dem nichts gut zu sein scheint, kommt Papa S zu uns. Er hat uns unter dem Nachmittagshimmel versammelt und wir sitzen am Rand der Wiese, während es langsam kalt wird. Ich wollte bei Elizabeth bleiben, aber er hat es nicht erlaubt. Sie hat geschlafen, als ich ging, trotzdem gefällt mir die Vorstellung nicht, dass sie allein dort ist.

Papa S lässt seinen Blick über uns schweifen; auf jedem Einzelnen von uns verharrt er kurz. Ich warte darauf, dass unsere Blicke sich begegnen. Seit ich in seinem Schlafgemach war, hat er nicht mehr mit mir gesprochen und ich erwarte, dass er wütend auf mich ist. Doch er lächelt. Hat er vergessen, dass ich vor ihm davongerannt bin? Dass er mich bestrafen will? Auch jetzt möchte ich vor lauter Angst weglaufen, aber Papa S hält mich mit seinem unsichtbaren Faden fest.

Er wird den Anfang machen, wie immer. Selbst die Kinder rühren sich nicht. Sie wagen kaum zu atmen. Vielleicht haben sie Angst, so wie ich früher.

Wir alle schauen zu, während Papa S sein Messer nimmt und es in seine Haut drückt. Die Klinge schneidet in seine Haut und leuchtend rotes Blut quillt heraus. Er hebt die Hand an Heathers

Lippen und sie nimmt sein Blut in sich auf. Ihre Augen sind geschlossen. Er hat sie auserwählt. Das hier passiert nur ein Mal im Jahr und er hat sie auserwählt.

Rachel sitzt auf der anderen Seite von Papa S. Er reicht das Messer an sie weiter und wir betrachten ihre Haut, während sie es in ihre Handfläche presst. Sie zuckt nicht mit der Wimper, als das Blut heraussickert, und führt ihre Hand an Papa S' erwartungsvolle Lippen.

Bobby nimmt das Messer und wir sehen, wie er es in seine kleine Handfläche drückt. Seine Haut öffnet sich nicht. Er versucht es mit mehr Kraft; in seinen Augen steht eine Mischung aus Panik und Besorgnis.

Pate Smith geht durch den Kreis und presst das Messer sanft in Bobbys Handfläche, bis Blut austritt. Stolz hält Bobby Sophie seine Hand hin, aber sie schaut ihn nur verwundert an.

»Na los«, ermuntert Linda sie. Sophies Kopf schnellt nach vorn und sie verzieht angeekelt das Gesicht, als sie Bobbys Blut an ihrem Mund spürt.

Dann reicht Bobby das Messer an Sophie weiter.

»Ich will nicht«, höre ich sie flüstern.

»Doch, du musst«, sagt Linda. Sophies Lippen beben. Sie wird vor Papa S in Tränen ausbrechen. Irgendjemand bewegt sich auf seinem Platz. Es ist Ellis. Er will aufstehen, aber Kate hält ihn an seinem verbundenen Arm fest. Also bleibt er sitzen, aber er macht eine Faust und schaut wütend vor sich hin.

Wir alle schauen auf Sophie, die immer noch das Messer in der Hand hält. Vielleicht sagt Papa S ihr ja, dass sie es nicht machen muss, dass sie noch zu klein ist, zu neu? Aber er sagt kein Wort. Sein Lächeln ist verschwunden und er starrt sie an. Ich möchte, dass er sie tröstet, doch er tut es nicht.

Linda nimmt das Messer und umfasst das kleine Handgelenk ihrer Tochter. »Es tut nicht weh«, sagt Linda leise, aber Sophie schreit, als Linda das Messer in ihre Handfläche drückt. Dann leckt Linda ihr Blut weg. »Siehst du, schon vorbei.« Sophie wird still.

Als Ruby an der Reihe ist, hilft Pate John ihr. Sie zuckt zusammen, aber sie weint nicht. Nun wird das Messer an Ellis weitergereicht, aber er gibt es weiter.

»Ich helfe dir«, sagt Pate Smith und will zu ihm hingehen.

»Nein, ich mache das nicht«, antwortet Ellis und wirft Pate Smith einen entschlossenen Blick zu. Niemand sonst regt sich. Dann reicht Kate das Messer ebenfalls weiter, an Jack. Was tut sie? Wir haben das schon so oft gemacht. Wir lieben dieses Ritual doch. Oder? Es stärkt den Zusammenhalt unserer Familie, bindet uns aneinander. Ich kann Papa S nicht anschauen. Aber ich höre das wütende Schnaufen von Pate John neben mir.

Jack zögert. Kate überlegt es sich doch sicherlich noch mal? Nein, tut sie nicht. Also ritzt Jack in seine Haut. Er streckt Kate seine blutende Handfläche entgegen, aber sie sieht ihn nur an und schüttelt sanft den Kopf. Jack blickt errötend auf das Blut in seiner Hand und reicht das Messer an mich weiter.

Meine Linke liegt in meinem Schoß; die Handfläche zeigt zur Sonne. Langsam presse ich die Klinge in meine Haut. Da sie die Haut nicht aufritzt, drücke ich fester zu. Es tut weh, doch ich ignoriere den Schmerz. Ich spüre, wie meine Haut sich öffnet und Blut herausquillt. Zuerst ist es nur ein Tropfen, deshalb ritze ich noch ein bisschen weiter, bis sich eine rote Lache in meiner Hand gebildet hat.

Jack sitzt neben mir. Ich führe meine Hand an seine Lippen. Er schaut mir in die Augen, während er mein Blut in seinen Mund aufnimmt. Wir sind eins und nichts wird uns jemals trennen.

Ich wende mich Pate John auf meiner anderen Seite zu. Er schneidet sich in die Hand und hält meinen Kopf, als ich sein Blut auflecke. Der Geschmack erschreckt mich. Es ist, als würde sich rostiges Metall in der roten Flüssigkeit verbergen, aber ich lasse mir nichts anmerken. Es fühlt sich falsch an. Zum ersten Mal fühlt es sich falsch an.

Normalerweise bleiben wir jetzt noch eine Weile im Kreis sitzen und halten uns an den Händen. Als Familie. Aber heute stößt Papa S stattdessen einen Laut aus, der wie ein Knurren klingt, und steht plötzlich auf.

»Das hat deine Rückkehr in die Draußenwelt also bewirkt!« Seine Worte stürmen auf Ellis ein. »Die Ärzte haben Gift in dein Blut geträufelt.«

Ellis schaut ihn unverwandt an. Papa S wirft den Kopf ruckartig in den Nacken. »Bestrafe sie!«, schreit er in den Himmel. Seine Gesichtszüge sind wutverzerrt, seine Augen weit aufgerissen, der Blick kalt. Das ist nicht der Papa S, den ich kenne. »Bestrafe sie!«, schreit er erneut und seine Worte sind wie Stahl in meinem Bauch.

Bitte nicht, sage ich insgeheim zu mir selbst. *Bitte, Natur, bitte nicht.*

Auf dem Weg zurück zum Haus nimmt Bobby meine Hand. Als er mich anschaut, sehe ich einen seltsamen Ausdruck in seinen Augen.

»Die Frau ist weg«, flüstert er mir zu.

»Welche Frau?«, frage ich.

»Die Frau hinter dem Fenster«, sagt er.

»Wer?«

»Sie hat in dem Zimmer gewohnt. Und jetzt ist sie weg.«

»In welchem Zimmer?«, frage ich. Bobby schaut zu den anderen, die zurück zum Haus gehen. Da sie uns den Rücken zuwenden, zeigt er auf das Dachfenster ganz oben. Dann blickt er mich an, als müsste ich verstehen.

»Da ist niemand«, sage ich ihm.

»Aber da war jemand. Sie hat da gewohnt«, sagt Bobby schnell.

Ich lächele ihn an. »Die Sonne muss dir einen Streich gespielt haben.«

»Nein«, sagt er wütend. »Sie war da. Und jetzt ist sie weg.«

»Wenn sie jetzt weg ist, brauchst du dir ja keine Sorgen zu machen.« Ich lächele ihn erneut an, schaue jedoch wieder zu dem Fenster hoch.

»Aber wo ist sie hin?«, fragt Bobby.

»Komm«, sage ich. »Sie fangen schon mit der Feldarbeit an.« Ich zeige auf Kate, die gerade mit einem Korb in jeder Hand aus der Hintertür kommt.

Ich gehe weiter und Bobby folgt mir. Er ist direkt neben mir und starrt unverwandt auf das Dachfenster. Ich schaue ebenfalls hoch, aber da ist nichts. Weder eine optische Täuschung noch ein Schatten.

Dann senke ich schnell den Blick. Ich spüre, dass Papa S uns beobachtet, und ich möchte nicht, dass er es sieht.

DREIUNDDREISSIG

Ich bleibe die ganze Nacht über bei Elizabeth. Die Schmerzen haben so weit nachgelassen, dass sie etwas essen konnte, wenn auch wenig. Doch ihr gesamter Körper scheint in Flammen zu stehen. Die Hitze der Haut an ihrem Bauch ist sogar durch das Laken hindurch zu spüren. Und trotzdem sagt sie, dass das Baby noch nicht kommt. Linda hat Saft von der Hemlocktanne in Elizabeths Mund geträufelt und Heather ihre Füße mit feuchten Ampferblättern umwickelt, aber nichts hilft gegen die Schwellung. Nichts zeigt Wirkung.

Durch die Ritzen im Fußboden dringt Musik nach oben. Ein Ton jagt den nächsten. Elizabeth wacht auf und lächelt. So viel Leben habe ich schon seit Tagen nicht mehr in ihren Augen gesehen, aber die Klavierklänge können zaubern. Sicherlich spielt Ellis wieder. Nur mit einer Hand, aber er kann trotzdem noch spielen.

»Geh zu ihm«, sagt Elizabeth und berührt mein Gesicht. Ich möchte sie nicht allein lassen, aber sie ist ganz ruhig und Ellis spielt wieder.

»Ich schicke Heather zu dir«, sage ich und küsse sie auf die Wange.

Ich folge den Tönen. Sie begrüßen mich oben an der Treppe und halten meine Hand, während ich hinuntergehe. Die Musik führt mich durch den Flur und drückt die Tür zum Gemeinschaftsraum auf.

Ellis sitzt am Klavier. Mit dem Rücken zu mir. Leise gehe ich durch die stürmischen Klänge zu ihm hin. Er hört nicht auf zu spielen. Seine Haare sind ihm ins Gesicht gefallen, seine Lippen leicht geöffnet, als wollte er etwas sagen. Die Musik ist nicht so volltönend wie zuvor, aber dennoch schwillt sie an und wird lauter und füllt den Raum, indem sie mit ihrer Kraft die Luft in jeder Ecke verwirbelt. Ich setze mich neben ihn und lege meinen Arm um seine Taille.

Er ist wieder zu uns nach Hause gekommen.

»Du spielst wunderschön.«

Plötzlich schlägt er mit der Faust auf die Tasten. Er zittert am ganzen Körper. Dann schlägt er den Klavierdeckel zu. Ich versuche, weiterhin meinen Arm um ihn zu halten, aber er macht mir Angst. Ich habe schon Zorn erlebt, aber das hier ist noch viel schlimmer.

»Er wird nicht ungestraft davonkommen«, sagt er und wendet sich mit wütendem Blick zu mir um.

»Wer?«, frage ich. »Haben sie dir im Krankenhaus etwas angetan?«

Ellis rückt von mir ab. Er schüttelt den Kopf über mich. »Siehst du es denn wirklich nicht, Pearl? Oder willst du es nur nicht sehen?«, fragt er ruhig.

»Was denn, Ellis? Du machst mir Angst. Was haben sie mit dir gemacht?«

Er packt meinen Arm und sieht mir in die Augen. Er ist so nah, dass ich seinen Atem auf meinen Wangen spüre. Ich schreie nicht.

Ich will, dass er mich loslässt. Aber ich will auch, dass er mich küsst.

Er hebt seinen verbundenen Arm. »Das hier war kein Unfall, Pearl«, sagt er. Er wendet den Blick nicht von mir ab.

»Was willst du damit sagen?«, frage ich. Aber irgendwo tief in mir drin spüre ich, dass ich die Wahrheit bereits kenne.

»Das war dein heiß geliebter Pate John«, sagt Ellis.

»Das würde er nicht tun«, sage ich.

»Ach nein?«

»Warum sollte er?«

»Um mich zu warnen. Weil ich die Wahrheit weiß«, sagt er leise. »Ich weiß, wie er wirklich ist. Ich weiß, dass alles hier auf Lügen gründet. Und Macht. Und Angst.« Ellis nimmt meine Hand und ich lasse ihn gewähren. Das Gefühl, das seine Berührung auslöst, fließt durch meinen ganzen Körper. »Pate John hat mir gedroht, Pearl. Er hat gesagt, wenn ich den Ärzten erzähle, was er gemacht hat und dass wir hier wohnen, tut er meiner Mum etwas an. Und Sophie auch.« Ich will meine Hand wegziehen, aber er lässt es nicht zu. »Ich weiß jetzt, wozu er fähig ist.«

»Du lügst.«

»Nein, Papa S ist der Lügner. Er wurde nicht von der Natur auserwählt. Er ist ein ganz normaler Mann in albernen Klamotten, dem es Spaß macht, euch alle herumzukommandieren.«

Ich will mir die Ohren zuhalten, aber Ellis schiebt meine Hände weg. Dabei reibt sein Verband über meine Haut.

»Hör mir zu, Pearl. Die Welt da draußen ist gar nicht so schlecht. Papa S hat sich das nur ausgedacht, um euch zu zwingen hierzubleiben.«

»Niemand zwingt mich«, sage ich und ziehe meinen Kopf abrupt von seiner Hand weg.

Ellis starrt mich an. In seinen Augen sehe ich Wut, aber auch noch etwas anderes. Er steht auf. Er tritt mit voller Wucht gegen die Wand und stürmt dann aus dem Zimmer.

Dein heiß geliebter Pate John. Das waren Ellis' Worte.

Es war kein Unfall.

VIERUNDDREISSIG

»Lasst uns rausgehen und uns den Sonnenuntergang von der Senke aus anschauen«, sagt Kate. Wir sind fertig mit dem Abwasch und Jack hilft uns, das Geschirr wegzuräumen.

»Kann ich auch mitkommen?«, fragt Sophie. Sie sitzt auf Ellis' Schoß am Tisch. Sie basteln ein Spielzeug für Elizabeths Baby, indem sie einige Stöckchen mit Hilfe von Fäden miteinander verweben.

»Heute nicht«, sagt Ellis. »Es ist zu spät. Du solltest lieber schlafen gehen.«

»Zuerst muss ich das hier aber Elizabeth geben«, sagt sie. Und schon ist sie aufgesprungen und aus der Küche gerannt.

»Die Senke«, sagt Ellis. »Seit ich zurück bin, war ich noch gar nicht wieder dort.« Er steht auf und reckt die Arme über den Kopf. Der Anblick seines Verbands wirbelt meine Gedanken durcheinander. Was Ellis über Pate John und Papa S gesagt hat, ist jetzt in meinem Kopf und ich werde es nicht mehr los.

»Dann lasst uns gehen, bevor uns jemand aufhält«, sagt Kate. Ich höre auf zu wischen und lege das Tuch weg. Jack zögert.

»Los, komm«, sage ich und greife nach seiner Hand. Ich möchte, dass alles wieder normal wird. Ich möchte vergessen.

Also gehen wir alle zusammen leise durch die Küchentür hinaus und schauen nicht zurück, während wir über die Felder laufen.

Jack ist schon wieder größer geworden, fällt mir auf, während wir nebeneinander hergehen. Seine Hand fühlt sich stark an in meiner und er hat eine beruhigende Wirkung auf mich. So vieles hat sich verändert, aber ich brauche ihn nur anzusehen und schon bin ich wieder an einem Ort, an dem ich glücklich bin.

Ich atme die feucht werdende Luft und beobachte einen Bussard, der träge über uns seine Kreise zieht.

»Hier entlang«, sagt Kate. Wir folgen ihr am Feldrand entlang zu den Himbeersträuchern. Sie hängen voller reifer Früchte und Kate pflückt eine ab. Sie schließt die Augen und steckt sie in den Mund.

»Kate«, flüstere ich. »Jetzt ist doch keine Erntezeit.«

»Sie werden es nicht merken.« Lächelnd pflückt sie noch eine Himbeere ab und reicht sie mir. Ich blicke mich um. Vom Haus aus kann man uns nicht sehen. Die Himbeere liegt weich in meinen Fingern.

Alles hier gründet auf Lügen. Auf Macht.

Ellis und Jack schauen zu, während ich mir die Himbeere in den Mund schiebe. Sie fühlt sich samtig an auf meiner Zunge.

Kate nimmt ihr Kopftuch ab und wir füllen es nach und nach mit Beeren. Dann bindet sie ein Säckchen daraus und wir gehen zusammen weiter.

Wir laufen am Waldrand vorbei und zu dem Feld dahinter. Von hier aus sieht man die Senke noch nicht, aber wenn man näher herangeht, scheinen sich die Farben zu verändern. Kate stürmt voraus und als sie plötzlich verschwindet, weiß ich, dass sie dort angelangt ist.

Wir kommen an den Rand und spähen hinunter. Kate liegt auf dem Rücken und sieht zu uns hoch. Wir laufen zu ihr nach unten und fallen dabei fast über unsere Beine. Der Himmel ist unglaublich schön. Leuchtendes Blau verschmilzt mit orangefarbenen und roten Flammen.

»Wahnsinn«, sagt Ellis. Die Natur übergießt uns mit den Farben des Feuers.

Ich schiebe die Erinnerung an die brennenden Haare und die schmelzende Haut weg. Und an die Wut von Papa S, als ich ihn danach gefragt habe.

»Es ist kalt«, sagt Kate. Sie setzt sich auf und knotet ihr Kopftuch auf. Hier unten sieht das Häufchen Himbeeren ganz klein aus. Kate nimmt eine und steckt sie Jack wortlos in den Mund.

Ellis bricht das Schweigen. »Wie geht's den Motoren?«

Es wird schon dunkler, aber Jacks rotes Zahnfleisch kann ich noch sehen, als er lacht. »Wie immer«, sagt er.

»Macht ihr immer noch die mit Zauberöl?«, fragt Ellis.

Jack nickt. »Wir bemühen uns«, sagt er. Ich suche nach Anzeichen von Zweifeln in seiner Miene, finde aber keine.

Ellis schüttelt den Kopf und schaut mich an. Sind das auch alles Lügen? Die vielen Stunden, die Jack damit verbracht hat, das Öl in die Motoren zu reiben? Das Öl, das laut Pate John die Umweltverschmutzung bekämpft? Ich bekomme Kopfweh bei dem Gedanken. Ich fühle mich ganz unsicher, so als ob die Erde unter mir wackeln und schwanken würde. Und ich möchte, dass das alles aufhört.

Der Zweifel soll verschwinden. Ich will nur die Schönheit von Saat kennen. Ich will an die Zaubermotoren glauben. Und hören, wie Ellis mit beiden Händen Klavier spielt.

Ich schließe die Augen und wenn ich sie gleich wieder aufschlage, will ich in der Küche stehen und aus dem Fenster schauen und es ist heller Tag, und Linda, Ellis und Sophie kommen mit ihrem Auto zum ersten Mal die Einfahrt hochgefahren.

Aber ich bin noch immer in der Senke.

Die Sonne sinkt und zieht das Blau mit sich, saugt es nach unten.

»Möchtest du nicht manchmal hier weg, Jack?«, fragt Ellis. Jack antwortet nicht.

»Ich habe darüber nachgedacht«, sagt Kate. Irgendwo schreit ein Fuchs.

»Tu das nicht, Kate«, sage ich. »Denk nicht an so was.«

»Aber nichts ist mehr richtig«, sagt sie leise.

»Das ist nicht wahr.«

»Dann erklär es mir, Pearl«, sagt Ellis scharf. Er setzt sich auf und selbst in dem schwachen Licht sehe ich, dass er wütend ist. »Was ist denn hier richtig?« Er versucht, meine Hand zu nehmen, aber ich ziehe sie entschlossen weg. »Siehst du, dir fällt nichts ein.«

»Das ist nicht wahr.«

Plötzlich steht Ellis auf. Ich denke, dass er noch etwas sagen will, aber er kraxelt einfach nach oben und ist innerhalb von Sekunden verschwunden. Ich möchte die Arme ausstrecken und ihn zu mir zurückziehen. Was hält mich zurück?

»Danke, Pearl«, sagt Kate. Sie hebt ihr Kopftuch auf und die Himbeeren kullern auf die Erde. Mit wenigen Schritten ist sie nach oben gelaufen und verschwunden.

Jack und ich bleiben ganz still liegen. Wir sehen zu, wie der schwarze Himmel alles andere verdrängt und der Mond schweigend seine Flügel ausbreitet.

»Denkst du denn manchmal darüber nach, von hier wegzugehen, Jack?« Ich spreche so leise, dass ich es selbst kaum höre.

Er schaut mich nicht an. »Ja, manchmal«, antwortet er.

»Warum?«, frage ich.

»Ich weiß es nicht. Aber manchmal …«

Ich möchte nicht weitersprechen, tue es aber trotzdem. »Ellis sagt, dass es kein Unfall war. Das mit seiner Hand.«

Ich spüre, wie Jack neben mir nickt. »Ich weiß«, sagt er. »Aber das ist nicht wahr. Der Schock verfälscht seine Erinnerung.«

»Glaubst du das wirklich?«

»Ich weiß es nicht«, sagt Jack leise. Dann steht er auf. »Komm.«

Er hält meine Hand, während wir hochgehen. Als wir oben sind, liegt ein silbernes Licht über dem Feld.

»Der Schönheit der Natur können wir niemals entkommen«, sage ich.

»Das möchte ich auch nicht«, antwortet Jack und wir tasten uns vorsichtig zum Haus zurück.

Es fühlt sich an, als hätte ich ein fest aufgerolltes Wollknäuel im Kopf, in das all meine Gedanken mit eingewickelt sind. Ich möchte das Ende finden und daran ziehen, um alles wieder zu entwirren. Aber sosehr ich auch suche, ich finde es nicht. Und Papa S und Pate John und all die Worte von Ellis bleiben zusammengeschnürt in meinem Kopf.

Jack stützt mich, während wir über das Feld und die Wiese gehen. Er hält meine Hand weiter fest, als wir die Küchentür aufdrücken. Und er lässt sie auch nicht los, als wir Linda weinend an der Spüle stehen sehen.

FÜNFUNDDREISSIG

»Was ist los?«, frage ich. Linda dreht sich um und schaut mich an. Sie versucht nicht einmal, ihre Tränen zurückzuhalten.

Ich renne los, bevor sie antworten kann.

Elizabeth liegt in ihrem Bett. Ihr Gesicht ist aufgequollen und ihre Augen sind angstgeweitet. Ich erkenne sie kaum noch wieder. Heather hält getrocknete Blütenblätter an ihre Stirn.

»Was ist los?«, frage ich.

»Ihr geht es gut«, sagt Heather, aber sie weicht meinem Blick aus.

»Nein«, sagt Elizabeth durch ihren schwarz werdenden Atem. »Nein.«

Ich gehe zu ihr und Heather macht mir Platz. Dabei fällt eins der Blütenblätter herab und landet in Elizabeths schweißnassen Haaren.

»Ist es schlimmer geworden?«, frage ich.

Elizabeth packt meine Hand. »Ja«, sagt sie.

»Ich hole frisches Wasser«, sagt Heather. Sie nimmt den Waschlappen und die Schüssel und lässt mich mit Elizabeth allein.

»Du musst uns helfen«, sagt Elizabeth. Ihr Bauch hebt sich unter dem Laken, als sie einatmet.

»Heather bringt kaltes Wasser. Dann fühlst du dich bald besser«, sage ich.

»Nein«, sagt Elizabeth. Sie drückt meine Hand. »Hör mir zu, Pearl. Beim letzten Mal war es nicht so.« Sie dreht den Kopf weg. Ihre Zähne sind fest zusammengebissen, ihr Hals gerötet.

»Schsch«, beruhige ich sie. »Das Baby kommt bestimmt bald.« Aber in diesem Zimmer ist Angst; sie klopft bei mir an und wartet darauf, eingelassen zu werden.

»Ich sterbe, Pearl. Und mein Baby stirbt mit mir.«

Nein. Das kann sie nicht ernst meinen. Sie bekommt ein Baby. Bald wird sie unser Baby in den Armen halten. Aber sie weint. Elizabeth weint.

»Du musst Hilfe holen, Pearl. Bitte. Ich möchte nicht, dass meine Zeit schon gekommen ist.«

»Wie denn? Hilfe woher?«

Elizabeths Atem geht rasselnd. »Bitte, hilf mir.« Sie kneift die Augen zu vor Schmerzen.

Ich weiß, dass ich ihr einen Arzt holen muss. Die Ärzte haben auch Ellis geholfen. Sie waren nicht schlecht, sie haben ihm das Leben gerettet. Papa S hat Unrecht. Die Natur kann nicht alles heilen.

Die Ärzte haben Gift in sein Blut geträufelt.

Nein. Nein, Ellis ist ein guter Mensch.

»Bitte«, flüstert Elizabeth.

Gerade als ich ihr einen Kuss auf die Stirn drücke, kommt Heather wieder herein. Sie hat frisches Wasser mitgebracht.

Ich gehe aus dem Zimmer, eile die Treppe hinunter und schlüpfe durch die Haustür in die Nacht hinaus.

Niemand folgt mir. Niemand ruft hinter mir her. Also renne ich los. Ich weiß nicht, was ich tun soll, aber ich werde Elizabeth nicht sterben lassen und auch ihr Baby nicht. Ich laufe den Schotterweg auf die Bäume am Rand der Einfahrt zu und erwarte die ganze Zeit, eine Hand auf meiner Schulter zu spüren. Oder dass Papa S aus der Dunkelheit auf mich zutritt. Aber er kommt nicht.

Nun habe ich die Bäume erreicht. Doch ich bleibe nicht stehen. Ich renne durch die Finsternis zum Tor am Ende des Weges, hinter dem die Draußenwelt beginnt.

Und dann bin ich auf der Straße. Es ist dunkel. Wohin soll ich laufen? In beiden Richtungen sieht es gleich aus. Ich erkenne nichts als schwarze Leere. Dann entscheide ich mich, weil ich es muss. Ich kann nicht stehen bleiben, ich darf nicht stehen bleiben.

Die Straße ist hart und laut unter meinen Füßen. Ich höre keinen Atem hinter mir, spüre keinen Arm, der sich um meine Taille legt.

Die Lichter eines Autos. Sie werden heller, kommen näher, und ich schirme meine Augen ab. Es fährt vorbei. Aber dann hält es an. Es fährt rückwärts, zu mir her. Ich möchte weglaufen, aber das Auto ist schneller als ich und holt mich ein.

Darin sitzen ein Mann und eine Frau. Das Fenster öffnet sich.

»Alles in Ordnung?«, fragt die Frau. Der Mann späht an ihr vorbei zu mir hoch.

»Elizabeth stirbt«, sagte ich keuchend.

Die Frau schaut ihren Mann an. »Wo ist sie denn?«, fragt er.

»Zu Hause«, sage ich. »Sie braucht Hilfe. Sie stirbt.« Die Wahrheit dieser Worte trifft mich wie ein Peitschenhieb.

»Haben Sie einen Krankenwagen gerufen?«, fragt der Mann.

Krankenwagen? Ich schüttele den Kopf.

Der Mann nimmt eins dieser kleinen Handys aus der Tasche. »Dann rufe ich einen«, sagt er.

Die Frau streckt ihre Hand nach mir aus, doch ich weiche zurück und wünsche mir, dass die Dunkelheit hinter mir mich verschluckt. »Das wird schon wieder«, sagt die Frau.

Der Mann spricht in sein Telefon. »Was hat sie denn?«, fragt er mich.

»Sie bekommt ein Baby«, sage ich.

Die Frau lächelt und atmet erleichtert auf. »Dann wird alles gut«, sagt sie.

»Nein. Sie stirbt«, sage ich.

Der Mann spricht lächelnd in sein Telefon. »Wie ist die Adresse?«, fragt er.

»Was meinen Sie?«, frage ich.

»Ihr Zuhause, wo ist das?«, fragt er.

Ich zeige die Straße hinunter. Man kann das Tor in der Dunkelheit gerade noch erkennen. »Saat. Unser Zuhause ist Saat.«

Der Mann spricht wieder in das Telefon und die Frau beobachtet ihn dabei. Dann steckt er es weg. »Der Krankenwagen kommt gleich«, sagt er. Ich starre ihn an. »Ein Arzt kommt her und hilft ihr mit dem Baby.«

Ein Arzt kommt nach Saat. Ist es wirklich das, was Elizabeth gewollt hat?

»Jetzt wird es ihr bald besser gehen«, sagt die Frau freundlich. »Wir können Sie nach Hause fahren.«

»Wie lange wird es dauern?«, frage ich. Ich spüre bereits, wie die Wände des Raums der Vergebung meine Knochen zerquetschen, und bekomme keine Luft mehr.

»Fünf Minuten? Zehn?«, sagt die Frau.

Ich wende mich ab und renne zurück zu unserem Tor; die Lichter ihres Wagens weisen mir den Weg.

Es tut mir leid, schreie ich im Stillen, Papa S vor Augen.

Ich sollte weglaufen. Jetzt sofort.

Ich biege in unsere Einfahrt, höre, wie das Auto hinter mir zögert, und weiß, dass diese Fremden mich beobachten. Aber sie fahren weg, als ich weiter auf unser Zuhause zurenne.

Linda und Heather streiten in der Küche. »Sie braucht einen Arzt«, höre ich Linda sagen, bevor ich die Treppe hochlaufe.

Elizabeth ist allein. Sie bewegt sich nicht, aber sie atmet. Ich höre leise, rasselnde Atemzüge. Ich gehe zu ihr und sie schaut mich an.

»Es kommt jemand, der dir hilft«, sage ich zu ihr. Sie versucht sich zu bewegen und ich greife nach ihrer Hand. Sie atmet langsam.

»Kommt das Baby?«, frage ich.

Sie schaut mich an und weint. »Pearl«, flüstert sie. Sie spricht so leise, dass ich näher heranrücken muss. Sie riecht nach Sommerblumen. »Ich liebe dich, Pearl.«

»Es kommt Hilfe«, sage ich.

»Ich bin nicht deine Mutter«, sagt Elizabeth.

Mein Verstand setzt aus. Meine Welt bleibt stehen.

»Was?«

Ihr Atem ist ein Flüstern, das aus ihrem Körper kommt. »Sylvie war deine Mutter.«

»Sylvie?« Jetzt weine ich. Ich spüre, wie ihre Finger sich von meinen lösen. »Elizabeth, ich habe Angst. Verlass uns nicht. Deine Zeit ist noch nicht gekommen.«

Sie schließt die Augen. Sie driftet weg. »Sylvie war meine Schwester«, haucht sie.

Aber ich schreie. Schreie nach Heather. Schreie nach Linda. Schreie um Hilfe, weil Elizabeth kaum noch atmet.

Ich höre den Lärm, der die Einfahrt hochkommt. Den heulenden Wagen mit den blauen Lichtern, die durchs Fenster flackern.

»Sie sind da, Elizabeth!«, sage ich zu ihr. Aber ich weiß, dass ihre Hand meine nicht mehr spüren kann.

Ich höre, wie sie die Treppe hochkommen. Ein Mann und eine Frau aus der Draußenwelt sind in Elizabeths Zimmer. Ihre Kleider sind grün. Sie schieben mich weg und betasten Elizabeths Hals. Ihre geschwollenen Hände. Der Mann hat eine Tasche dabei und öffnet sie.

Linda ist da. Sie legt ihre Arme um mich. Der Mann hat etwas in der Hand. Er hält es an Elizabeths Brust und ich sehe, wie ihr Körper nach oben zuckt. Sie tun dem Baby weh. Ich will einen Schritt nach vorn machen, aber Linda hält mich fest und sie versucht, mir die Augen zuzuhalten, als der Mann erneut dieses Ding auf Elizabeths Brust drückt.

Ich höre Schritte auf der Treppe. Jack, Kate und Ellis kommen herein. Sie starren Elizabeth an, aber ich kann nicht hinschauen. Stattdessen sehe ich, wie Kate die Hand vor den Mund schlägt.

Und höre die lauten Schläge von diesem Ding auf Elizabeths Brust. Das Geräusch, mit dem ihr Körper aus dem Bett katapultiert wird, wieder und immer wieder. Und dann nichts mehr.

Nichts.

Jetzt, wo sie aufgehört haben, ihr wehzutun, schaue ich wieder hin. Ihr Kopf ist nach hinten gestreckt, das Kissen auf den Boden gefallen. Ihre Haare liegen quer über ihrem Gesicht, doch niemand streicht sie weg. Sie sprechen über das Baby. Sie werden Elizabeth mitnehmen, weil sie versuchen wollen, das Baby zu retten.

Aber ich weiß, dass das Baby auch tot ist.

Ich schreie so laut, dass ich nichts mehr hören kann.

SECHSUNDDREISSIG

Sie nehmen Elizabeth mit. Der Mann und die Frau aus der Draußenwelt nehmen Elizabeth mit und wir tun nichts dagegen. Wir stehen alle nur da und schauen zu und lassen zu, dass sie sie uns wegnehmen.

Sie ist tot. *Ihr seid zu spät*, möchte ich sie anschreien. *Lasst sie bei uns. Gebt uns unser Baby zurück.*

Linda hält mich fest, während sie sie nach unten tragen. Papa S steht an der offenen Haustür. Seine Augen sind weit aufgerissen, sein Mund schweigt.

Linda lässt mich los und läuft Elizabeth hinterher, aber Papa S hält sie auf. Papa S. *Ist das deine Schuld? All deine Ideen über Ärzte und die Draußenwelt?*

Ich hole tief Luft und versuche den Zorn zu schlucken, der mir das Blut stocken lässt. Aber meine Liebe zu Elizabeth ist zu stark. Ich gehe zu Papa S und trete so dicht vor ihn hin, dass sein Bart mich streift.

»Das ist deine Schuld!«, schreie ich ihn an. Ich kann mich nicht bremsen. »Du hast Elizabeth sterben lassen!«

Erst merke ich nur, wie er meine Arme packt. Dann gibt er mir einen heftigen Schubs und geht weg. Er sieht gar nicht, was wir tun. Dass Pate John mit dem Mann und der Frau spricht und zulässt, dass sie Elizabeth in ihren weißen Wagen legen.

Die blauen Lichter fangen wieder an zu flackern und der Wagen setzt sich in Bewegung. Sie nehmen Elizabeth und ihr Baby mit und wir stehen einfach da und schauen zu, während sie die Einfahrt hinunterfahren und verschwinden.

Bobby ist aufgewacht und steht oben an der Treppe. Jetzt kommt er zu mir nach unten. Seine nackten kleinen Füße machen fast kein Geräusch. Ich setze mich wortlos hin und Bobby klettert auf meinen Schoß und schmiegt sich an mich.

»Warum haben sie Elizabeth mitgenommen?«, flüstert er. Ich kann ihm nicht antworten. »Was ist mit dem Baby?«

»Ich glaube, die Natur hat das Baby zu sich genommen«, sage ich.

Die Natur? Wir hätten es verhindern können.

»Warum?«, fragt er.

Ich habe gedacht, ich wüsste es, aber ich weiß es nicht. Wie kann die Zeit des Babys schon gekommen sein, wenn es nicht mal einen Fuß auf diese Erde gesetzt hat?

»Weil die Natur es so vorgesehen hat«, sage ich. Aber meine Worte klingen hohl.

»Wann gibt sie uns die beiden denn zurück?«, fragt Bobby.

Nie. Sie werden nie zurückkommen.

Ich spüre einen körperlichen Schmerz. Mein Herz ist zerbrochen. Ohne Elizabeth können wir nicht glücklich sein.

Ich bin nicht deine Mutter, Pearl.

Kate kommt aus der Küche. Sie legt ihre Arme um Bobby und mich. Ich spüre ihre nassen Tränen an meiner Wange.

Kate und ich haben zugesehen, wie die Dunkelheit draußen vor dem Fenster sich in graues Morgenlicht verwandelt hat. Bobby schläft noch immer auf meinem Schoß. Er ist nicht mein Bruder.

Pate Smith kommt herein. Seine Stiefel wirken zu schwer und sein Gesicht ist nicht mehr dasselbe. Er schüttelt den Kopf und ich weiß endgültig, dass das Baby bei Elizabeth ist und immer bei Elizabeth bleiben wird.

»Es war ein Junge«, sagt Pate Smith leise. Er sieht aus, als wollte er noch mehr sagen, geht dann aber an uns vorbei. Wir hören, wie er müde die Treppe hochstapft.

Ein Junge. Ich möchte seine Finger zählen, seine Zehen. Ich möchte sehen, wie er mit den Beinen strampelt. Ich möchte ihn lachen hören und ich möchte ihn weinen hören.

Ich möchte Elizabeth sehen. Ihre Hand halten, ihre Stimme hören, mit ihr auf der Wiese stehen und Blumen in ihr Haar flechten. Blanke Wut breitet sich in meinem Körper aus.

Kate wischt mir schweigend die Tränen aus dem Gesicht. Aber es ist mir egal, wer sie sieht.

»Wir müssen die Morgenmahlzeit zubereiten«, sagt Heather. Sie steht mit hängenden Armen vor uns, ihre Haare fallen nutzlos über ihre Schulter. Bobby schlägt die Augen auf. Er sieht verwirrt aus, steckt den Daumen in den Mund und kuschelt sich wieder an mich.

Mir wird bewusst, dass ich Schmerzen habe. Ich habe mich seit Stunden nicht bewegt. Meine Knochen und Muskeln tun weh. Mein Nacken ist steif, mein Arm taub davon, dass ich Bobby die ganze Zeit festgehalten habe.

»Ich brauche eure Hilfe bei der Morgenmahlzeit«, sagt Heather wieder.

»Wir haben dich gehört«, fährt Kate sie an. Elizabeth würde das nicht gut finden.

»Komm, Bobby«, sage ich leise zu ihm und bewege mich, damit er sich aufsetzen und mich loslassen muss. »Geh und weck die anderen. Du kannst euer Zimmer aufräumen, bevor wir essen.« Er erhebt sich langsam und geht die Treppe hinauf. Seine Wärme fehlt mir bereits.

Elizabeths Zimmer. Ihr Schweiß auf den Laken.

Ich habe sie sterben lassen.

Papa S hat sie sterben lassen.

Der Schmerz greift in mich hinein und drückt zu, und ich muss Luft holen und blinzeln, blinzeln und Luft holen.

Kate steht auf und reicht mir ihre Hand. Weinend legt sie die Arme um mich. »Ich glaube, ich schaffe das nicht«, sagt sie.

»Doch, du schaffst es«, sage ich. Aber ich weiß nicht, wie. »Wir müssen es schaffen.«

Dann folgen wir Heather in die Küche, weil es nichts anderes gibt, was wir tun können.

⬡

Die Morgenmahlzeit ist fertig und wir sitzen schweigend um den Tisch. Jack hält den Kopf gesenkt, als wäre er zu schwer, um ihn oben zu halten. In Ellis' Augen leuchtet Zorn.

Papa S kommt mit Rachel an seiner Seite ins Esszimmer. Ich sollte Angst haben, weil ich ihn angeschrien habe, aber ich habe keine Angst.

Ich betrachte sein Gesicht, seine Augen. Das Muttermal auf

seiner Wange und seine spröden Barthaare. *Hat Ellis Recht? Ist er einfach nur ein ganz normaler Mann?*

Rachel hält eine Blume an ihre Lippen, aber es gefällt mir nicht. Elizabeth ist tot und Rachel kommt herein, als hätte sich nichts verändert. In mir flackert Wut, aber sie ist so mit Trauer vermischt, dass ich sie kaum spüren kann.

Papa S küsst seine Handfläche und reckt sie dem Himmel draußen vor dem Fenster entgegen. Ich tue dasselbe, aber ich kann nicht hinschauen, denn ich möchte das endlose Blau der Natur nehmen und es in kleine Fetzen reißen. Und diese dann verbrennen.

Ruby sitzt neben mir. Ihre dünnen Arme liegen in ihrem Schoß. Sie schaut Papa S an und ich weiß, dass sie nicht versteht, warum Elizabeth nicht mehr da ist.

Es fällt mir schwer, den Haferbrei zu essen. Er klebt in meiner Kehle und ich kann ihn nicht herunterschlucken.

»Es ist meine Schuld«, sagt Linda leise. »Ich wusste, dass sie krank war. Ich bin schuld, dass sie gestorben ist.«

»Still jetzt«, sagt Pate Smith. »Du hast das Richtige getan.« Er nimmt ihre Hand.

Sie blickt zu ihm hoch. »Ich hätte Hilfe holen sollen.«

Plötzlich schlägt Papa S mit der Faust auf den Tisch. »Die Natur hat es so gewollt«, ruft er und wirft Linda einen Blick zu, den ich nie wieder sehen möchte.

Dann herrscht Stille.

Die Luft im Adlerraum ist von Trauer erfüllt. Uns wurde gesagt, dass die Natur es nun mal so gewollt habe. Aber wie können wir ohne Elizabeth und ohne das Baby, das uns versprochen wurde, weiterleben?

Jack hält meine Hand, aber er hat noch kein Wort gesagt, nicht ein einziges. Papa S kommt herein; er trägt einen mit Blättern umwickelten Stock. Er stellt sich in die Mitte unseres Kreises und seine Miene ist sanft, als er uns anschaut, sein Blick freundlich. Doch ich fühle Kälte.

»Wir müssen die Hoffnung bewahren«, sagt er. »Wir müssen glücklich sein. Weil Elizabeth jetzt mit dem Wind reisen und zur Sonne fliegen kann. Sie wird in den Blumen wachsen, in den Früchten, auf den Feldern.« Er lächelt. »Mag sein, dass wir die Gestalt, die sie auf Erden hatte, nicht mehr sehen können, aber ihr könnt ihre Herzlichkeit, ihre Stimme und ihr Lachen noch in den Bäumen spüren.«

Ich schaue zu Ellis. Seine Miene ist starr wie ein Stein. Er schaut die Wand an, nicht Papa S.

»Der Schmerz, den wir alle empfinden, wurzelt in der Liebe«, sagt Papa S. »Wir müssen Elizabeth danken. Für alles, was sie uns gegeben hat.« Papa S küsst seine Handfläche und hebt sie über den Kopf. »Danke, Elizabeth«, sagt er. »Danke.«

Wir küssen unsere Handflächen. »Danke, Elizabeth«, sagen wir. Aber es tut weh. Es fühlt sich nicht richtig an, weil ich sie einfach nur hier bei mir haben möchte. »Danke.« Lauter und immer lauter. »Danke!«, rufen wir. Papa S steht in unserer Mitte und schwenkt die erhobenen Arme hin und her. »Danke!«

Ich sehe, dass sich jemand bewegt. Ellis steht auf, verlässt den Kreis und geht aus dem Raum.

Kate folgt ihm.

SIEBENUNDDREISSIG

Wir stehen rund um die ausgehobene Grube im Wald. Die Erde ist dunkel. Sie senken den Sarg mit Elizabeth und ihrem Baby in das Grab. Die Paten und Jack halten das Seil und lassen es langsam durch ihre Hände gleiten. Stück für Stück verschwindet der Sarg in der Erde. Ich möchte nicht darüber nachdenken, was sich in seinem Inneren befindet. Ich darf gar nicht an das Baby denken, das mit Elizabeth darin liegt.

Sie werfen das Seil in das Loch und es fällt prasselnd auf das Holz. Plötzlich muss ich wieder an den Sarg in dem Feuer denken, doch ich schiebe die Erinnerung daran weg, denn sonst kann ich nicht weiteratmen.

Papa S steht vor uns. Er küsst lächelnd seine Handfläche und hält sie in das tiefe schwarze Loch. Ich kann es ihm nicht nachmachen, wo ich doch nichts anderes will, als dass Elizabeth herausgeklettert kommt, sich neben mich stellt und meine Hand hält.

Sie schieben die lose Erde auf den Sarg. Sie rieselt herab und schließt sie dort unten ein.

Ich schaue in den Himmel hoch.

Sie füllen das Loch auf.

»Danke«, flüstere ich leise.

Ich liebe dich, höre ich sie antworten.

Kate und ich bleiben vor dem aufgeworfenen Erdhügel stehen. Die anderen haben uns nach und nach verlassen, aber ich kann nicht hier weg, noch nicht.

Kate berührt meinen Arm und ich wende mich ihr zu. Die Trauer sitzt in ihren Augen, in ihrem Mund. »Wir müssen gehen«, sagt sie.

»Du kannst ja vorgehen«, erwidere ich. »Ich möchte noch bleiben, nur noch ein bisschen.«

»Nein«, sagt sie. »Wir müssen aus Saat weggehen.«

Aus Saat weggehen?

»Das hier ist ein schlechter Ort«, sagt Kate. »Ich möchte gehen.«

»Es wird alles wieder gut«, versuche ich mich selbst zu überzeugen.

Kate schaut mich an. »Dieser Ort ist nicht der, wofür du ihn hältst«, sagt sie. Dann läuft sie zwischen den Bäumen hindurch zurück zum Haus.

Ich blicke wieder auf den dunklen Erdhügel.

Alles hier gründet auf Lügen. Und Angst.

Während ich die Blätter betrachte, die sich unter die Erde gemischt haben, versuche ich meine Gedanken zu entwirren. Aber nichts ist richtig. Wir haben Elizabeth sterben lassen. Und Kate will nicht mehr hier leben. Ist da etwas in mir, irgendwo, das ebenfalls weglaufen möchte? Als ich mich umschaue, flüstern die Bäume mir ihre Antwort zu.

Langsam gehe ich weg und lasse Elizabeth und ihr Baby dort zurück.

ACHTUNDDREISSIG

»Elizabeth war nicht meine Mutter«, sage ich. Die Tage, die sie jetzt schon nicht mehr da ist, sind wie hohle Kreise.

»Woher weißt du das?«, fragt Kate. Sie richtet sich mit einem frischen Ei in der Hand auf.

»Elizabeth hat es mir gesagt.«

»Bist du sicher?« Kate schaut mich an und ich nicke. »Dann muss es stimmen.« Sie bückt sich wieder und fährt mit der Hand durch das Stroh.

Ich warte. Sie möchte noch mehr sagen. Sie findet noch ein Ei, wischt es sauber und legt es in den Korb.

»War ich denn ihre Tochter?«, fragt Kate. Die Frage schockiert mich. Noch nie habe ich auch nur eine einzige Sekunde darüber nachgedacht, dass Kate Elizabeths Tochter sein könnte. Weil ich das ja immer war. »Pearl?«

»Ich weiß es nicht«, sage ich leise. »Sie hat es nicht gesagt.« Ich schiebe meine Hand ins Stroh und es kratzt mich.

»Ich habe es immer gehofft«, sagt Kate und setzt sich hin. »Aber ich dachte immer, du wärst es.« Ich setze mich neben sie und sie nimmt meine Hand. »Ich vermisse sie so, Pearl«, flüstert sie. »Papa S sagt, sie ist überall, aber ich kann sie nirgends sehen.«

Sie schaut mich mit großen Augen an, wie ein Kind. »Ich fühle mich, als hätte ich sie verloren und weiß nicht, wo ich sie suchen soll.« Sie wischt sich grob die Tränen aus dem Gesicht. »Und mein blöder Lebensgeist ist mir egal. Ich glaube ohnehin nicht daran.«

»Psst«, sage ich und schaue mich rasch in der Scheune um. »Sonst zwingt er dich wieder, in den Raum der Vergebung zu gehen.«

»Davor habe ich keine Angst.« Aber sie weint jetzt so heftig, dass ihr Körper bebt. Ihr Gesicht ist rot und nass. Ihr Weinen hallt von der Decke wider und aus der offenen Tür. Ich lege meine Arme um sie, aber sie hört nicht auf; vielleicht braucht sie das ja auch nicht.

Wir hören, wie jemand hereinkommt und vor uns stehen bleibt. Ich schaue nicht hoch. *Bist du das, Papa S? Wie willst du Kate jetzt bestrafen, wenn der Raum der Vergebung keine Wirkung zeigt? Wirst du stattdessen mich bestrafen?*

Ich spüre eine Hand auf meiner Schulter.

»Es ist unerträglich, oder?« Ellis.

Ich bin so erleichtert, dass ich meine Arme um ihn schlinge, nachdem er sich zu uns gesetzt hat. Mein Kuss landet auf seinem Hals und als ich seine Haut spüre, löse ich mich wieder von ihm. Kate hat den Kopf auf die Knie gelegt und Ellis streckt die Hand nach ihr aus. Er lässt sie weinen und in seinem Blick liegt keine Angst.

Allmählich beruhigt Kate sich.

»Ich bringe euch hier raus«, flüstert Ellis.

Kate schaut mich an. Ihr Blick sagt mir, dass sie schon vorher mit Ellis darüber gesprochen hat. »Du kommst mit«, flüstert sie, mich weiter anschauend. »Und Jack auch.«

»Aber das hier ist unser Zuhause, Kate.«

»Ich gehe nicht ohne dich«, sagt Kate zu mir. »Ich lasse dich nicht hier.«

»Wir haben einen Plan«, sagt Ellis. Er rückt näher an mich heran, als würde die Luft seine Geheimnisse verraten. »Es wird alles gut, das verspreche ich.«

»Ich möchte frei sein, Pearl«, sagt Kate.

»Du bist frei«, sage ich. »Du hast hier alles.«

Aber nichts von dem, was ich sage, fühlt sich richtig an. Wir haben nicht alles, weil Elizabeth nicht mehr da ist. Papa S hat sie sterben lassen.

»Ich muss dir etwas zeigen«, sagt Ellis.

»Was?«

»Komm mit«, sagt er und erhebt sich vom Boden.

»Ich möchte nicht«, sage ich.

»Bitte«, sagt er. Ich sehe den Verband an seinem Arm und weiß, dass ich ihm folgen muss. Er wendet sich Kate zu. »Du musst mitkommen und aufpassen«, sagt er zu ihr und sie steht ebenfalls auf.

Wir gehen ins Haus und durch die kalte Diele, bis wir vor dem Raum der Vergebung stehen.

»Warum sind wir hier?«, frage ich und blicke mich ängstlich um. Ellis ignoriert mich und öffnet die Tür.

»Nein«, sage ich.

»Du musst es dir ansehen«, sagt Kate und schiebt mich sanft ins Zimmer. Sie bleibt draußen und schließt die Tür hinter uns. Ellis und ich stehen allein vor der roten Tür, die zu dem Innenraum führt.

»Das ist der Ort, an den er Mum gebracht hat, weil sie Elizabeth geholfen hat«, sagt er. »Und ich weiß, dass du auch schon da drinnen warst.« Ellis führt mich zu einem schmalen Spalt am Ende der roten Wand.

»Ich möchte hier nicht sein«, flüstere ich ihm zu.

Er blickt über die Schulter zu mir. »Ich muss es dir zeigen«, sagt er.

Mein Atem geht schnell und ich muss hier raus. Vielleicht wartet Papa S ganz still irgendwo hier drinnen? Trotzdem folge ich Ellis durch den Spalt hinter die Wand.

Als wir um die Ecke gebogen sind, sehe ich etwas auf dem Boden. Ellis geht darauf zu, bleibt stehen und schaut mich an. Dann drückt er gegen die rote Wand und sie bewegt sich. Er schiebt sie nach vorn und macht den Raum der Vergebung dahinter so immer kleiner und kleiner.

»Es war Papa S«, sagt er. »Nicht die Natur hat dich eingequetscht, sondern Papa S.«

Nein. Nein. Er irrt sich.

Aber Ellis drückt gegen die Wände und sie verschieben sich.

»Trotzdem kann die Natur doch die Wand bewegt haben«, sage ich. Aber ich weiß, dass ich es selbst nicht glaube.

»Dann schau dir das an«, sagt Ellis und geht zu dem merkwürdigen Kasten auf dem Fußboden.

»Was ist das?«, flüstere ich und strecke die Hand aus. Ich möchte nicht, dass er den Kasten anfasst.

Er kniet sich davor und drückt auf einen Knopf. Und in der nächsten Sekunde erklingen die Schreie dieser Frau. Wie kann das sein? Ich halte mir die Ohren zu, bis Ellis auf einen anderen Knopf drückt und die Schreie verstummen.

»Hat Papa S dir erzählt, die Schreie kämen aus deinen Knochen?«, fragt Ellis mich. Ich sage nichts. Er kennt die Antwort. »Das ist nur eine Aufnahme. Er muss nur auf *Start* drücken.«

»Und wie kommen die Schreie da rein?«, frage ich.

»Er will dich beherrschen. Und wenn du dich fürchtest, machst du, was immer er dir sagt. Auch diese Frau hat er terrorisiert, um sie beherrschen zu können. Wer immer sie war, Pearl, sie hatte panische Angst.«

Ich starre Ellis an. Ich verstehe diese Aufnahme in dem Kasten nicht, aber ich weiß, dass ihre Schreie echt waren. Sie hat ihn angefleht aufzuhören.

»Wer ist sie?«

»Ich weiß es nicht.« Ellis schüttelt den Kopf. Der Sarg in dem Feuer knackt und knistert in meiner Erinnerung. »Aber das ist noch nicht alles.« Er drückt wieder auf diesen Aufnahmekasten und es ertönt ein Surren. Dann höre ich die Stimme von Papa S. Sie kommt aus dem Kasten.

»… bewusstlos. Ich bringe sie nach oben.« Er klingt gestresst. Im Hintergrund hört man noch jemanden reden, einen Mann. Papa S ruft: »Nein! Lass uns allein.«

Kate klopft an die Tür. Wir müssen hier raus. Ellis hält Papa S' Stimme an und wir laufen zur Tür. Kate hat sie bereits geöffnet. Als wir gerade draußen sind, kommt Pate John um die Ecke. Er geht schnurstracks auf uns zu.

»Was macht ihr hier?«, fragt er. In seiner Stimme ist keinerlei Freundlichkeit und er starrt Ellis böse an.

»Ich habe dich gesucht«, sagt Ellis. »Ich dachte, ich könnte dir bei dem Tisch helfen, an dem du arbeitest. Du könntest mir zeigen, wie das geht.« Ellis lächelt ihn an, ohne mit der Wimper zu zucken.

Pate John schaut sich um. Die Tür zum Raum der Vergebung ist geschlossen. »Natürlich«, presst er durch seine Zähne.

Kate nimmt meine Hand. Mein Arm streift Pate John, als ich an ihm vorbeigehe.

NEUNUNDDREISSIG

Das Geräusch, das der Faden macht, wenn ich ihn durch den Stoff ziehe, ist das Einzige, was ich höre. Ich sitze neben Kate. Sie konzentriert sich mit gerunzelter Stirn auf den Rock, den sie gerade näht.

»Sylvie war meine Mutter. Elizabeth hat es mir erzählt.« Kate erstarrt bei meinen Worten und lässt die Nadel sinken. »Und ich kann sie niemals treffen.«

Kate hält meine Hand. »Sie hat dir bestimmt sehr ähnlich gesehen.«

»Aber ich werde sie nie kennenlernen. Nie ihre Stimme hören.«

Die Tür geht auf und Rachel kommt herein. »Da bist du.« Sie lächelt mich an. »Papa S möchte dich sehen.«

Kate lässt meine Hand nicht los.

»Er ist in der Küche«, sagt Rachel.

Kate schaut mich an. »Ich muss gehen«, sage ich. Ich mache meine Hand los und steche mich dabei an der Nadel, die sie noch immer festhält.

Papa S ist allein in der Küche. Wird er mich dafür bestrafen, dass ich ihn angeschrien habe? Dafür, dass ich ihm die Schuld daran gegeben habe, dass Elizabeth gestorben ist? Er streckt den Arm nach mir aus, aber ich gehe nicht zu ihm. Er sieht mich bestürzt an.

»Komm her zu mir, Pearl«, sagt er.

Habe ich eine Wahl? Ich zögere und gehe dann zu ihm. Er legt seine Hand auf meinen Kopf und drückt mich an seine Brust. Ich höre sein Herz schlagen, aber es tröstet mich nicht und ich möchte mich von ihm losmachen. Seine Haare streifen meine Wange und sofort habe ich wieder die knisternden Haare in dem Feuer vor Augen.

»Komm«, sagt er. Seine Hand fühlt sich groß an in meiner. Er führt mich aus der Küche und durch die Diele.

Der Raum der Vergebung. Gehen wir zum Raum der Vergebung? Weiß er Bescheid? Ich muss mich losmachen, vor ihm weglaufen.

»Hab keine Angst«, sagt Papa S. Er lächelt mich an. Seine Zähne sehen grau aus.

Ich gehe mit ihm, seine Hand liegt fest um meine. Wir kommen dem Raum immer näher. Ich sehe schon die Tür. Aber er führt mich daran vorbei zu seinem Arbeitszimmer und lächelt mich an.

Er schiebt die schwere Tür auf und schließt sie hinter uns.

»Komm«, sagt er und führt mich zu dem Sofa vor dem Fenster.

Draußen sehe ich nur Jack; er steht allein auf dem Feld. Ich möchte, dass er kommt und mich von hier wegbringt.

»Du leidest, Pearl«, sagt Papa S und lässt mich Platz nehmen.

»Ja«, antworte ich.

»Dann bin ich enttäuscht von dir.« Er schaut mir direkt in die Augen.

»Aber Elizabeth …« Meine Kehle brennt.

»Ihre Zeit war gekommen«, sagt Papa S. »Das war der richtige Weg, der einzige Weg.«

»Aber das Baby«, flüstere ich. Ist er denn überhaupt nicht traurig?

»Das Baby ist gewachsen, damit es Elizabeth zurück zur Natur bringen konnte.«

Die Natur hat Elizabeth nicht geholt. Du hast sie sterben lassen.

»Wir hätten sie ins Krankenhaus bringen sollen«, sage ich leise. Ich fasse Mut.

»Du weißt doch, dass es deine Schuld ist, oder?« Papa S lächelt mich an. »Du hast mein Schlafgemach verlassen und die Natur hat auf eine Gelegenheit gewartet, dich dafür zu bestrafen. Und schließlich hat sie beschlossen, dir das Kostbarste zu nehmen, was du hattest.«

»Nein«, flüstere ich. *Bitte lass das nicht wahr sein.*

»Doch. Die Natur bestraft alles Schlechte«, sagt er.

Aber Elizabeth war nicht schlecht. Sie war durch und durch gut.

»Hast du den Fliegenschwarm nicht gesehen, der aus der Draußenwelt hier hereinkam?«, fragt Papa S wütend. »Sie waren wie eine schwarze Wolke und Elizabeth hat ihren Mund aufgemacht und sie eingelassen.«

Nein, es gab keinen Fliegenschwarm. Ich denke an die Bienen in Ellis' Bauch, die Bienen, die nie geschlüpft sind.

Papa S berührt meine Wange. »Bald bist du an der Reihe, Pearl.«

»Holt die Natur mich zu sich?«, frage ich. Papa S lacht.

Jetzt bekomme ich Angst. Ich stelle mir meinen Körper in dem Freudenfeuer vor.

»Du bist an der Reihe, meine Gefährtin zu werden«, sagt er.

Seine Gefährtin zu werden. Mit ihm in seinem Bett zu liegen. Mit seinem Atem auf meinem Gesicht. Und meiner Hand auf seinem Bademantel.

Bitte schau zu mir her, Jack. Komm und rette mich.

Ich muss lächeln.

»Danke«, sage ich, aber mein Bauch tut weh.

»Ohneeinander sind wir nichts, Pearl. Ohne unsere Familie hat nichts einen Sinn.« Papa S fährt mit seinen Fingern durch meine Haare. »Wie flüssige Sonne«, haucht er.

»Wer ist Sylvie?«, frage ich. Er erstarrt und ich halte die Luft an. Ich wollte das gar nicht fragen.

»Wer ist Sylvie?« Seine Stimme ist leise und seine Worte kommen nur langsam heraus. »War das deine Frage?« Er legt beide Hände auf meine Schultern und zwingt mich, ihn anzusehen. »Warum erwähnst du diesen Namen?«

»Nana Willow hat von ihr gesprochen.«

Papa S lässt seine Hände sinken. »Das Alter raubt ihr den Verstand, Pearl«, sagt Papa S.

Aber Elizabeth hat mir ihren Namen auch genannt.

»Bald wirst du an meiner Seite gehen«, sagt er. »Und wir werden eins werden.« Er beugt sich lächelnd vor und küsst mich auf die Lippen. Ich zucke zurück. In seinen Augen flackert Wut auf, aber dann küsst er seine Handfläche und hält sie an mein Herz. Seine Finger drücken durch mein Oberteil hindurch gegen meine Haut.

»Bald«, sagt er. Dann lässt er mich los. »Und jetzt geh.«

Ich stehe auf. Er sieht mir nach, während ich sein Zimmer verlasse. Er sieht, dass ich tue, worum er mich bittet. *Aber meine Gedanken kannst du nicht sehen, Papa S. Und du kannst auch nicht sehen, wohin sie mich führen.*

VIERZIG

Ich kann nicht schlafen. Es hilft nichts. Der Mond scheint durch die Lücken in den Vorhängen und ich versuche, den Schlaf herbeizuzwingen, aber er kommt nicht. Worte und Gedanken ringen um den Platz in meinem Kopf. Irgendwo höre ich Elizabeth meinen Namen flüstern. Irgendwo höre ich ihr Baby schreien.

Mir ist heiß im Bett, die Decke liegt schwer auf mir und ich ertrage sie nicht länger. Ich glaube, ich weiß, wohin ich gehe. Ich stehe auf und schleiche leise durch unser Schlafzimmer.

Die Dunkelheit ist meine Freundin, sage ich mir, während ich den Flur entlanggehe. Sie ist nur die schlafende Natur.

Mit angehaltenem Atem gehe ich, still wie die Luft, die Treppe hinunter. Dort ist niemand. Es gibt niemanden, der mich sieht, oder? Ich werde mich nicht umschauen.

Die Schublade in der Küche macht zu viel Lärm, als ich sie aufziehe. Aber da ist die Taschenlampe. Ich nehme sie mit und gehe auf Zehenspitzen zu Nana Willows Tür.

Ich drehe an dem Knauf. Die Tür geht auf und ich bin in ihrem Zimmer, in absoluter Dunkelheit. Ich knipse die Taschenlampe an und sie leuchtet Nana Willow an, die schlafend im Bett liegt, reglos.

Vorsichtig schleiche ich zu ihr. Ich möchte ihren Namen sagen, aber ich sage kein Wort. Ihr Gesicht ist schmaler geworden. Ihr Körper schwindet dahin. Bald wird sie in ihre Laken sinken und vergehen.

Sie schlägt die Augen auf, blinzelt heftig ins Licht der Taschenlampe und wendet den Kopf ab. Ich lenke den Strahl schnell woandershin und leuchte stattdessen ihren leeren Tisch an.

»Es tut mir leid«, sagt sie und kneift die Augen zu. »Bitte tu mir nicht wieder weh.« Sie hält die Hand über die Augen. Sie hat einen großen schwarzgrünen Bluterguss am Arm.

»Ich tue dir nichts, Nana Willow«, sage ich und mache einen Schritt auf sie zu.

Sie zuckt zusammen. »Ich bin ganz brav. Versprochen. Ich werde brav sein«, wimmert sie.

»Ich bin's, Pearl«, sage ich. Aber sie schaut mich nicht an. Sie bedeckt weiter ihre Augen, obwohl ihr Gesicht nur noch schwach beleuchtet ist.

»Wer hat dir wehgetan?«, frage ich sie. Sie weint. Ich sehe die Tränen auf ihren Wangen.

»Bitte tu mir nicht wieder weh«, sagt sie. »Ich erzähle es niemandem.«

»Wer ist Sylvie, Nana Willow?«, frage ich.

Sie macht die Augen auf, ihr Kopf schnellt in meine Richtung und sie starrt mich an, starrt mir bis auf die Knochen. »Pearl?«, fragt sie.

»Ja. Wo ist meine Mutter?«

»Sie haben sie mir weggenommen«, flüstert sie. »Sie haben gesagt, sie würden für sie sorgen. Aber wenn ich es jemandem sage, bestraft die Natur sie.«

»Wo ist sie jetzt? Ich möchte sie sehen.«

»Sie haben sie versteckt. Sie haben gesagt, wenn ich schweige, darf ich sie wiedersehen.«

»Wer hat sie versteckt?« Ich möchte diese Frage nicht stellen. Meine Welt bricht in sich zusammen und ich glaube, ihre Antwort wird mich erschüttern. Aber ich muss es wissen.

»Sie haben ihr wehgetan.«

»Wer hat ihr wehgetan? Wo ist sie?«

»Sie ist tot«, sagt Nana Willow. Es ist schwierig, sie zu verstehen, weil sie mit den Tränen kämpft. »Er hat sie eingesperrt. Jahrelang. Aber jetzt ist sie tot, sagt er.«

Tot.

»Was hat er ihr getan?«, frage ich, aber sie dreht sich zur Seite und rollt sich zusammen. »Nana Willow?« Plötzlich taucht das Feuer aus meiner Erinnerung auf und mich überkommt Übelkeit. Habe ich meine Mutter gesehen? War das ihr Gesicht, das die Flammen bedeckten? »Nana Willow.« Ich rüttele an ihr.

Aber oben geht jemand herum. Die Dielen ächzen. Ich versuche zu kombinieren, wessen Zimmer das ist, kann mir aber keinen Reim darauf machen. Ich knipse die Taschenlampe aus, verlasse das Zimmer und schließe leise die Tür hinter mir. Mir bleibt keine Zeit mehr, in die Küche zu laufen, also lasse ich die Taschenlampe im Vorbeigehen auf dem Tisch im Flur liegen. Ich renne die Treppe hoch. Die Angst treibt mich an, denn ich weiß, dass ich erwischt werde.

Aus unserem Schlafzimmer kommen zwei Gestalten. Eine ist Kate, die andere Pate John. Seine Hand liegt auf ihrer Schulter. Er führt sie aus unserem Zimmer. Als sie mich sehen, bleiben sie stehen.

Ich gehe weiter. Ich muss ganz ruhig bleiben. »Was ist los?«, frage ich. »Wo gehst du hin, Kate?«

Auch wenn ihre Augen noch müde sind, weiß ich genau, dass sie nicht hier sein möchte.

Sie haben ihr wehgetan. Sie ist tot.

Ich starre Pate John an. *War das meine Mutter in diesem Sarg? Habt ihr zugesehen, wie meine Mutter verbrannt ist?*

»Ich kümmere mich um sie«, sage ich und nehme Kates Hand. Aber er lässt seine Hand auf ihrer Schulter liegen. »Alles in Ordnung«, sage ich und schaue Pate John herausfordernd an.

Bevor er antworten kann, ziehe ich Kate hinter mir her, zurück ins Zimmer. Er lässt sie los und ich schließe die Tür vor seiner Nase.

Kate starrt mich an. Sie zittert in ihrem Nachthemd und legt ihren Kopf an meine Schulter. Ihre Tränen sind in meinen Haaren.

Während ich die Decke rund um ihr Bett feststecke, stelle ich mir vor, wie wir von hier weglaufen. Aber jedes Mal, wenn wir das Tor hinter uns lassen, taucht vor uns ein neues auf, das wir nicht sehen konnten. Es ist aus Papa S' Händen gemacht. Die Haut zuckt, wenn wir uns ihm nähern, und sein Flüstern legt sich auf meinen Atem und zieht mich zurück nach Saat.

EINUNDVIERZIG

Als wir zu den Frühlichtfelsen gehen, ist Heather Papa S' Gefährtin. Normalerweise würde ein Lächeln auf ihrem Gesicht leuchten, aber heute sieht sie traurig aus.

Die Dunkelheit um uns herum verändert sich; sie ist auf dem Rückzug. Vögel rufen mit ihrem Gesang den Sonnenaufgang herbei.

Vielleicht ist Elizabeth gar nicht gestorben und sie geht hinter mir. Wenn ich die Ohren spitze, werde ich unser Baby brabbeln hören, das sicher in Rachels Armen liegt. Aber da ist nichts, nur unsere knirschenden Schritte auf dem herabgefallenen Laub.

Am Felsen sitze ich zwischen Ellis und Kate. Unsere Blicke sind starr geradeaus gerichtet, unsere Gedanken jedoch sind verflochten. Jack hält Ruby auf seinem Schoß. Sie schmiegt ihren Kopf an seine Brust und kann den Kummer in seinen Augen nicht sehen.

Papa S wendet sich uns zu. Beim Anblick seines Bartes spüre ich ein Kribbeln auf der Haut.

Hast du meine Mutter getötet?

Er öffnet den Mund, um etwas zu sagen. Seine Augen sind weit aufgerissen und er starrt in den trüben Himmel hoch. Aber es kommt kein Wort heraus. Kein Ton.

Er sinkt zu Boden und fällt nach vorn, so dass sein Gesicht im feuchten Gras liegt. Papa S' Hände krallen sich in die grünen Halme. Die Erde schwärzt seine Finger.

Jack wendet Rubys Kopf ab, damit sie es nicht sieht.

Bilde ich mir die Gestalt nur ein, die da leise übers Gras wandelt? Es ist eine Frau. Sie hat Haare wie ich, wie Elizabeth. Selbst in diesem undeutlichen Licht leuchten sie hell und fließen wie weißes Wasser über ihren Rücken. Sie ist meine Mutter. Ich weiß, dass sie meine Mutter ist. Ich möchte zu ihr hingehen, aber ich kann kaum atmen. Ich glaube, sie wird ihn trösten. Ich glaube, sie wird die Arme um Papa S legen und dafür sorgen, dass alles gut wird.

Doch sie stellt sich mit ihren nackten Füßen auf seinen Rücken und geht darauf herum.

Papa S heult auf. Ein Laut der tiefsten, dunkelsten Nacht dringt genau in dem Moment aus seiner Kehle, als die Sonne sich am Horizont zeigt. Ich schaue in den Himmel hoch, nur ganz kurz. Aber als ich ihr den Blick wieder zuwende, ist meine Mutter verschwunden.

Und Papa S erhebt sich. Seine Haut ist dreckverschmiert. Er lächelt uns an, aber es fühlt sich falsch an.

»Ich sterbe«, sagt er.

Ich bin sicher, dass ich richtig gehört habe. Er nickt uns zu und ich wende den Blick nicht ab. Heather schnappt laut nach Luft, streckt die Hand aus und krallt ihre Finger in seinen Umhang. Sanft streicht er ihr übers Haar.

»Ja, ich sterbe.« Seine Stimme ist weich wie Honig. »Mir bleibt nicht mehr viel Zeit.«

Ich spüre, wie Kate meine Hand drückt. Als ich mich Ellis zuwende, schaut er mich an und schüttelt langsam den Kopf. In seinen Augen sehe ich Pate John. In seinen Augen sehe ich Elizabeth; sie liegt leblos auf ihrem Bett. Und durch den Wald geht meine Mutter und verbrennt langsam zu Asche.

Papa S umarmt jeden von uns. Pate Smith. Linda. Bobby. Ellis bleibt starr wie der Felsblock, als Papa S ihn in den Arm nimmt. Als ich an der Reihe bin, muss ich meine Arme um ihn legen. Sein Umhang fühlt sich weich an. Die Erinnerung an glückliche Zeiten ist wie ein bohrender Schmerz.

Kate weicht zurück. Sie lässt nicht zu, dass Papa S sie berührt. In seinen Augen scheint Ungläubigkeit auf, aber sein seltsames Lächeln verschwindet nicht, als er sich von ihr abwendet.

Dann gehen alle zurück zum Haus und die Sonne steigt in den Himmel hoch. Ich schaue zu, während sich einer nach dem anderen Papa S anschließt. Jack hat immer noch Ruby auf dem Arm und wirft einen Blick zu mir zurück. Ich möchte ihm etwas zurufen, möchte ihn bitten, bei uns zu bleiben. Doch ich bringe kein Wort heraus und er geht langsam weg.

Der Felsen unter mir ist kalt. Kate, Ellis und ich sitzen schweigend da und beobachten, wie unsere Familie zwischen den Bäumen verschwindet.

Wer bist du, Papa S?

»Glaubt ihm nicht«, sagt Ellis. »Er stirbt nicht. Er will euch nur Angst machen. Das ist nur ein neuer Trick, um euch gefügig zu machen.«

Bald wirst du an der Reihe sein, Pearl. Bald wirst du meine Gefährtin.

»Wenn wir weglaufen, wo gehen wir dann hin?«, frage ich leise. Kate wirft mir einen schnellen Blick zu. Wir sind beide überrascht über meine Worte.

»Simon wird uns helfen«, sagt Ellis. Simon, der Junge mit der

Haut aus der Draußenwelt. »Ich weiß, dass du ihn im Wald gesehen hast. Wir haben ein paar Vorkehrungen getroffen. Er wird Kontakt zu einer Freundin von Mum aufnehmen. Und auch zu Freunden von mir.« Freunden von Ellis? Ich stütze mich auf den Felsen, um nicht das Gleichgewicht zu verlieren.

»Er sucht uns einen Ort, wo wir wohnen können, wenn wir in der Draußenwelt sind, Pearl«, sagt Kate leise.

»Ich habe versucht, Mums Autoschlüssel zu finden, aber sie sind verschwunden.«

Autoschlüssel? Glaubt Ellis, wir könnten einfach so aus Saat herausfahren?

»Mein Handy haben sie auch versteckt.«

»Was sollen wir bloß tun, Kate?«, sage ich.

»Es wird alles gut. Wir haben ja uns«, erwidert sie.

Zusammen können wir das Tor aus Papa S' Fleisch und Knochen vielleicht durchbrechen.

»Ohne Jack gehe ich nirgendwohin«, sage ich. Weiß er Bescheid? Weiß er, dass wir dringend hier wegmüssen?

»Wir werden ihn überreden«, sagt Kate und schaut zu Boden.

Jack in der Draußenwelt.

»Meine Mum nehmen wir auch mit. Und Sophie«, sagt Ellis. Meine Gedanken verheddern sich.

Ich stehe auf, reiße mich von Ellis los und laufe davon, über den harten Boden. Meine Mutter ruft nach mir.

Aber es gibt keinen Ort, an dem ich sie finden kann.

ZWEIUNDVIERZIG

»Vertraust du mir, Jack?«, frage ich.

Es ist fast dunkel und wir sitzen am Waldrand auf einem großen herabgestürzten Ast.

Jack wendet sich mir zu. »Ja, natürlich.«

»Ich meine, vertraust du mir wirklich? Mehr als den Paten?« Ich zögere. »Und mehr als Papa S?«

Jacks Blick wandert zum Haus. Der Abend hat die roten Steine schwarz gefärbt. Einige der Fenster leuchten orange, andere sind einfach nur leere Rechtecke. Irgendwo dort ist Papa S.

»Ich weiß nicht mehr, was ich denken soll«, sagt er. »Kate sagt Dinge, die ich nicht hören will. Ich weiß nicht, was los ist.« Er seufzt. »Wie kann alles plötzlich so schlecht geworden sein?«

»Vielleicht war es das schon immer«, flüstere ich.

Jack schüttelt den Kopf. »Nein. Wir hatten hier alles. Wir waren glücklich.«

Im Wald hinter uns ist es absolut still. Seltsam. Nicht ein Tier bewegt sich, nicht ein Baum knarzt.

»Glaubst du, dass Papa S stirbt?«, frage ich.

Jack antwortet nicht.

»Warst du jemals im Raum der Vergebung?« Meine Stimme ist sehr leise.

Jack schaut mich an. Irgendwo in seinem Inneren flackern Erinnerungen auf. Er schließt kurz die Augen und nickt.

»Das war bloß Papa S, Jack. Er hat diese Wände zusammengeschoben.«

»Aber sie haben sich auf mich zubewegt. Sie wollten mich zerquetschen.«

»Das war er. Er hat sie mit seinen Händen verschoben.«

In mir wächst ein Gefühl der Stärke heran. Es ist inzwischen größer als meine Angst, meine Angst vor der Zukunft. Ich muss die Dinge nicht einfach geschehen lassen, ich kann sie verändern. Ich weiß, dass wir uns befreien können.

Jack schüttelt den Kopf. »Aber eine Frau hat geschrien.«

»Das war eine Aufnahme. Ellis kennt so etwas aus der Draußenwelt«, sage ich zu ihm.

Er schaut mich erwartungsvoll an.

»Die Schreie kamen aus einem Kasten. Papa S musste bloß auf den Knopf drücken.«

Jack senkt den Blick und stützt die Ellenbogen auf seine Knie. »Aber wer war sie? Sie hat nicht nur so getan, Pearl. Irgendjemand hat ihr wehgetan.«

Ein atemloser Schmerz presst meine Brust zusammen. »Ich glaube, das war meine Mutter«, flüstere ich. Ich möchte weinen, aber die Tränen sind in mir eingeschlossen. Die Hand von Papa S drückt sie nach unten.

»Wovon sprichst du?«, fragt Jack streng.

Ich habe vergessen, wie viel er nicht weiß, wie viel er nicht hören will. Wie sehr er Saat immer noch liebt. So wie ich früher. Ich muss vorsichtig sein. Ich möchte Jack auf keinen Fall verlieren.

»Sie war Nana Willows Tochter.«

»Hat Nana Willow ihr das erzählt?«

»Sie hat mir erzählt, dass sie eine Tochter namens Sylvie hatte und dass sie sie ihr weggenommen haben.«

»Aber sie ist nicht ganz richtig im Kopf, Pearl. Das weißt du doch.«

»Elizabeth hat es mir auch erzählt«, sage ich. Das kann Jack nicht anzweifeln. Seine Liebe und sein Vertrauen zu Elizabeth sind unerschütterlich. »Und sie hat auch gesagt, dass Sylvie meine Mutter war. Sie dachte, sie wäre bei der Geburt gestorben. Aber sie ist nicht gestorben. Sie haben sie eingesperrt.«

Jack schaut mich an und ich weiß, dass er genug hat. Dass er das alles nicht hören, nicht wahrhaben will. Aber damit wir gerettet werden können, muss er mir glauben. Denn ich werde nicht ohne ihn gehen.

»Ich glaube, das waren ihre Schreie. Papa S hat ihr wehgetan.« Tränen brennen mir in der Kehle. Aber ich werde stark bleiben. Für Sylvie. Für meine Mutter.

Meine düstersten Gedanken erzähle ich Jack gar nicht. Dass ich glaube, meine Mutter in dem Feuer gesehen zu haben, mit versengten Haaren. Dass ihre Hand vor meinen Augen zu Asche verbrannt ist.

Die Gedanken kleben in meinem Blut.

»Ich möchte nicht hierbleiben«, sage ich.

Jack stützt den Kopf in die Hände und sitzt einen Moment lang reglos da.

»Jack?«, flüstere ich. Ich lege meine Hand auf seinen Rücken.

Er dreht sich zu mir und verbirgt seine Tränen an meiner Schulter. Ich halte ihn, während es um uns herum dunkel wird.

DREIUNDVIERZIG

»Bist du bereit?«, frage ich flüsternd.

Die Hälfte von Kates Gesicht liegt im Schatten, trotzdem erkenne ich, dass sie Angst hat. »Ich glaube nicht, dass wir das tun sollten«, sagt sie.

»Wir müssen. Wir müssen Hilfe holen.«

»Aber Simon unterstützt uns doch schon. Er wird Hilfe organisieren.«

»Was, wenn er das nicht schafft? Was, wenn er es nicht tut und wir hier warten und es kommt niemand?«, frage ich.

Ich habe Kate noch nie so ängstlich gesehen. Sie zieht an ihren Haaren, die über ihr Nachthemd nach vorn gerutscht sind. »Was, wenn Papa S uns erwischt, Pearl? Was macht er dann mit uns?«

Sie haben sie versteckt. Nana Willows Worte kehren zu mir zurück. *Sie ist tot.*

»Ich lasse nicht zu, dass er dir wehtut, Kate.« Ihre Hand ist eiskalt, als ich sie ergreife. »Und er erwischt uns nicht. Niemand erwischt uns. Es ist mitten in der Nacht und alle schlafen.«

Ich ziehe sie hinter mir her aus dem Schlafzimmer. Wir gehen so leise, als wären wir fast nicht da.

Wie viele Stunden sind wir lachend durch diesen Flur gelaufen, während Jack uns mit einem Kissen verfolgt hat und Bobby wie ein Fuchs hinter uns hergesprungen ist? Bei der Erinnerung daran überlege ich es mir beinahe doch noch anders.

Aber wie viele Geheimnisse kennen diese Wände? Wie viele Lügen würde ich finden, wenn ich ihre oberste Schicht abkratzen würde? Wenn ich stehen bleiben und mein Ohr daranhalten würde, würde ich dann die Stimme meiner Mutter hören?

Geh weiter, würde sie zu mir sagen.

Sei frei, sagt sie.

Die Bodenfliesen sind kalt unter meinen Füßen. Hand in Hand huschen wir darüber hinweg.

Vor uns liegt die Tür zum Adlerraum. Ich habe nie darauf geachtet, ob sie Geräusche macht, ob sie in den Angeln quietscht, aber wir müssen sie öffnen.

Der Knauf ächzt ein wenig, als ich ihn drehe, aber die Tür geht leise auf. Kate schließt sie hinter uns wieder. Die Vorhänge sind offen und das graue Licht, das hereinfällt, reicht zum Sehen.

»Hol du die Röcke«, flüstere ich und Kate geht zu der Truhe und hebt den Deckel an. Ich laufe zum Schreibtisch. Die Schublade knarzt, als ich sie aufziehe und einen Füller und Papier herausnehme. Als ich das Papier in kleine Stücke reiße, klingt das sehr laut in der Stille, die uns umgibt. Aber oben kann es niemand hören.

Ich nehme den Füller und halte ihn fest in der Hand.

Helft uns, schreibe ich. *Wir sind in Saat.*

Helft uns, schreibe ich auch auf den nächsten Papierschnipsel. *Wir sind in Saat.*

Und dann immer so weiter.

»Schnell«, flüstert Kate.

Also gehe ich zu ihr und sie trennt ein winzig kleines Stück der Saumnaht auf. Ich falte den handbeschriebenen Schnipsel und schiebe ihn durch das Loch. Dann beobachte ich, wie die Nadel durch den Stoff fährt, als Kate die Naht wieder schließt.

Ich falte den nächsten Schnipsel. Und sehe zu, wie meine Worte verschwinden.

Draußen vor dem Zimmer ist jemand. Das sind nicht nur die normalen Nachtgeräusche des Hauses. Jemand geht in Stiefeln über die Dielen.

Kate und ich starren uns an. Warum kann ich mich nicht bewegen? Kate zieht mich mit sich und wir kriechen mit den Röcken hinter das Sofa.

Der Türknauf ächzt. Die Tür geht auf und es kommt jemand herein. Irgendjemand steht im Adlerraum. Auf dem Boden neben der Truhe sehe ich die restlichen weißen Papierschnipsel liegen, die mit meinen Worten beschriftet sind. Ich habe sie dort vergessen. Und ich kann sie nicht erreichen. Sie liegen dort, schauen mich an und warten darauf, gefunden zu werden.

Helft uns. Helft mir.

Ich atme sehr, sehr leise. Ich darf mich nicht bewegen. Es ist jemand im Raum und schaut sich um. Sicherlich hört er das Blut, das in mir rauscht?

Helft uns. Wir sind in Saat.

Wenn er näher kommt, findet er meine Worte. Und uns.

Die Tür schließt sich mit einem leisen Klacken.

Ist er weg? Wir rühren uns nicht vom Fleck. Was, wenn er uns austrickst? Was, wenn er noch hier ist und nur darauf wartet, dass wir hinter dem Sofa hervorkriechen? Damit er uns bestrafen kann?

Ich lausche auf das Geräusch von schweren Schritten im Flur. Aber ich höre nichts. Dann wird irgendwo im Haus eine andere Tür zugemacht. War er das?

Langsam wende ich mich Kate zu. Sie näht schweigend einen Rocksaum zu, in dem meine Botschaft steckt.

Ich krieche hinter dem Sofa entlang und spähe dahinter hervor. Da ist nur eine Tür. Sonst nichts. Er ist weg.

»Das reicht«, flüstert Kate. Ihr Gesicht ist aschfahl. Sie faltet die Röcke und legt sie leise zurück in die Truhe.

Ich greife nach den Papierschnipseln auf dem Fußboden und zerknülle sie in meiner Hand. Die Worte kleben an meiner Haut, während wir auf Zehenspitzen langsam das Zimmer verlassen.

VIERUNDVIERZIG

Ruby schnappt laut nach Luft, als Papa S zur Morgenmahlzeit kommt. Eine winzige Sekunde lang weiß ich nicht, wer er ist, weil sein Bart verschwunden ist. Beziehungsweise so kräftig gestutzt, dass nur noch struppige, graue Stoppeln an seinem Kinn übrig sind. Papa S sieht merkwürdig aus, nackt, und mein Herz zieht sich vor Kummer zusammen.

Doch seine Augen sind voller Zorn. Und hinter ihnen sehe ich meine Mutter brennen. Und Elizabeths Baby, das in der Erde eingeschlossen ist.

Heather steht neben Papa S, aber sie hält keine Blume an ihre Lippen. Ihr Kopf ist gesenkt, die Haare fallen ihr ins Gesicht.

»Das haben schlechte Gedanken mit mir gemacht!«, schreit Papa S plötzlich so laut und furchteinflößend, dass Sophie ihren Kopf unter Lindas Armen verbirgt.

Papa S greift in seine Haare und schlägt sich gegen das Kinn. Ich höre Ellis neben mir leise lachen.

»Das Gift hat in Saat Einzug gehalten. Es kam in mein Schlafgemach und hat mir den Bart abgerissen.« Papa S zittert, seine Wangen sind heiß und gerötet. »Ich habe dagegen angekämpft, aber es war zu stark.«

Er sackt auf den Tisch, seine Schüssel fällt krachend zu Boden.

Ich habe es noch nie zuvor gehört und hätte es mir auch nie vorstellen können: Papa S weint. Sein Körper zuckt, während er laute Schluchzer ausstößt. Seine Finger krümmen und strecken sich, fassen ins Leere.

Unser Schock ist so groß, dass er fast mit Händen zu greifen ist. Selbst Ellis ist still geworden.

»Vergiftet!« Papa S hebt den Kopf und schreit.

Pate Smith steht auf und geht zu ihm. Er legt seine Arme um ihn und versucht, ihn vom Tisch zu heben. Aber Papa S schlägt brüllend mit den Fäusten um sich.

Dann wird er plötzlich still. Er schaut Pate Smith mit einem Blick an, der seine Haut schmelzen lassen müsste. »Das ist alles deine Schuld«, zischt er. »Du hast mich überredet, sie aufzunehmen. Diese Frau und dieser Junge haben das Gift mitgebracht.«

Ruby drückt sich an mich. Ich lege die Arme über ihren Kopf, damit sie nichts sieht. Ihr kleiner Körper zittert. Linda ist bleich geworden. Sie liebt Papa S. Sie liebt Saat.

»Die Natur wird uns bestrafen. Uns alle«, schreit Papa S. Er schiebt Pate Smith aus dem Weg und stolpert aus dem Zimmer.

Bobby hat die Augen weit aufgerissen. Ich schaue zu Jack, aber der starrt auf die offene Tür. Als er seinen Blick langsam mir zuwendet, weiß ich, was er denkt, aber nicht ausspricht.

Ich glaube dir, sagen seine Augen. *Ich glaube dir.*

»Ihm geht es bald wieder besser«, sagt Pate Smith.

Er hat sich neben mich ans Fenster im Wohnzimmer gestellt, von wo aus ich Jack beim Kartoffeln-Ernten zuschaue. Er erwähnt Papa S nicht namentlich. Hat er seit dem Morgen mit ihm gesprochen?

Ich rücke von ihm ab, nur ein Stückchen, aber immerhin so deutlich, dass er mich mit gerunzelter Stirn anschaut. Ich fühle mich schuldig, weil ich Pate Smith mein Leben lang geliebt habe und jetzt vor ihm weglaufen will.

»Es ist schwer ohne Elizabeth«, sage ich.

»Ich weiß.« Er dreht sich zu mir und berührt mich am Arm. »Sie wäre sehr stolz auf dich.«

Hast du Sylvie wehgetan?, möchte ich fragen. *Hast du meiner Mutter wehgetan?* Ich kann nicht glauben, dass Pate Smith das getan hat.

Dann taucht ein Auto in der Einfahrt auf. Es kommt näher. Ich höre es durch die Scheibe. Es wird erst langsamer und bleibt dann stehen.

Ein Mann und eine Frau in eleganter schwarzer Kleidung steigen aus. Die Frau trägt eine weiße Bluse unter ihrer schwarzen Jacke. Ihre Haare sind kurz, sie reichen ihr nur bis zu den Ohren.

»Wer ist das?«, frage ich. Aber Pate Smith antwortet nicht. Er geht zur Tür.

Sekunden später sehe ich ihn vor dem Haus mit den beiden reden. Sie schütteln sich die Hände. Ihre Stimmen sind zu leise, um etwas zu verstehen, aber ich bekomme mit, dass Pate Smith sie nicht kennt.

Ruby läuft über die Wiese auf sie zu, bleibt aber stehen, als sie näher herangekommen ist. Die Frau winkt ihr lächelnd zu, aber Ruby spürt offenbar die Gefahr, die von ihnen ausgeht. Als sie mich sehen, kann ich den Blick nicht abwenden. Ich starre sie an. Sie lächeln, aber ich lächele nicht zurück.

Sie kommen auf das Haus zu. Pate Smith bringt sie in unser Haus. Ich höre, wie die Haustür aufgeht, ihre Schritte in unserer Diele, ihre Stimmen in unserer Luft.

So leise ich kann, schiebe ich das Fenster hoch und klettere auf den Schotter hinaus. Dann schließe ich es hinter mir und laufe über die Einfahrt zu Jack auf die Felder.

»Hast du sie gesehen?«, frage ich.

Er richtet sich auf und blickt zu dem Auto, bevor er mich anschaut. »Wer ist das?«, fragt er.

»Ich weiß es nicht. Sie sind in unserem Haus.«

Er reibt die Erde von einer Kartoffel. »Und was wollen sie?«

»Ich weiß es nicht.« Ich nehme ihm die Kartoffel ab und lege sie in den fast vollen Sack. Ich möchte mich freuen. Sind das Ellis' Freunde? Sind sie gekommen, um uns zu retten?

»Dann lass es uns herausfinden.« Jack nimmt meine Hand, während wir zum Haus gehen. Ich lasse mich von ihm durch die leere Küche in die Diele führen. Da sind sie nicht. Aber ich höre sie im Wohnzimmer, dem Raum, aus dem ich gerade entschlüpft bin.

»Komm«, sagt Jack und drückt meine Hand.

»Gehen wir einfach hinein?«, frage ich.

»Ja«, sagt er. Also tun wir es. Wir drücken die Holztür auf und sehen, wie Pate Smith und die Fremden zu uns hochblicken. Die Nase der Frau sieht aus wie ein Krähenschnabel. Ich mag ihr nichtssagendes Lächeln nicht.

»Hallo«, sagt sie und steht vom Sofa auf. »Ich heiße Jean. Es tut mir leid zu hören, was eurer Freundin Elizabeth passiert ist. Das muss ein Schock für euch alle gewesen sein.«

Jack und ich sagen nichts.

»Wir haben erst kürzlich erfahren, dass hier Kinder leben.«

Wir sagen immer noch nichts. Pate Smith beboachtet uns.

»Ich bin Stuart«, sagt der Mann. Er steht nicht auf. Er erinnert mich an Leute, die ich auf dem Markt gesehen habe, mit wulstiger Haut am Kinn und dicken Händen. »Wollt ihr nicht hereinkommen und ein bisschen mit uns plaudern?«

»Nein.« Jacks Unfreundlichkeit überrascht mich.

»Wir müssen weiterarbeiten«, sage ich.

Sind diese Leute wirklich gekommen, um uns zu retten? Ich weiß nicht, was ich erwartet habe, aber das nicht. Ich habe gedacht, dass ich gern mit ihnen gehen würde, dass ich ihnen vertrauen würde, aber so ist es nicht.

»Es dauert auch nicht lange«, sagt die Frau und geht auf uns zu. »Wie lange wohnt ihr denn schon hier?«

»Unser ganzes Leben lang«, sage ich mit einem kurzen Blick zu Pate Smith.

»Und seid ihr hier glücklich?«, fragt sie.

Meine Wangen laufen rot an. Ich spüre Jacks Hand in meiner.

Hinter ihnen, draußen vor dem Fenster, sehe ich Papa S.

»Was arbeitet ihr denn?«, fragt Stuart von seinem Platz aus.

»Wir ernten Kartoffeln«, sage ich.

»Also lernt ihr nicht für die Schule?«, fragt er. »Habt ihr denn Heimunterricht?«

Schule. Das ist das, wo Ellis war.

»Wir wechseln das ab«, schaltet Pate Smith sich ein. »Alle Kinder hier genießen eine ausgewogene Erziehung. Neben ihrer schulischen Ausbildung lernen sie auch, wie man das Land bestellt.« Aber wir bekommen gar keine schulische Ausbildung. Außer dem Lesen und Schreiben im Winter. Pate Smith lügt. »Jack ist zudem ein begabter Automechaniker.« Er lächelt uns auffordernd an. »Nicht wahr, Jack?«

»Ja«, antwortet Jack.

»Möchten Sie es sehen?«, fragt Pate Smith.

»Wir würden lieber einen Blick in ihre Schulbücher werfen«, antwortet Jean und wendet sich wieder mir zu. »Was lernt ihr denn so?«

»Alles«, antworte ich. Stuart schnaubt, sein dickes Gesicht bebt. Ich schaue ihn wütend an und er versucht zu lächeln. Langsam kommen mir Zweifel. Können wir wegen solcher Leute wirklich Saat aufgeben?

»Möchtet ihr uns nicht mal eure Bücher zeigen?«, fragt die Frau.

Ich spüre Papa S' Blick auf mir.

»Jetzt nicht«, sagt Pate Smith und faltet seine Hände. »Dafür ist noch reichlich Zeit. Aber die Sonne wartet nicht auf uns und sie müssen noch mehr Kartoffeln ernten, bevor es dunkel wird.« Er kommt auf uns zu und legt seine Hand auf Jacks Schulter. »Wir holen euch, wenn wir mehr von euch hören möchten.«

Also wenden wir uns von den Fremden ab und gehen hinaus.

⬡

Jack und ich beugen uns über unsere Spaten und tun so, als wären wir ganz auf unsere Arbeit konzentriert, aber ich sehe die schwarze Gestalt, die sich uns nähert. Es ist die Krähenfrau. Bei mir kommt sie zuerst an.

»Das sieht nach harter Arbeit aus«, sagt sie.

»Ich mache das gern«, erwidere ich. Ich höre auf zu graben und schaue sie an.

Sag es ihr jetzt, Pearl, sag es ihr.

Aber ich weiß, dass Papa S mich beobachtet.

»Seht ihr Steve häufig?«, fragt sie.

»Wer ist Steve?«

»Steve Elmack. Der Mann, der das hier leitet.«

Ich verstehe nicht, was sie meint.

»Euer Anführer«, sagt sie.

»Unser Anführer ist Papa S«, sage ich. Steve?

»Wie oft seht ihr ihn?« fragt sie. Jack sagt gar nichts.

»Andauernd«, erwidere ich.

»Und wie ist er so?«

Ich antworte nicht.

»Zwingt er euch, Dinge zu tun, die ihr nicht tun möchtet?«, fragt sie.

Ich antworte immer noch nicht. Ich möchte mit ihr reden, ihr alles erzählen. Aber ich habe Angst, dass Papa S sich versteckt hat und uns beobachtet.

»Ihr könnt gern unsere Hilfe in Anspruch nehmen, wenn ihr sie braucht«, sagt die Frau.

Ich schaue Jack an, aber seine Miene ist undurchdringlich.

»Wir haben Steve gesagt, dass wir in zwei Tagen wiederkommen, um zu sehen, was ihr lernt. Vielleicht erzählt ihr mir dann mehr?«

In zwei Tagen. In zwei Tagen werde ich ein Versteck finden, wo Papa S mich nicht sehen kann, und dann erzähle ich dieser Frau alles.

Sie berührt mich am Arm, als wollte sie noch mehr sagen. Ich blicke zum Haus. Aber dann wendet sie sich ab und geht zurück zur Einfahrt. Als ich den Spaten in die Erde steche, springt der Motor ihres Wagens an und ich höre sie wegfahren.

Jack starrt in die Ferne.

»Ich glaube, wir haben nicht mehr viel Zeit«, sagt er. Ich wische mir die Haare aus den Augen und schmiere mir dabei Dreck ins Gesicht. »Hierfür«, sagt er und schwenkt seinen Arm vom Haus bis zu unserem Wald. Ich wickele mich fester in meine Strickjacke.

»Wir bleiben zusammen, Jack«, flüstere ich. »Ich verspreche, dass ich nicht ohne dich gehe.«

Jack legt seine Hand so fest um den Spatengriff, dass seine Knöchel weiß werden. Ich berühre sie und versuche das Blut dazu zu bringen, wieder hineinzufließen.

»Ohne Elizabeth möchte ich hier nicht sein«, sage ich. Aber es gibt noch mehr, so viel mehr Gründe, warum ich wegmöchte. *Eines Tages werde dir alles erzählen, Jack.*

Plötzlich nimmt Jack seinen Spaten und schleudert ihn weg. Dann legt er den Kopf in den Nacken und brüllt in den Himmel hoch. Ich möchte ihn anfassen, doch ich fürchte mich. So habe ich ihn noch nie erlebt und als er nicht aufhört, laufe ich weg. Ich raffe meinen Rock hoch und renne über das matschige Feld, zurück nach Saat.

FÜNFUNDVIERZIG

Die Sonne ist noch nicht richtig aufgegangen, als wir um die Ecke aufs Feld biegen. Ich weiß sofort, dass sie tot sind. Zwei von unseren Kühen liegen nebeneinander im Gras. Ihre Augen und ihre Mäuler sind weit aufgerissen.

Kate lässt ihren Eimer fallen und er fällt scheppernd auf die Erde, während sie zu ihnen läuft. Sie kniet sich neben die erste Kuh und schlägt fest auf ihr Fell.

»Sie ist tot, Kate«, sage ich.

Sie blickt mit wirren Haaren zu mir hoch. »Was geht hier vor?«, ruft sie.

Hinter uns kommt jemand angerannt. Als ich mich umschaue, sehe ich Pate John. »Ich habe sie vom Fenster aus gesehen«, ruft er uns zu. »Wir müssen den Traktor mit dem Anhänger holen.«

»Was ist denn mit ihnen passiert?«, fragt Kate. Sie steht auf, stellt sich breitbeinig hin und stemmt die Hände in die Hüfte.

»Sie waren alt«, sagt Pate John und legt seine Hand sanft auf Kates Arm, aber sie schüttelt ihn ab.

»Ach, Kate«, sagt er lächelnd. Einen Augenblick glaube ich, dass sie auf ihn einschlagen wird.

Ich packe sie und ziehe sie eilig vom Feld weg. Mein leerer Eimer schlägt mir gegen das Bein.

Ohne ein Wort führe ich sie bis zum Wald. Erst im Schutz der Bäume bleiben wir stehen. Sie starrt mich an.

»Kühe sterben nicht einfach so«, sage ich. »Schon gar nicht zwei auf einmal.«

»Was geht hier vor?«, fragt Kate. Sie blickt sich um, aber in der Luft liegt keine Antwort.

Jetzt kann ich meine Worte nicht länger zurückhalten. »Sylvie ist nicht gestorben, als ich geboren wurde.« Ich wollte eigentlich flüstern, aber meine Stimme ist zu kräftig. Da ich nicht hinter die Baumstämme sehen kann, weiß ich nicht, ob jemand in der Nähe ist und zuhört.

Ich nehme Kates Hand und sie lässt sich von mir weiter in den Wald hineinführen. Wir gehen schweigend zwischen den Bäumen hindurch und dann über das westliche Feld.

Lauf, Pearl, lauf weg. Die Stimme meiner Mutter vibiriert in meinem Körper.

In der Mitte des Feldes bleiben wir stehen. Um uns herum ist nichts als grünes Gras, das sich bis zum Haus erstreckt, und der weiße Himmel, der die Bäume berührt, die entlang der Mauer zur Draußenwelt stehen.

»Sie haben sie eingesperrt«, sage ich, ohne zu zögern.

»Wen?«

»Sie haben Sylvie eingesperrt.«

»Wie meinst du das?«

»Sie ist nicht gestorben, als ich geboren wurde, Kate. Sie haben sie nur versteckt.«

Kate blickt zu den roten Steinen, aus denen unser Zuhause erbaut worden ist. »Wo?«

»Ich weiß es nicht. Aber sie haben ihr irgendwas angetan. Sie haben ihr wehgetan. Und jetzt ist sie tot.«

Kate wendet sich wieder zu mir. Ich muss sie fragen, ob wir Zweige auf den Sarg meiner Mutter gelegt haben. Haben die Kinder gelacht, während wir zugesehen haben, wie ihr Leichnam verbrannte? Aber mir wird übel und es tut zu weh, um es auszusprechen.

»Wir können hier nicht bleiben«, sagt Kate und legt ihre Hände auf meine Schultern. »Möchtest du bleiben?« Ihr Gesicht kommt meinem so nah, dass ich ihre Wut spüren kann.

»Ich möchte nicht seine Gefährtin werden«, flüstere ich.

Sie nimmt ihre Hände herunter und geht weg. Ihre langen blonden Haare liegen leblos auf ihrem Rücken. Sie geht auf die Mauer zu, die uns von der Draußenwelt trennt.

»Kate?«

»Schnell«, sagt sie.

Ich muss laufen, um sie einzuholen. Dann eilen wir Seite an Seite auf das Ende des Feldes zu.

Lauf, Pearl, lauf weg.

Kühle Luft strömt über meine Haut, während die Schatten der Bäume über uns hinwegkriechen. Jetzt ist die Mauer zum Greifen nah.

»Hier habe ich Simon getroffen. Wenn wir jetzt weglaufen, können wir zu ihm gehen und er wird uns helfen.« Doch Kate klingt zaghaft; sie sieht nicht mehr stark aus.

Ich berühre die feuchten Steine. Da, wo die Sonne nie hinkommt, sind grüne Flecken auf dieser Seite der Mauer. Wenn ich mich auf die Zehenspitzen stelle, kann ich die Straße sehen. Kate schaut zum Haus zurück. Sie rührt sich nicht. Sie klettert nicht über die Mauer.

Ich weiß, dass wir jetzt nicht gehen werden, weil Jack noch in Saat ist. Und Ellis. Ich werde nicht ohne sie gehen. Und Elizabeth ruft nach mir. Ich kann sie und ihr Baby nicht verlassen, ohne mich zu verabschieden.

»Morgen«, sage ich. »Morgen, wenn diese Frau zurückkommt, finde ich ein Versteck, wo Papa S mich nicht sehen kann. Und dann erzähle ich ihr alles. Wir gehen von hier fort. Ganz sicher«, verspreche ich Kate.

Regentropfen prasseln leise auf das Laub über uns.

SECHSUNDVIERZIG

Eine Hand reißt mich aus dem Schlaf. Ich liege im Bett und es ist noch dunkel, aber irgendjemand rüttelt mich wach.

»Papa S sagt, wir sollen alle in die Scheune kommen.« Das ist Heathers Stimme. Dann verschwindet sie wieder. Ich sehe, dass sie zu Kates Bett geht und sie ebenfalls weckt.

»Warum?«, fragt Kate müde. Irgendetwas stimmt nicht. In mir sträubt sich alles.

»Es steht uns nicht zu, ihn in Frage zu stellen«, sagt Heather sanft. Sie weckt auch Ruby und Sophie.

Schlaftrunken erhebe ich mich aus dem Bett und tausche unwillig mein Nachthemd gegen Rock und Pullover ein.

Kate knipst ihre Nachttischlampe an. Sie sieht verschlafen aus und besorgt.

»Zieh Schuhe an, nicht die Pantoffeln«, sagt Heather zu Sophie. »Wir gehen aus dem Haus.«

Ruby setzt sich im Bett auf, macht aber keine Anstalten aufzustehen. Ihr fallen immer wieder die Augen zu.

»Komm«, sage ich. Sie lässt zu, dass ich ihr einen Pullover über den Kopf ziehe, und hilft mir, indem sie die Arme durch die Ärmel steckt.

Kate zieht ihren Mantel an und knöpft ihn bis zum Kinn zu. »Kennst du den Grund, Pearl?«

»Nein«, antworte ich. »Er will uns wohl irgendetwas sagen.«

»Mitten in der Nacht?«, sagt Kate.

Es fühlt sich so falsch an. Ich muss richtig wach werden. Ich muss nachdenken.

Als wir auf den Flur hinaustreten, kommt Jack aus seinem Zimmer. Er sieht seltsam aus, als wäre er aus einem schlechten Traum gerissen worden, und trägt einen Mantel über dem Pyjama und Schuhe an den Füßen. Ruby streckt die Hand nach seiner aus. Wir gehen mitten in der dunklen Nacht die Treppe hinunter.

Die sternenklare Luft draußen vertreibt die letzten Reste des Schlafs und legt sich kalt auf meine Lippen, während wir zur Scheune laufen. Unterwegs treffen wir Ellis und er nimmt Sophie an die Hand.

»Was sollen wir tun?«, frage ich.

Die Tür zur Arbeitsscheune ist offen und es dringt schwaches Licht heraus. Ich möchte da nicht hineingehen.

»Ich weiß es nicht«, sagt Ellis. Aber es ist zu spät. Wir haben keine Zeit mehr zu reden, bevor wir alle durch diese Tür treten.

Papa S steht in der Nähe der Autos auf einer umgedrehten Kiste. Seine Arme sind weit ausgebreitet. Mit seinem tiefbraunen Umhang sieht er aus wie ein Adler. Fast erwarte ich, Krallen an seinen Händen zu sehen.

Steve. Steve Elmack. Papa S, du hast einen Namen.

Ich höre, wie Pate John das Tor hinter uns schließt. Das massive Holz sperrt uns ein.

»Meine Familie«, sagt Papa S lächelnd. Ich küsse meine Handfläche und recke sie ihm entgegen. Ich muss alles tun, was er von mir erwartet. Er darf keinen Verdacht schöpfen, dass ich ihn verlassen werde. Als ich den Arm sinken lasse, nimmt Kate meine Hand. Ich weiß, dass sie Angst hat.

Hab keine Angst, möchte ich ihr sagen. *Bald sind wir frei.*

»Ihr dürft euch setzen«, sagt Papa S mit leiser, klarer Stimme.

Der Boden ist unbequem. Bobby krabbelt auf Heathers Schoß und sie streicht ihm übers Haar. Ihm fallen die Augen wieder zu.

»Die Natur hat mich gebeten, euch hier zu versammeln«, sagt Papa S. »Um euch schlechte Nachrichten zu überbringen.« Mein Blick schnellt zu den anderen. Rachel schaut mit weit aufgerissenen Augen zu ihm hoch. Pate Smith hält Lindas Hände in seinen. Zusammen blicken sie zu Papa S empor. Zu Steve Elmack.

»Die Draußenwelt ist im Untergang begriffen«, sagt er. Heather schnappt nach Luft, hält aber schnell die Hand vor den Mund. Jack rührt sich nicht. »Schreckliche Dinge geschehen. Es hat Feuer gegeben und Überschwemmungen, Unwetter haben ganze Häuser verschlungen. Und jetzt ziehen schlechte Menschen durchs Land.«

»Blödsinn«, höre ich Ellis flüstern.

Kate schaut mich an und ich schüttele kaum merklich den Kopf, so dass nur sie es sehen kann.

»Sie schwärmen aus, verteilen sich über die Straßen und Hügel und werden alles zerstören, was in ihrem Weg liegt.«

Wie der Fliegenschwarm, der in Elizabeth hineingeflogen ist? Da waren gar keine Fliegen und Elizabeth hatte eine reine Seele.

»Sie kommen näher«, sagt Papa S. »Horcht, ihr könnt sie hören!«

Er schweigt und wir lauschen alle in die Stille. Außer unseren Atemgeräuschen höre ich nichts. Linda nickt und Pate Smith auch. Aber da ist nichts. Man hört keine Menschen, die ausschwärmen, um Untaten zu begehen.

»Aber diese Familie wird niemand zerstören. Wir werden Saat

niemals verlassen«, sagt Papa S nun mit lauter werdender Stimme. »Wir müssen gemeinsam die Natur anrufen, damit sie uns hilft, damit sie uns rettet.« Er zeigt auf jeden Einzelnen von uns. »Wir können nur gemeinsam gerettet werden«, ruft er. »Schließt eure Augen. Schließt alle eure Augen.«

Ich schaue zu Jack. Er blickt mich ganz kurz an und macht dann die Augen zu. Kate hält meine Hand ganz fest. Ich schließe die Augen.

»Rette uns, Natur!«, höre ich Papa S rufen. Pate John stimmt mit ein, dann Linda und auch Pate Smith.

»Rette uns«, flüstere ich. *Rette mich vor ihm. Vor Papa S.* Die Stimmen um uns herum werden lauter. »Rette uns«, sage ich. Weil ich gerettet werden möchte. »Bitte, rette uns.« Jetzt spreche auch ich lauter. Unsere Stimmen steigen in die Luft auf und prallen gegen die Wände. »Rette uns, Natur!«

Zwischen all den Rufen höre ich weiter Papa S' Stimme. Und noch etwas. Einen laufenden Motor. »Rette uns!«, rufe ich mit jeder Faser meines Körpers. Alles wird gut; wir werden gerettet werden. Und so schreie ich immer weiter, bis ich das Gefühl habe, gar nicht mehr hier zu sein, sondern langsam wegzutreiben. Die Stimmen werden zu einer Musik, die mich durchdringt, hochhebt und in der Luft schweben lässt.

Dann bekomme ich etwas in die Hand gedrückt. Ich schlage die Augen auf. Ich bin wieder hier, in der Arbeitsscheune.

»Trink das«, flüstert Papa S mir ins Ohr. Ich halte einen Becher mit einer weißen Flüssigkeit in der Hand. »Das wird dich retten«, sagt er.

Auf seiner Stirn glänzt Schweiß. Sofort fällt mir wieder ein, wie Elizabeths Haare an ihrer leblosen Haut geklebt haben. Ich rühre mich nicht und Papa S beugt sich zu mir herunter. Seine Finger sind so kalt wie meine, als er den Becher an meine Lippen drückt. Meine Mutter ruft mich, aber ich kann ihre Worte nicht verstehen.

Plötzlich schlägt Jack mir den Becher aus der Hand; er fällt zu Boden und die Flüssigkeit läuft heraus. Ein paar Sekunden lang bewegt sich niemand. Papa S starrt Jack zornig an. Jack sagt kein Wort. Er starrt nur zurück.

Auch Kate hat die Augen geöffnet. Und Ellis ebenfalls. Wir schauen zu Linda. Sie hat den Kopf in den Nacken gelegt und ruft die Natur an. Vor ihr steht ein leerer Becher.

»Mum«, flüstert Ellis. Er streckt den Arm nach ihr aus, kann sie aber nicht erreichen. Auch vor Heather und Rachel stehen leere Becher. Und vor Pate Smith. Bobby hält den Becher noch in der Hand. Doch ich sehe, dass er leer ist. Da ist etwas Weißes auf seinen Lippen. Er schaut mich an.

Aus Heathers Mund dringt ein merkwürdiges Geräusch und plötzlich krümmt sie sich vor Schmerz, ihre Augen sind nach hinten verdreht. Pate John hält einen Becher an Rubys Lippen und sie trinkt.

»Ruby!«, schreie ich. Sie schaut mich verwirrt an, während sie die Flüssigkeit schluckt. Ich krieche zu ihr und schlage ihr fest auf den Rücken. Die Knochen unter ihrer Haut fühlen sich an wie zerbrechliche Stöckchen.

»Nicht, Pearl«, wimmert sie und versucht, von mir wir wegzukommen. Sie kriecht auf den Schoß von Pate John und stößt mich weg.

»Spuck es aus!«, rufe ich. Aber ich komme zu spät.

»Wir müssen hier raus«, sagt Jack und packt mich am Arm. »Jetzt sofort!«

»Wir können sie nicht einfach hierlassen«, sage ich. Aber ich sehe, dass Bobby ganz bleich wird. Mein Bobby.

Kate steht auf und zieht Sophie mit sich. Ellis schaut unverwandt Linda an.

»Bleibt sitzen«, sagt Papa S lächelnd zu Sophie und streckt die Arme nach ihr aus, aber Kate zerrt sie weg. »Bleibt sitzen!«, brüllt er.

Papa S fängt an zu zittern. Ich versuche aufzustehen, aber er dreht sich um und packt mein Gesicht. Er zieht mit den Fingern meine Lippen auseinander und versucht, mir die weiße Flüssigkeit aus einem anderen Becher einzuflößen. Ich beiße ihn. Ich schlage meine Zähne so tief und fest in seine Finger, dass er aufschreit und sie zurückzieht und ich ihm entkommen kann.

»Die Natur wird dich bestrafen!«, ruft Papa S.

Ich laufe mit Kate und Sophie weg, aber Pate John ist größer und schneller als wir und eher an der Tür.

»Setzt euch wieder hin!«, befiehlt er. Seine Spucke bleibt in seinem Bart hängen. Kate stellt Sophie unvermittelt auf dem Boden ab, schlägt ihre Fingernägel in sein Gesicht und zerkratzt ihm die Haut. Er holt aus und schlägt ihr ins Gesicht. Neben mir blitzt ein schwerer Schraubenschlüssel auf. Jack schwingt ihn durch die Luft und trifft Pate John mit voller Wucht.

Sein schwerer Körper sinkt zu Boden. Ich zerre Sophie zur Tür. Sie ist verschlossen. Ich ziehe an dem Riegel. Ellis ist hinter uns, aber ich kann die Tür nicht öffnen. Der Riegel bewegt sich nicht. Aber ich rüttele so lange daran herum, bis er sich löst.

Jack und Ellis schieben uns alle durch die Tür ins Freie.

»Lauft!«, ruft Ellis. »Und passt auf Sophie auf.« Er hält die Tür zu, weil sich jemand von der anderen Seite dagegenstemmt. »Ich komme nach!«

Wir rennen zum Wald. Jack nimmt Sophie auf den Arm, ich halte Kate an der Hand. Wir laufen in der kalten Dunkelheit über die Wiese und das Gras peitscht um unsere Beine. Die Schatten der Bäume sind im Mondschein klar zu erkennen; sie kommen näher. Jack läuft keuchend vor uns her. Sophies Augen sind weit aufgerissen und sie streckt ihre Arme in Richtung Scheune.

Ich blicke mich kurz um und sehe zwei Gestalten in unsere Richtung laufen. Sophie fängt an zu schreien, aber Kate rennt zu ihr und hält ihr den Mund zu. Dadurch werden wir langsamer, aber wir erreichen den Wald.

»Hier entlang«, flüstert Kate in der Dunkelheit und ich weiß, wohin sie uns führt.

Die Bäume verbergen uns, bis wir zur Lichtung kommen. Kate schiebt den Anbetungsstuhl zur Seite und öffnet die Klappe. Ohne Licht ist da unten nur ein schwarzes Loch.

»Da sind Stufen«, flüstere ich Jack zu. Ich gehe vor und ertaste mir den Weg bis unten. Jack stolpert mit Sophie hinterher, dann ist auch Kate drinnen und zieht die Klappe über uns zu. Ich höre ihre Schritte auf der Treppe und taste blindlings ins Dunkle, bis ich ihre Hand spüre.

Sophie weint. Unser Atem füllt das winzige Erdloch aus.

»Was ist das hier?«, fragt Jack leise.

»Hier sperren sie uns ein, wenn wir zur Frau werden«, sagt Kate in der totalen Finsternis. Jack antwortet nicht.

Sophie weint und ich streiche ihr übers Haar. Ruby hat die Flüssigkeit getrunken. Der Becher des kleinen Bobby war leer. Mein Herz fühlt sich an, als stünde es in Flammen.

»Wo ist meine Mummy?«, fragt Sophie schluchzend. Linda. Vor ihr stand ein leerer Becher. Sie hat das Gift getrunken. »Wo ist Ellis?«, flüstert Sophie.

Ellis war eine der beiden Gestalten, die von der Scheune in unsere Richtung gerannt sind. Er wollte zu uns. Aber wir haben ihm den Rücken zugedreht. Wir haben die Klappe geschlossen, bevor er eine Chance hatte, uns zu finden. Und es ist ihm jemand gefolgt.

»Er wird sich irgendwo verstecken«, sage ich. »Meint ihr nicht?«

»Was, wenn nicht?« Jack klingt ängstlich. »Wir müssen zu ihm.« Ich höre, dass er sich auf die Stufen zubewegt.

»Nein«, sagt Kate scharf. »Das dürfen wir nicht.«

»Wir müssen aber«, erklärt Jack ihr.

»Ellis hat uns gebeten, auf Sophie aufzupassen. Wenn wir da hochgehen, laufen wir Papa S in die Arme.«

»Aber Ellis.« Mehr bringe ich nicht heraus. Ich sehe nur schwarze Finsternis vor mir, wenn ich an ihn denke. Er ist allein da draußen. Und ich gehe nicht zu ihm.

Wir hocken still in der Dunkelheit.

SIEBENUNDVIERZIG

Ich weiß nicht, wie lange wir jetzt hier unten sind. Ich glaube, schon seit Stunden. Sophie ist wieder eingeschlafen.

»Wir können hier nicht bleiben«, sage ich. Aber was haben wir für eine Wahl? Die Alternative könnte nur noch finsterer sein als dieses Loch hier.

»Hier sind wir sicher«, sagt Kate. »Er weiß nicht, wo wir sind.« Aber ich höre ihr an, dass sie selbst nicht wirklich daran glaubt. Weil Papa S bald merken wird, dass der Anbetungsstuhl verschoben wurde. Und wenn er es nicht merkt, sterben wir, wenn wir hier unten bleiben.

»Ich gehe vor«, sagt Jack. Ich spüre, wie er mir Sophie in die Arme schiebt. Sie ist schwer.

»Können wir nicht hierbleiben?«, fragt Kate. »Vielleicht findet Ellis uns ja.«

Ellis. Wo bist du?

Wirst du mich irgendwann küssen, Pearl?

Wir hören, wie Jack die Stufen hochgeht. Er muss die Klappe aufgemacht haben, denn es fällt schwaches Licht herein. Offenbar bricht bald die Dämmerung an.

Ich folge ihm mit Sophie im Arm vorsichtig nach oben. Kate ist hinter mir. Jack hockt in der Mitte des Anbetungskreises. Er hält einen Finger an die Lippen, um mir zu signalisieren, dass ich kein Wort sagen soll. Es ist gerade so hell, dass ich sein Gesicht sehen kann, während er erst auf sich und dann auf die Bäume zeigt.

Dann läuft er in geduckter Haltung weiter. Als er am Rand des Kreises ankommt, winkt er uns zu sich. Sophie schläft. Ich halte ihren Kopf mit der Hand fest, während Kate und ich zu ihm hinlaufen.

Wir drücken uns eng aneinander. Die Blätter flüstern uns etwas zu, aber ich verstehe nicht, was sie sagen. Jack schaut sich um, er atmet schnell. Kate nimmt seine Hand. Sie zeigt stumm zur Einfahrt, aber um dorthin zu gelangen, müssen wir dicht am Haus vorbei und vielleicht wartet Papa S da auf uns.

Papa S. Ich habe dich geliebt.

Kate rüttelt an meinem Arm. Sophie ist wach und sieht mich mit großen Augen an. Kate nimmt sie mir ab und zeigt zur Mauer des Gemüsegartens. Wir müssen die Wiese überqueren und über die abgeernteten Pflanzen auf dem Erdbeerfeld laufen.

Ich gehe in gebückter Haltung los. Der Morgentau legt sich auf meine Waden. Eine Taube ruft.

Und dann sehe ich ihn plötzlich. Aber ich will ihn nicht sehen. Weil seine Beine unter ihm verdreht sind und das Blut auf seinem Körper schwarz geworden ist.

Sophie schreit, während Jack zu ihm hinläuft: *»Ellis!«*

Doch Ellis kann sie nicht hören. In ihm ist kein Leben mehr. Jack krallt seine Hand in Ellis' Hemd. Schlägt auf seine Brust ein.

Ich will, dass er aufhört.

Und möchte das Blut wieder in Ellis hineinpressen.

Ich will, dass alles aufhört. Auch mein Herz soll aufhören zu schlagen.

Wach auf, Ellis.

Geh nicht. Bitte. Bitte verlass mich nicht.

Atme wieder. Atme, Ellis.

Steh auf, Ellis.

Komm mit mir.

»Pearl!« Kates Stimme trifft uns wie eine Peitsche. Sie läuft mit Sophie auf die Sicherheit der Mauer zu. Papa S ist hier. Er hat sich angeschlichen und ist schon ganz nah, und er hält etwas in der Hand. Ich weiß sofort, dass es ein Gewehr ist.

Der Himmel ist so weiß. So kalt.

Lauf, Pearl, lauf weg.

Aber ich kann mich nicht bewegen. Ich starre Papa S an. Steve Elmack. Und empfinde nur noch Hass.

Ich starre auf das metallene Ding in seiner Hand, das mir Ellis genommen hat.

Ellis ist tot.

Auch Jack starrt Papa S an. Dann richtet er sich auf und breitet die Arme aus. »Tu es«, ruft er. »Wenn du es Ellis antun konntest, dann mach es auch mit mir.«

Papa S hebt seine Waffe. Er ist schon so nah herangekommen, dass wir das Loch in ihrem Lauf sehen können. Irgendwo schreit Kate. Jack schließt die Augen.

Aber Papa S richtet die Waffe auf seinen eigenen Kopf. Der Schuss hallt durch die Luft.

Ich packe Jacks Hand und wir rennen los. Das Gras schlägt gegen meine Knöchel. Wir hören das Echo des Schusses und laufen weiter, ohne einen Blick zurückzuwerfen. Dann sind unsere Füße auf dem harten Belag der Einfahrt. Vor uns hält Kate Sophie im Arm, während meine Mutter mich mit ihren Rufen in die Freiheit zieht. In eine Freiheit, die sie nie hatte.

Das Tor kommt näher. Jack atmet dicht neben mir.

Wir sind so nah dran.

Es gibt nichts mehr außer uns.

Uns und die Draußenwelt.

DANK

Mein größter Dank gilt meiner Mutter – dafür, dass ich meine Zeit stundenlang mit der Nase in Büchern verbringen durfte. Und dafür, dass sie mir gesagt hat, dass meine Träume wahr werden können.

Außerdem geht mein Dank an Veronique Baxter, die beste Agentin der Welt. Danke dafür, dass du mich angenommen und unerschütterlich an mich geglaubt hast. An Laura West für ihre frühen Ratschläge, die mir geholfen haben, eine Form für *Hier musst du glücklich sein* zu finden.

An Ali Dougal – ich kann dir nie genug dafür danken, dass du all das hast wahr werden lassen. Und für deine perfekten Überarbeitungen, deinen Enthusiasmus und deine Herzlichkeit. Ich hoffe, *Hier musst du glücklich sein* erfüllt dich mit Stolz. Ein dickes Dankeschön an Lindsey Heaven – du bist so mühelos in Alis Fußstapfen getreten und die Ruhe, mit der du meine Last-Minute-Änderungen unterstützt hast, war unglaublich! Mein Dank geht auch an das gesamte Team von Egmont, vor allem an Lucy Pearse – du hast mein Buch im Posteingang erspäht und dafür gesorgt, dass es Beachtung fand. Und an meine großartige Lektorin Marisa Pintado – ich bewundere dich für dein Auge für Details! Danke auch an Ben Hughes – für das tolle Cover der englischen Ausgabe.

An meinen Mann Miles. Danke dafür, dass du immer geglaubt hast, dass ich es kann. Und dafür, dass du mir Frank, Arthur und Albert geschenkt hast – Sonnenschein, den ich im Arm halten kann. Ich liebe euch unermesslich.

An meine Geschwister Philip, Lara, Emma und Anna. Ihr alle habt mich schon stolz Schriftstellerin genannt, bevor ich glauben konnte, dass ich eine bin. Danke, dass ihr mit mir durchs Leben stolpert und mich zum Lachen bringt, bis mir die Tränen laufen.

An die wunderbaren Whinneys für all eure Liebe, eure Unterstützung und die Unmengen von Essen.

An Lucy und Martin – für die Kraft, die mir eure Freundschaft gespendet hat. Und für eure aufrichtige Freude, als wir erfuhren, dass das Buch erscheint!

An Stephen M Nash. Mag sein, dass du »consumerism« nicht aussprechen kannst, aber du schreibst so geschliffen wie ein Edelstein. Fang noch heute mit deinem Buch an. Gleiches gilt für Toots. *Tynna dy feiro allan o dy drwyn. Rwyt ti'n ardderchog.* An Nick M M, für deine Liebe. An Shanaz dafür, dass sie es klein gehalten hat und es trotzdem schafft, Chaat, das beste Restaurant Londons, zu leiten.

Mein Dank gilt Carlene, Cathy, Fabia, Françoise, Rosie und Sam für alles und noch mehr.

Mari dafür, dass du mir zuhörst, wenn ich über Bücher plaudere, und meine Fantasie im Zaum hältst, wenn sie mal wieder mit mir durchgeht. *Rwyt ti'n ardderchog hefyd!* Andrew – danke, dass du meine Verblüffung darüber teilst, dass das hier tatsächlich passiert. Und Ian – danke für deine »500 Wörter am Tag«-Regel, die mir geholfen hat, in Gang zu kommen. Ich danke Lou Channon und dem gesamten Brighton Goes Gospel für den Spaß und den Ausgleich. Und Laura Treneer dafür, dass sie ein Engel auf Erden ist.

Jo, Barbara, Jackie und Catherine – danke, dass ihr dafür gesorgt habt, dass ich Bücher gelesen habe, die mir sonst entgangen wären. Und Allie, Debs, Lucy, Sandi und Suzanna – danke für eure Klugheit, Nettigkeit und euer Talent. Und vor allem gilt mein Dank Nikki – es war toll, diese Reise mit dir gemeinsam zu unternehmen.

Ein dickes Dankeschön an Sophie Gordon. Du hast am Anfang dieses Weges an mich geglaubt und ich schulde dir für immer Dank dafür.

Und an die Verlage Carlsen, Running Press und Albatross dafür, dass sie es auch im Ausland mit einer Debütautorin riskieren.

Und schließlich danke ich dem Geist, der sich dafür entschieden hat, mich und mein Schreiben zu inspirieren.

Carlsen-Newsletter: Tolle Lesetipps kostenlos per E-Mail!
Unsere Bücher gibt es überall im Buchhandel und auf carlsen.de.

Originalverlag: Electric Monkey, an imprint of Egmont UK Ltd.

Originaltitel: »Seed«

Umschlagfotografien: Arcangel Images/Mark Owen; Shutterstock/microvecto, Alexandra Leikina

Umschlaggestaltung und -typografie: formlabor

Aus dem Englischen von Birgit Schmitz

Lektorat: Franziska Leuchtenberger

Herstellung: Gunta Lauck

Satz: Pinkuin Satz und Datentechnik, Berlin

Druck und Bindung: GGP Media GmbH Pößneck

ISBN: 978-3-551-58338-3

Printed in Germany

FSC www.fsc.org MIX Papier aus verantwortungsvollen Quellen FSC® C014496